Phoenix Revives from Ash
フ-シ-ノ-カ-ミ
辺境から始める
文明再生記2
Mizuumi Amakawa
雨川水海
illustration. 大熊まい

「蜂蜜の甘さが、
とっても優しい……
ほっとする」
《アーサー》

「んふー！　美味しい！」
「おぃっっしぃぃ……！」
《マイカ》
《レイナ》

「え？　村では毎年食べてたけど、問題なんて起こらなかったよ」
「ちょっ、トマトには毒が――!?」
《アッシュ》

PHOENIX REVIVES FROM ASH

フ-シ-ノ-カ-ミ

辺境から始める文明再生記

2

雨川水海
Mizuumi Amakawa

illustration.
大熊まい

Phoenix Revives from Ash

contents

《紙は涙も吸い》 004

《紙は言葉の火の焚き木》 078

《紙の計画》 123

《紙は槍より強し》 224

PHOENIX REVIVES FROM ASH

02

シナモンの祭壇

いよいよやって参りました、大都会！

農村で色々やったら、村長家から「すごいわね、都市に留学したらもっと色々やれるかしら？」とご好意（私の解釈）を頂いた私・アッシュ、ここに見参です。

遠望した都市の第一印象は、うーん、石壁！って感じですね。それ以外が見えないので。立地条件的には丘陵都市だ。石壁と丘が合わさって防衛力が高そう。

つまり、高い防衛力が必要な土地柄ってことですね！

ふふふ、大恩あるユイカ夫人の生まれ故郷だというプラス要素がなければ、不安のどん底に陥りかねない知見が得られましたよ。よく見るまでもなく、石壁があちこち歪《いびつ》になっているのは、戦闘で破壊された後の修理が応急で終わっているからじゃありません？

これは由々《ゆゆ》しき事態である。私が求める前世水準あるいは古代文明水準の最低限文化的な生活に、思った以上にあの都市の中身は遠い予感がしてくる。

あの都市は、村に続いて、私の夢である文明復旧を果たすために超重要な役割を担うだろう拠点なのだ。言ってしまえば、私の夢を孵《かえ》すための巣である。

巣の周囲に必要なのは、まず食料。卵を産む前から必要だし、卵を育てている最中も、孵った後も必要だ。

巣自体に必要なのは優れた建築材と建築技術だ。実際は資源全般と技術全般を指す。せっかくの卵が、巣ごと落下してしまっては目も当てられない。

そして、巣が外敵に脅かされるなんてもちろん大問題だ。我等《ら》の卵を狙う不届きモノを撃退、場合によっては食料・資源に転換可能な防衛力が必須である。

さて、現状、あの都市の内部にそれらがそろっているかというと……う～ん、アウトですね。

私の生まれ故郷ノスキュラ村における面積当たりの食料生産量を大雑把に計算すると、あの都市の中身、人口五万人も維持できないでしょ？

食料アウト。

次に、あの石壁が応急修理以上の処置ができていない辺り、少なくともあの壁を修理するための資源と技術のどちらか、あるいはどちらも不足している。優先的に予算と最新技術が導入される割合の高い軍事設備であの状況です。実態を確かめるのがちょっと怖いですね。

資源と技術アウト。

そして、石壁本体の不備もそうですが、石壁の上にちらりと見えた防衛兵器、あれ弩砲《どほう》ですよね。黒色火薬と前装式大砲もないものとお見受けします。化学エネルギーが見当たらない。つまり防衛力は全て筋力頼みということですか。頼りなさすぎる。

防衛力アウト。はい、スリーアウト、ゲームセットです。

本当にありがとうございました《グッドゲーム》！

ですが――私があきらめていないので、ゲームは、終わりではありません！　ゲームは続くよ私が勝つまで！

状況は極めて不利、でもそんなもの村の時からわかっていましたからね。ふふん、その程度の絶望の十や二十や百や万で潰れるようならここまで来ていませんよ。

やればいいんでしょう！　ここから私が！　食料も、資源も技術も、防衛力も！　私の夢を孵すに足るだけの質と量になるまで！

あの都市をどーんと作り変えるくらいの気合と根性で!?　お任せあれ？　私なら、私だったら、私でも……流石《さすが》にちょっと、ちょっと厳しいですかね。うん、ちょっとだけ。

いくら私の情熱が太陽並みのエネルギーを持っていても、出力装置が人力一個体分では限界がありますもんね。人工義体技術で腕百本に増やしたヘカトンケイルになったって厳しい。

じゃあ、どうするか？

悩める私はお隣さん、一緒に都市を観察していたマイカ嬢に、熱い視線を送る。

「ん？　あ、えっと……な、なに、アッシュ君？」

私の視線に気づいたマイカ嬢が、髪を手ですいてから微笑《ほほえ》む。流石は村一番のお嬢様、悪戯《いたずら》な風で乱れた髪型が気恥ずかしかったようで、少し照れた様子だ。村では泥汚れ上等で遊んでいた彼女だが、都市行きにあたってお嬢様度を高めて来たらしい。

「これからも、よろしくお願いしますね、マイカさん」

「こ、これからも？」

ええ、これからもです。

私一人ではとても手が足りない夢を叶《かな》えるため、将来有望なマイカ嬢のお力をぜひ、この私めにお貸しください。

お礼はもちろん弾みますとも。結果的に訪れる幸せな生活とか、どうです？

そんな気持ち一杯の笑顔で見つめると、マイカ嬢は真っ赤な顔で勢いこんで頷《うなず》いてくれた。

「もっ、もっ、もっちろん！　ずっとずっと、よろしくお願いしますだよ！」

実に力強い賛同が得られた。いいぞ、この調子で協力者を増やしていこう。

私個人で限界があるなら、手伝ってくれる人を増やせばいい。簡単な理屈である。私の腕を百本に改造するより、五十人の仲間に手伝ってもらう方がよっぽどスマートだ。

ユイカ夫人のお話では、都市には有能な人材も多いと聞く。マイカ嬢と同様に留学に来る人々は、地方の有力者の子弟ばかりだとも。ならば、都市とはまさに、協力者を募集・勧誘・策謀するのに絶好の地である。

ふっふっふー！　待っているがよい、思ったより頼りなさそうな都市よ！

マイカ嬢と共に今から乗りこんで、私の夢に都合がいい場所に作り変えてくれる！

まずは、食料増産である。

食料は多ければ多いほど人口が増える。人口が増えれば、有力な人材も増える。有力な人材が増えたら、発見次第協力者に引きずりこめる。

このパーフェクトな計画によって、安全安心で住みやすい素敵都市になり果てるがよろしい。

私が野望の炎を燃やしていると、強い風が吹きつけて来る。というか、さっきからずっと風が強い。マイカ嬢の髪が直しても直しても乱れてしまって、ちょっとかわいそうだ。

「うぅ、髪がぐしゃぐしゃになっちゃう」

「そろそろこの風が吹く季節も終わりなんですけど、今日はやたらと強く吹きつけますね」

この地方で、秋から冬にかけて吹く風だ。

せめて私が風除《かぜよ》けになれればいいのだけれど、マイカ嬢の方が背は高いし、私の物理的な小ささではいかんともしがたいほどの強風である。

そこに、絶好の風除けになる馬車がやって来る。この度、私とマイカ嬢の都市へ送る役目を受けたクイド氏の幌《ほろ》馬車だ。

「やっと追いつきましたよ、二人とも。一応、二人の安全を守るのも仕事のうちなんだから、あんまり先に行かないでくださいよ」

「あ、クイドさん。丁度良いところにありがとうございます。あと、ご心配をおかけして申し訳ございません」

私はクイド氏に詫《わ》びをしつつ、さっとマイカ嬢の手を引いて馬車の陰に入る。うん、大分マシになった。

「うん、馬車ならいい風除けになります。ここからはクイドさんを盾にして都市まで行きましょう」

「あ、ありがと、アッシュ君」

いえいえ、紳士として当然の振る舞いです。おや、どうしました、クイドさん。なにか言いたそうな顔をして。

「守るとは言いましたけど、風除け扱いはちょっと予想外でした」

「だって、風が強いんですもん」

「いや、これ縁起が良い風なんですよ？　物事を始める時に後押ししてくれる風だってんで、俺もこの風の季節に商人に鞍替《くらが》えしたんです」

ほほう？　なるほど、秋の収穫期から冬の農閑期にかけてのこの季節は、新しいことを始める人が多そうですもんね。農村から都市へ出稼ぎに来る人とか、秋の収穫で得た資金を元手に転職したり、あるいは作物と人手の余剰で開拓計画を始めたり。

で、成功者が「この風に吹かれて自分は成功したのだ」と言い始めると、縁起の良いお話ができあがるわけですね。それ以上の失敗譚《たん》もあるのでしょうけど、失敗した人は話せなくなったりしますからね。

つまり、この風は、正しく練られた翼で受ければ人を飛翔《ひしょう》させることのできる向かい風であり、未熟な翼で受ければ人を吹き飛ばしてしまう向かい風ということか。

面白い。私の翼が本物か偽物か、そのどちらであるか確かめてやろうと今日はびゅーびゅー吹いているわけですね？

いいでしょう。受けて立ちます！

「あれ？　なんかアッシュ君の様子がおかしい……これ、どうしたんですかね、マイカさんならわかります？」

「勢いがついた時のアッシュ君です。どうしてこうなったかはわかりません。これからどうするかも、わかりません」

「えぇ～……」

「でも、大丈夫です。こうなったアッシュ君は、誰にも止められませんから！」

「えええぇぇ～～………」

いざゆかん、今はまだ頼りなさそうな、いずれ私好みに組み替えられるあの都市へ！


案の定というか、都市の中身は予想以上に頼りなかった。

市壁の門を抜けたら、そこは一階建て平屋建築ばかりだった。都市の建物は木造ばかりだった。

この衝撃よ……。

どうも、暖房設備（および調理設備）である竈《かまど》が、主に粘土でできているためにこうなってしまっているようだ。

想像してみて欲しい。木造の家の二階に、粘土製の焚《た》き火《び》装置がある光景を。絶対に火事になると思わないだろうか。それに、衛生的にも少々遠慮したくはならないだろうか。

結果、農村でも都市でも、二階建てというのは非常に珍しいものになっているようだ。実のところ、都市にはもっと発達した光景を期待していたので、初めは驚いてしまった。

一度火事になったら相当にひどいことになるはずだ。

石造りの建造物は、私達が今いる領主の館の他、三、四軒しか見当たらなかった。石材不足の可能性が頭を過《よ》ぎる。

「ふぅむ、なにか事情があるのでしょうか。興味深いですね。流石は都市、到着早々に面白いことがたくさんあります」

ひとしきり応接室を観察して、ソファに座り直した私に、隣で全身を強張《こわば》らせているマイカ嬢がぎこちなく笑いかけてくる。

「さ、流石だね、アッシュ君。この状況でも物怖《ものお》じしないんだもん」

確かに、今世では見たことのないような豪華な部屋で、今まで会ったこともないような身分の人との対面が待ち受けている。この状況は中々緊張するだろう。

しかし、私には前世らしき経験があるのでこのくらいは慣れっこである。

一方、そんな経験もないマイカ嬢は、そのまま石化するのではないか、というくらいに緊張しているご様子だ。

ここは少し緊張を解いた方がよさそうだ。

「恐《こわ》がる必要がありませんから。お会いする相手は、ユイカさんのご兄弟なのでしょう？」

「そ、そうだよ。サキュラ辺境伯家のご嫡男だって」

そう考えるから緊張するのだ。

「いえいえ、マイカさんの叔父にあたる人物でしょう。ご親戚ですね。きっと可愛《かわい》がってくださいますよ」

「それは、まあ、そうだけど……でも会ったこともないし」

「ユイカさんからお話を聞いているはずですよ。優しい人だということですし、マイカさんが丁寧に接すれば、何事もありませんよ」

「そうかなぁ。そうだと良いなぁ」

「そうですよ。それに、私もできる限りお手伝いしますから」

「ほんと?」

もちろん、と私が頷くと、マイカ嬢はようやく肩の力を抜いて微笑む。

「はぁ、都市への留学、アッシュ君が一緒ですごく嬉《うれ》しい。一人だと不安だったんだ」

「私も嬉しいですよ、とっても」

まさか、こんなに早く村外への一歩を踏み出せるとは思わなかった。ユイカ夫人の配剤には、感謝してもしきれない。

今朝がた後にした故郷の方角へ感謝の念を飛ばし終えると、隣でマイカ嬢が真っ赤になっていた。

また緊張してしまったのだろうか。

「二人とも、十分に大物ですよね」

応接室にいる最後の一人、付き添いのクイド氏が、うらやましそうに呟《つぶや》いた。

「クイドさんだって、別に緊張していないようですが?」

「いや、俺は慣れがありますからね。アッシュ君のおかげで」

「はて?」

「アロエ軟膏《なんこう》の卸先、主にこちらですよ」

言われてみれば、ユイカ夫人の実家なのだから、真っ先に話を持って行ったのは領主一家というのは自然だ。

「いやもう、最初は緊張しましたよ。いい年して、さっきのマイカちゃんみたいにガチガチだったんじゃないかな」

「話の結果いかんで人生が変わったでしょうし、緊張するのも仕方ないと思いますよ。その点、私は気楽なものです」

「そう言ってくれると、安心……して良いんですかね。ずっと年下に慰められているって、これ大丈夫？」

深刻そうな顔になったクイド氏に、マイカ嬢が力強く頷いた。

「大丈夫ですよ。だって、アッシュ君相手ですし」

なにそれ。

「言われてみれば……アッシュ君が相手ですもんね」

二人とも、私を一体なんだと思っているのです。

再度、マイカ嬢の気分が落ち着いたところで、ドアがノックされた。

とっさのことに驚いたマイカ嬢に代わり、私が返事をしておく。ドアを開けて現れたのは、侍女の女性だ。

「お待たせいたしました。現在、領主代行をしておられます、イツキ・アマノベ・サキュラ様がお会いになられます。ご準備はよろしいでしょうか」

一礼した侍女に、マイカ嬢が一つ深呼吸を入れてから応じる。

「はい、よろしくお願いいたします」

「かしこまりました」

洗練された所作で侍女が下がると、入れ替わりに、二十代中頃の男性が入室した。

「領主代行のイツキだ。王都に出て不在の領主に成り代わり、歓迎しよう」

型にはまった堅い挨拶とは裏腹に、目元には柔和な感情が浮かんでいる。特に、マイカ嬢の顔をしっかりと見つめた時、ひときわ表情が緩んだように見えた。

顔立ちそのものには鋭い印象はあるが、ふと覗《のぞ》いた内面は優しげである。ユイカ夫人の弟君というのも、納得だ。

マイカ嬢が、小さく呼吸を整えて、初めて目にする自分の叔父に挨拶を返す。

「この度は貴重なお時間を頂戴し、誠にありがとうございます。ノスキュラ村の村長クラインに代わり、一年のご挨拶に参りました」

マイカ嬢の挨拶は見事だった。

村では明朗快活で元気な女性だが、そこは村長家の一人娘である。両親からきちんと礼儀作法を仕込まれている。見る者、聞く者に心地よさを与える挨拶というのは、練習なくしてそうそう身につくものではない。

イツキ氏から見ても、それは同様だったらしい。小さく、おぉ、という感嘆の声が聞こえた。

「村長クラインより、一年の村の経営について、報告を預かって参りました。どうぞお納めください」

「うむ、確かに受け取った。ご苦労であったな」

丸めて封緘《ふうかん》をされた紙の束を受け取って、イツキ氏は頷く。満足そうな表情だった。その満足そうな表情が、どんどん緩んで、笑み崩れていく。

「あぁ、いかんな。すまない！　村の報告と挨拶はもう終わったのだ、ちょっとばかり私人になってもいいか。構わないよな！」

先程までは冷静で物静かな体面を保っていたイツキ氏が、了解を強引にむしり取って、マイカ嬢の前に膝をついて視線を合わせる。

「久しいな、マイカ！　と言っても、最後に会ったのはお前がまだ言葉も喋《しゃべ》れぬ時のことだ、覚えてはいないだろうな」

「あ、は、はい。残念ながら……母より、お会いしたことがあるとは、うかがっておりますが」

「うむ。マイカの出産はこの家で行われたからな、生まれた時から知っているぞ。いや、大きくなったな！　それに、姉上に似て、実に美しくなった！」

マイカ嬢が面食らうほど、イツキ氏は興奮しているようだ。久しぶりに姪御《めいご》に会えたのだと思えば、無理はないかもしれない。

イツキ氏は、姪御の頬に手を伸ばして、愛《いと》しげに撫《な》でる。

「おぉ、目元は特に姉上に似ているようだが、耳はひょっとして義兄上《あにうえ》に似ておられるのではないか？　先程の挨拶も立派なものだったが、どこか義兄上らしい生真面目さがあったな！」

「そ、そうでしょうか。礼儀については、お母さんからと……」

わずかに言いよどんだマイカが、ちらりと私を見つめる。はて？

「あ、いえ、はい、お母さんから教わっていました」

「うむうむ。姉上と義兄上は、相変わらず仲が良いだろうか」

「それはもう」

いささか戸惑っていたマイカ嬢も、両親の仲の良さについては考えるまでもないと即答する。隣にいる私も思わず同意の頷きをしてしまうくらいに仲が良いのだ、あのお二人は。

するとイツキ氏は、さも嬉しそうに大笑する。

「やはりな！　サキュラの全ての恋人達の憧れは健在だな！」

憧れとは……。あの人達は一体なにをこの都市でやったのだろう。

本人達が詳しく語ってくれないので、ユイカ夫人を娶《めと》る時に一波乱があった、という程度しか未《いま》だに知らない。

他人の私でも不安になるイツキ氏の反応に、マイカ嬢はもっと不安そうにしている。

だが、イツキ氏もそこのところを長々と話してくれない。

「マイカの留学を楽しみにしていたのだ。姉上と義兄上の子が、どのように育ったのか、この目で見たくてな」

「あ、はい。この度は、私どもの留学をお許し頂き……」

儀礼的な言葉を言いかけて、マイカ嬢は言葉に迷ったようだ。口上を忘れたのかとも思ったが、彼女はユイカ夫人の娘であることを、次の言葉で物語る。

「どうも、ありがとうございます。その……叔父上？」

大丈夫だろうかと上目遣いにうかがいながらマイカ嬢が呼ぶと、イツキ氏は顔を押さえて仰《の》け反《ぞ》る。声にならないほど嬉しかったようだ。

しばらく悶《もだ》えた後、イツキ氏は真っ赤になった顔で、向き直る。

「す、すまない。あまりに、こう、胸を撃ち抜かれたような衝撃が……できれば、公の場でなければ、その、これからもそう呼んでくれると……」

緩んだ表情を必死に引き締めようと努力しているようだが、成功しているとは言い難い。

私人として接することを望んだ叔父に、マイカ嬢が見事に応えた形だ。さぞ嬉しかっただろう。

イツキ氏は、自分の表情が危ういことに気づいているらしく、可愛い姪御から目をそらして、私とクイド氏を見つける。

「ふ、二人とも、すまないな」

「いえいえ、お構いなく」

商人らしい如才なさで、クイド氏が自分はなにも見ていないと首を振る。

「そうですとも。久しぶりの肉親の再会ですので、感極まるのは人の情かと」

私としても、実に微笑ましいやり取りを拝見できて心が潤った。

「う、うむ、助かる。……ええと、そうだな、クイドは何度も会っているが、君は初めてだな」

「はい、ご挨拶が遅れ、恐れ入ります。ノスキュラ村のアッシュと申します。この度は、私のような一農民に留学の機会を与えて頂き、感謝の言葉もございません。このご恩は、勉学に励み、成果をもってお返しする所存にございます」

ばりばりやってやりますよ。まずは食料増産のために、農業改善です。

情熱を持って挨拶をすると、イツキ氏は緩んでいた表情を驚かせた後、納得したように表情を引き締めた。

「なるほど、姉上と義兄上が推薦するわけだ。ここまで堂に入った挨拶、中々お目にかかれんぞ。失礼な言い方になるが、農民の生まれには見えないな」

クイド氏が、すかさず肯定する。

「ええ、アッシュ君は特別ですよ。なんかもう、すごい人です。俺にはそれしか言えないですが」

「あたし、礼儀についてはアッシュ君の影響が大きいと思うなぁ」

マイカ嬢の発言については、そんなことないと思う。私が気になったところを聞き出していた、ご両親の教育の賜物《たまもの》だ。

「ふうむ、今回の軍子会は楽しみだな。聞いているかもしれないが、マイカの一つ下の我が弟も参加する」

マイカ嬢にとって年下の叔父である。この世界ではそこまで珍しいことではないので、彼女は躊躇《ためら》いなく頷いた。

「はい。確か、アーサー様とうかがっております」

「様付けはいらないよ。普通に同年代の友人として扱って欲しい。当人もそれを望んでいるのでな」

　イツキ氏が苦笑して答えると、私を見て、君もだ、と告げる。

「軍子会は、都市縁《ゆかり》の有力者達による子弟教育の場であると同時に、交流の場だ。人脈作りでもあるから、完全に身分から解放されることは難しいが……同年代の友人を得られる貴重な機会でな」

　イツキ氏によると、彼自身も身分を超えた友情を得ることができ、とても大切に思っているそうだ。

　そう語るイツキ氏の、懐かしむような笑み、それだけで物語が生まれそうだ。実に素晴らしい。私は脳内に広がる空想に興奮しながら、何度も頷く。

「確かに。公人としての立場があればあるほど、私人として信頼できる人間というのは貴重ですからね」

「そう、そうなのだ！　下手な人間とは酒も好きに飲めない立場、というものがあってな。いや、よくわかるな、アッシュ。本当に農民の息子か？」

「物語が好きでして、そういうお話も読んだことがあったなと」

　前世の話であるが、なに食わぬ顔で言っておく。嘘《うそ》は吐《つ》いていない。隠し事があるだけだ。

「おお、アッシュはもう字を読めるのだな。ああ、いや、姉上からの手紙にもそうあったか。うむ、流石、有望だ」

「恐縮です。ともあれ、そういうことでしたら、幸い私は一農民の倅《せがれ》に過ぎません。都市での利害関係もなく、立場も吹けば飛ぶようなものです。弟君の話し相手になれないか、お声をかけさせて頂きます」

「うむ、なんとも心意気の良い！　姉上と義兄上が推薦するのだから期待はしていたが……」

感心してくれるイツキ氏に、私はにこやかな笑みで返す。

村での事件もあり、年少者の相手は苦手だと考えているが、都市の有力者の子弟となれば歩み寄る苦労もやぶさかではない。

利害も立場もないと言いつつ、我ながら打算たっぷりである。

まあ、イツキ氏の話を聞いて、そういう友情を育めたら楽しそうだと思ったのは事実なので、ご勘弁頂こう。

純粋な憧憬と、不純な思惑。どちらが第一なのかは、我ながら判然としない。発火装置と燃料みたいな関係ではなかろうか。

イツキ氏の話はまだ尽きないようだが、ドアをノックして侍女が入って来て、会話を止めた。

「イツキ様。そろそろお時間になります」

「む、むむ……。もう少し……」

「申し訳ございません」

あと五分、と二度寝をねだる子供のように、イツキ氏は粘る。

「いや、後で一層がんばるので」

「申し訳ございません」

「ようやく姪に会え」

「申し訳ございません」

「だいじょ」

「申し訳ございません」

「わかった。三人とも、すまないが仕事が立て込んでいるのだ」

ことごとく言い訳を潰されて、イツキ氏は決然と立ち上がる。

「クイド、二人を送って来てくれたことに感謝する」

「商売のついでのことであり、報酬も十分に頂いています。気持ちとしても、この二人の依頼ならば喜んでやりますよ」

行商人の言葉に、イツキ氏は心から感謝している表情で頷く。

「マイカ、アッシュ。二人の滞在先は我が家で用意してある。他の留学にやってきた子等と共に生活する寮になっている。案内が来るまで、ここで待っていてくれ」

「はい。お気遣いありがとうございます」

「お忙しい中、お会いできて光栄でした」

「うむ。実に楽しい時間を過ごさせてもらった。落ち着いたら、また話をしよう」

頭を下げた私達を、というより主にマイカ嬢を、イツキ氏は名残惜《なごりお》しげに見た後、颯爽《さっそう》と立ち去っていった。

その立ち姿からは、姪御への未練が目に見えるような気がした。

後ろ髪引かれるようなイツキ氏の足取りを、すぐ後ろにぴったりついた侍女の靴音が急《せ》かしている。

「次期辺境伯閣下は、ずいぶんと面白い方のようですねぇ」

この部屋に入って来た時と、全く違う印象の出て行き方をした人物に、そう評価をひっつける。

隣の二人から、なんとも生温《なまぬる》い視線を返されてしまった。


侍女に案内されて、私とマイカ嬢は応接室から少し離れた屋敷へとやって来た。

先程までいた石造りの建物は執政館だそうだ。都市とその一帯の政務を司《つかさど》る職場で、隣接して領主の住居があり、その反対側に隣接してこの屋敷がある、という立地だ。

こちらの屋敷も石造りで、執政館とそろいの建造物として造られているように見える。都市の未来を担う人材を預かることを重要視しているとのアピールか、都市でも屈指の立派な建物に違いない。

共用区画は別として、一階が男性用で、二階が女性用の部屋に割り当てられていると、侍女が説明してくれた。女性が二階である理由は言うまでもないだろう。一階だと侵入が簡単ですもんね。

私は一階の一番奥の部屋に割り当てとなった。荷物を抱えて、今日から自分の部屋となるドアをノックする。

いきなり開けてはならない。基本的に、この寮生活は相部屋になるからだ。

「はい、どうぞ」

初めて聞く同居人の声は、綺麗《きれい》な高音だった。きっと、線の細い少年に違いない。

そう思ってドアを開けて、早速一礼する。

「失礼します。今日からお世話になります、アッシュと申します」

「相部屋になる人だね。待っていたよ」

爽やかに歓迎してくれたのは、声の印象を裏切らない、線の細い……人物だった。

さらりとした金髪に、清潔感のある服装、物静かな微笑みと、見事な貴公子っぷりだ。そのほっそりした顔立ちで、物憂げな表情をして溜息《ためいき》なんかを吐いたりすれば、世のお姉様方を倒錯させかねない美形でもある。

「僕の名前はアーサー。気軽にそう呼んで欲しい」

そう、私の相部屋の相手こそ、先程イツキ氏が仲良くしてやって欲しいと言っていた、領主代行の弟君、アーサー・アマノベ・サキュラその人である。

外見は、ユイカ夫人やイツキ氏とは全く似ていない。

他の兄弟とは母親が違うから、とのことだ。現辺境伯が、王都で新たに娶った後妻との間にできた、唯一の子だと聞いている。

「わかりました。これからよろしくお願いします、アーサーさん」

「もっと砕けた話し方で構わないよ？　僕も、アッシュと呼ばせてもらうから」

「ええ、どうぞどうぞ。私の話し方は気にしないで頂けると助かります。あれこれ本を読んでいたら、こういう話し方が身についてしまって。子供っぽくてお恥ずかしいのですが、物語に影響されやすいようで」

この話し方は前世の影響だが、全て本の影響ということにしている。やはり本は偉大だ。両親に対してもこの話し方なので、周囲にはとても変な目で見られたものだ。その後、言葉遣いに見合うだけの奇行を見せた結果、気にされることはなくなった。

良いことなのだと思いたい。

「本当かい？　確か、アッシュは農民の出だと聞いていたけど」

「ええ、イツキ様から聞かれました？　教会の本を読み漁《あさ》っていたのですよ。内心ではとってても砕けているので、こちらこそ気さくにお話ししてくださると嬉しいです」

「神殿の教会制度だね。きちんと機能している村もあるんだ」

ノスキュラ村も機能していたわけではないが、現在では機能させている。

私とマイカ嬢が去った今も、ターニャ嬢やジキル君が勉学に励んでいるはずだ。今度こそフォルケ神官も働いているだろう。

我が村について感心しているアーサー……氏を見ると、少しだけ自慢に思う。

「教会が機能している村は珍しいと聞いている。イツキ様……兄様はすごいことだと言っていた。アッシュは、そのすごい村の首席というわけだね」

「教会の本を読んだ数なら、胸を張って一番だと言えますね」

これだけはフォルケ神官にも負けていない。

まあ、村の教会以外の本もふくめたら負けているけど、それはもう、環境からして仕方がない。今後挽回《ばんかい》していこう。

「そうか。うん、思っていた以上にアッシュは面白い人だ。これからが楽しみだよ」

「光栄ですね。私もこれからがとても楽しみです」

差し出されたアーサー氏の手を、がっちり握りしめて微笑む。

武器を振るう練習をしているのか、多少堅い手だ。しかし、それ以上に小さい手だ。

困ったなー。

私は、笑顔の裏で困ったなーと何度も繰り返す。

いや、だってですよ？　サキュラ辺境伯家の末弟殿は、三人称で呼ぶとすれば彼女なんだもの。

彼ではない。彼女だ。

この年頃なら、アーサー氏のような中性的な外見というのはありえなくはない。ただ、男性と女性では、どうしても骨格が異なる。具体的には腰と肩の骨格が異なる。

アーサー氏は、あまり体のラインが露《あら》わになる服を着ているわけではないが、動作もふくめると、私からすれば見てわかってしまう。

つまり、彼女は、彼に見えるように、男装しているのだ。

うん。とても厄介事の予感がするのですよ。

性同一症ならそれでいい。そういうものなのだとわかれば、ただの外見と内面のギャップだ。

ただ、アーサー氏の場合、生まれが有力者の一族なのだ。それも、イツキ氏やユイカ夫人を見た限り、外見がものすごく違う。異母兄弟だから、という理由付けはされているが、それで納得できるほど素直な性格だったら、気苦労はない。

絶対に、秘密にしなければならない事情があるに違いない。

どうして私とアーサー氏を同室にしたのか、イツキ氏にぜひ聞いてみたい。後が怖いから絶対に聞けないけれど。

今後、アーサー氏がどんな出自をだしても良いように、注意して接しよう。

私が気づいたことに気づかれた時、悪い印象を与えないようにするのだ。下手に隠しきろうとしてはいけない。絶対どこかでぼろが出る。

アーサー氏が気づいた時に、「騙《だま》された」と思われるのは最悪だ。「ああ、気を遣ってくれていたんだね」と感謝の念を抱くように立ち回るのが理想である。

ようは、同居人が、訳あって突然同じ屋根の下で暮らすことになった異性だと思えば良いのだ。

……どんなラブコメシチュエーションだ。

物語が始まりそうでわくわくしてくるじゃないか。

厄介事の香りに面倒臭いと思い始めていた内心が、読書家的興奮によってがぜん燃え上がっていく。

こんな面白そうな人物と距離を取るなんてとんでもない！

「そうです、アーサーさん。私と一緒の村から出て来たマイカさんについてなのですが」

「あ、聞いているよ。僕の……姪に当たるんだよね」

「ええ、そうです。よろしければ、マイカさんともお話ししませんか？　初めて会うことになるとは思いますが、ご家族なんですから」

「うん、そうだね」

家族なのだから、という呼びかけに、少しだけ躊躇いがあったように見えたのは、私の考え過ぎだろうか。

アーサー氏は、爽やかに微笑んで頷く。

「じゃあ、紹介をお願いしても、いいかな」

「もちろんです。友達同士、皆で仲良くしましょう」

「友達……」

びっくりした顔をするアーサー氏を、私は離すまいとぐいぐい押しこむ。

気軽に砕けて接していいと言ったのは相手の方だ。存分に砕き散らしていこう。アーサー氏の防壁を。

「私とマイカさんは友達です。私とあなたも、もう友達です。友達の友達は皆友達です」

皆に拡《ひろ》げよう友達の輪。

悲しいこともつらいことも面倒なことも厄介なことも遠大なことも無謀なことも、皆で分かち合えばなんとかなるので、なんとかするために巻きこむ友達をどんどん増やしましょうね。

計画は数ですよ。

ひょっとしたら邪悪に聞こえるかもしれない私の内面を知るよしもなく、アーサー氏がぽつりと呟く。

「そっか、友達か……」

「お嫌でした?」

嫌だって言っても逃がす気はあんまりないです。

「ううん、嬉しい、と思う」

アーサー氏は、先程までの爽やかな微笑みではなく、躊躇いがちにはにかんだ笑みを見せた。

「それはよかった」

なんやかんやと面倒な説得が必要なかったことは、実に喜ばしい。

「では、少々お待ちください。荷物を置いたら、ロビーのところで待ち合わせの約束をしているのです」

「うん、わかった」

とりあえず、これで一段落になるだろう。

流石は都市である。初日からイベントてんこ盛りだ。

◇◇◇

【横顔　アーサーの角度】

僕がここへやって来たのは、今から一月前のこと。

僕がまだ、アーサーという嘘に戸惑っていた、わたしだった頃だ。

馬車の進む振動が、骨身に染みる。

辺境を進む馬車旅も、二週間を超えると流石にうんざりとした気持ちを抑えきれない。

わたしは、心と体を責める苦痛に、できるだけひそめたため息を漏らす。周囲に不満が伝わるようなことはできない。この面白味のない旅は、わたしの身を守るためのもので、たくさんの迷惑をかけたものなのだから。

だから、我慢する。

王都とは比べ物にならないひどい道が引き起こす突き上げも、外からの視線を閉ざすために締め切られた車内も、我慢する。

ふと、口元が歪《ゆが》んだことを自覚する。

我慢、我慢ね。自分の身もろくに守れない無力な子供だけれど、我慢すること、それだけは得意だと口にできる。

本当にそれだけだけれども――凍えるような笑いが心の底から浮上してくる。口元の歪みは、この湿った笑いが原因だ。

「アーサー様」

馬車の外からの呼びかけ。随伴の騎士の声に、ドアについた木窓を開ける。

「ジョルジュ卿《きょう》、どうしました？」

「サキュラ辺境伯領の領都イツツが見えて参りました。叶いましたら、一度ご覧になられてはいかがかと思いまして」

道中、忠実という言葉も生温《なまぬる》いほど厳重に任務を果たしていた騎士の言葉に、わたしは目を瞬かせる。

ジョルジュ卿は、わたしを人目につかぬように護送しろ、という任務を申し渡され、その実施については、わたしが頼もしさを覚える以上にうんざりしてしまうほど完璧だった。

「いいのですか？」

「ここまで来れば、流石に大丈夫かと。それに、今なら周囲には誰もいません」

そう答えたジョルジュ卿の表情には、まぎれもない労《いたわ》りが浮かんでいる。

なるほど、とわたしは感心してしまった。この人が、わたしの護送に選ばれた理由がわかった気がする。

窮屈な旅を強いている自覚がこの騎士にもはっきりあって、心苦しいと感じていた。できるならば、もっと気軽な旅をさせたかったと、今の彼の表情が語っている。

しかし、その私情を押し殺して、任務を忠実にこなし続けてきたのだ。

それができるから、領主はこの騎士を信頼しているのだろう。

「ありがとうございます。では、せっかくですから」

正直なところ、ここまで来たならもうどうでもいい、という気分はある。しかし、少しでも体を動かしたいという気持ちも、十日前から抱いていた。

馬車のドアを開けて、地面に足を下ろす。

王都の石畳とは違う剝《む》き出しの土に、生え放題の草の感触。踏み慣れない大地に、まるでお前は場違いだと言われているような気さえする。

そうだね。わたしは、ここにいていい人間ではない。きっと邪魔だね。

大丈夫、すぐに出て行くよ。

そう心の中で頷くと、足の裏の感触が、仕方なさそうに大人しくなった気がする。

もちろん、気のせいだ。そうに違いない。

場違いだと思っているのは、わたし自身。出て行かなければと思っているのも、わたし自身。

それでも、ここで受け入れてもらえるよう振る舞わなければいけないのが、わたしなのだ。

それが、わたし自身とかけ離れた自分であっても。

「アーサー殿、あちらをご覧ください」

俯《うつむ》いて地面を見つめるわたしに、ジョルジュ卿が声をかけてくる。

いけない。気を遣わせてしまったかもしれない。ほとんど考える間もなく表情に笑みを張り付けて、ジョルジュ卿の示す方向へ目を向ける。

視線の先、二股に分かれた川が、女神の腕のように抱く丘がある。そして、その丘の上に、大地の優美さにずいぶんと不似合いな石壁が立っている。

「あれがサキュラ辺境伯の領都、それを守護する市壁です」

「あれが？」

声に妙な感想が混じらないようにするために、結構な意識が必要だった。

武名高きサキュラ辺境伯領、その始まりにして中心の都イツツといえば、幾度も魔物の群れを退けた武勇伝を持つ鉄壁の守りを誰もが連想する。

だが、今目にした石壁は、遠目にもでこぼこと歪な形をしている。高さがまちまちだったり、奥行きが不ぞろいだったり、子供が木片で作った玩具《おもちゃ》のような印象がある。

王都にある市壁、王城の城壁などは、長年の風雨で丸みを帯びながらも、隙間一つないと言わせる重厚さがあるのに比べたら、これはなんとも……。

「不格好でしょう？」

わたしが言葉にしないよう気をつけていたことを、ジョルジュ卿がはっきりと口にしてしまう。

それは、自慢げな言いようだった。

「初代サキュラ辺境伯閣下がこの地に来てから幾星霜、あの市壁が追い返した魔物の数は千を超え、守った人々の数は万を超えます。その間ずっと、倦《う》まず休まず、傷つきながらも、あそこに立ち続けている石達です」

少し低くなっている部分を指さし、ジョルジュ卿は続ける。

「七十年前、飛竜があそこに激突したそうです。衝撃で上部の石が砕けて、以来あそこが低くなったままです」

指はそのまま、不自然に壁が引っこんで作られている部分を指す。

「あれは四十年前、トレントの群れに襲われた時、当時の外壁が崩されそうになって、慌てて一つ内側に応急の壁を作って撃退しました。修復はその応急の壁を利用して行われたため、あそこは歪な状態です」

そこまで言われれば、わたしにもわかる。

不格好に見える要素の一つ一つが、あの市壁が脅威と戦い、勝ち抜いてきた歴戦の勲章なのだ。

「辺境の地ゆえ、このような武骨な物しか自慢がありません。ですが、大いに自慢できるものと、サキュラの戦士一同、自負しております」

騎士の言葉は、壁の一部として自分の身があると言っている。あの市壁が敵と戦う時、彼のような騎士が共に立ち、戦い、傷ついてきたのだろう。そして、次に同じことがあれば、彼がそこに立ち、戦い、傷つくのだ。

不格好な壁の一部が、胸に手を当てて誓う。

「今日よりはあの武骨な自慢が、あなたをお守りします」

だからどうか、心安らかに――そう伝えられて、顔に張り付けた笑みがずれた。

一瞬だ。慌てて、ずれた笑みを押さえて直す。

「ありがとうございます、ジョルジュ卿。頼りにさせてもらいます」

「――はい、アーサー様」

当たり障りのない良い返事。なのに、真面目な騎士の顔は、少しだけ寂しそうだった。

それから目をそらすために、わたしは改めて領都に目を向ける。

あそこが、今日からわたしが暮らす場所。

正直にいえば、不安だ。王都とこの辺境の地では、なにもかもが違う。知り合いもいない。わたし一人。

気を許してはいけない。迂闊《うかつ》なことをしないよう、目立たないよう、嘘が気取られないよう、息をひそめて暮らさないといけない。

心の外套《がいとう》を頭まですっぽりかぶって顔を隠してしまえば、なんとか生きていける。王都でもそうだった。後は俯いてしまえば、誰にも本当の顔を見られる心配はない。

これでいい。こうして生きていくのが、一番迷惑にならない。

——だというのに、あの不格好な市壁が、どうしても目を引く。

王都ではとても見られないような、でこぼことした形。見栄えが悪いと誰もが笑うだろうに、堂々と屹立《きつりつ》する姿。

ここは、ちっぽけなお前の知らない世界なのだと雄弁に物語っているようだ。

ひょっとしたら——胸が疼《うず》く。

ひょっとしたら、ここでならなにかが——心臓が、わずかに跳ねる。

まるで連動したかのように、風が吹いた。

「っ——!」

強い。体がふらつくほどの強風だ。

目を閉じて顔を守りながら、やっぱりこの場所に嫌われている気がする、と感じていたのだけれど。

「これは縁起が良いですよ、アーサー様」

ジョルジュ卿が、都市へと吹き飛んでいった風に、友人を見送るような笑みを浮かべている。

「縁起が、良いのですか?」

「ええ。今のはこの季節に吹く風です。あの市壁の礎を築いた初代辺境伯閣下も、今の季節にこの地に来て、あの風に吹かれたのです」

この土地でなにかを始めるには縁起が良い、とジョルジュ卿は言う。

「私の友人も、商人になる時にこの風に吹かれましてね。色々苦労したようですが、最近は羽振りが良いようで、今年は風に向かって拝んでいましたよ」

なるほど。偉大な先人にあやかって、という験担ぎは理解した。

「でも、それにしては、ちょっと手荒な気がしますけど……。なにもこんなに強く吹かなくても……」

「前に進むには、強い力が必要ですから。この強い風が、サキュラに住む人の背中を押してくれるのです」

ジョルジュ卿の言葉を肯定するように、再び強い風が吹いてくる。

まるで、心の外套を奪い取ろうとするかのような風だった。

馬車は人目につかないよう、領主館の裏につけられた。

到着に合わせて、一人の侍女が素早く馬車に寄って来て、挨拶より先にわたしを館内の一室に連れこむ。

「挨拶もせず、失礼いたしました。人目につかないよう、との指示を受けておりましたので、ご寛《かん》恕《じょ》頂ければと思います」

きちっとした角度で頭を下げた侍女は、リインと名乗った。

厳しそうな人、というのが第一印象だ。ジョルジュ卿もそうだが、サキュラ辺境伯領の人材は、厳格真面目な人が多いのだろうか。王都でご挨拶したサキュラ辺境伯その人は、ずいぶんと……うん、豪快に大らかな印象だったのだけれど。

「アーサー様のご事情はうかがっております。なにかございましたら、わたくしにご相談をお願いいたします」

「わかりました、リインさん」

素直に頷いたわたしに、リインさんは頷き返した後、違います、と指摘した。

「リイン、と呼び捨てに願います。わたくしは今、サキュラ辺境伯のご子息であられるアーサー様と対面しております」

「……わかった、リイン。これでいい？」

「はい。ありがとうございます」

「いや、こちらこそ、ありがとう。まだ、アーサーには慣れていなくて」

リインの言う通りだ。他家の人間ならともかく、自家の侍女なのだから呼び方に気をつけないといけない。

ここでのわたし——いや、僕は、アーサーなのだから。

「これからも、僕が間違っていた時は注意してくれると助かるよ」

「心得ております。それがわたくしの務めです」

やっぱり厳しそう、と僕は張り付けた笑みの裏で防御を固める。でも、ジョルジュ卿と一緒で、この厳しさは頼もしくもある。

「アーサー様の状況について、ご説明をいたします」

リインによると、僕はここで三ヶ月前から生活していることになっているらしい。

王都で生まれた辺境伯の末っ子として、領内の子女教育——軍子会に参加するためにここまでやって来た。長旅と環境の変化で体調を崩し寝込んでいたが、ようやく回復してきた。

そういう設定だそうだ。

「アーサー様のお世話をしたことになっている人物は限られておりますから、ほとんどの相手を初対面として扱って頂いて問題ございません。アーサー様のご事情であれば、多少ぎこちない対応でも気にする者は少ないかと」

「そうだね。後妻の子……実質的には、愛人の子だと思われているかな？」

恐れながら、とリインは首肯した。王都から付き添いの従者もなければ、そういう話にもなるよね。

思うところがない、と言えば嘘になる。

どういう目で見られるかと想像すると、あまりいい気はしない。けれど、王都にいた頃の〝本当の自分《わたし》〟に向けられていた視線を思い出せば、ずっとマシな気もする。

うん、大丈夫、我慢できることだ。

「わかった。そのつもりでいるよ。他にはどんなことに注意が必要だろうか？」

「はい。辺境伯家の一族関係について、少々説明が必要かと思われます」

「うん、知らないのは不自然だね」

「それと同時に、アーサー様に必要があれば、まず頼りになさるべき方になりましょう。無論、わたくしとジョルジュ卿も頼って頂ければと思います」

射すくめるような印象のリインの目が、僕をしっかりと見つめている。

それは、言葉通りに行動しなさい、と叱っているようだった。頼るべき人に頼れ、と。

僕は、それに答えられない。困ってしまって、顔に張り付けた笑みが、また少しだけずれる。

僕の顔を見たリインは、それ以上の無言を切り上げた。

「まずは領都にいる方々からです、領主代行のイツキ様はご存知ですね？　次に、神殿にお勤めのヤエ様は、イツキ様の従妹《いとこ》に当たります。ヤエ様は軍子会の担当になりましたから、接点が多くなるかと。なお、わたくしとジョルジュ卿も、軍子会の担当です」

都市内の紹介を終えたところで、ドアの外に近づいてくる気配がある。

リインは言葉を止めて警戒する姿勢を見せたが、控えていたジョルジュ卿がそっと首を振る。

「この足音はイツキ様だ、心配ない。連れもいないようだ」

ジョルジュ卿の言葉通り、ドアをノックして入って来たのは、僕の兄にあたる人物だった。

「おお、アーサー、今日は体調が良いようだな！」

大きな声に、潑溂《はつらつ》とした笑み。ずんずんと大股で歩み寄る姿は、豪快と粗野の境界線上に立って見える。……ちょっと粗野寄りかもしれない。

ジョルジュ卿とリインを見た後だと、別な領地の住人のように見える領主代行は、歩み寄った勢いのまま僕の肩を叩《たた》く。

「ここまで来ればもう心配はいらんな！　サキュラを好きなだけ楽しむといい！」

僕の兄様になる人物は、片目をつぶってそう告げる。

三ヶ月寝込んでいたらしい僕への言葉ながら、今日到着したわたしへのメッセージをふくんでいる。

「あ、ありがとうございます、イツキ様」

「はは、堅苦しい挨拶などいらんぞ。可愛い弟だからな、呼び捨てでもいいくらいだ」

流石にそれは、という指摘は、侍女のリインがしてくれた。

「それではアーサー様が逆に呼びづらいでしょう」

「そういうものか？　俺なら……まあ、俺も姉上を呼び捨てにはちょっとできんな」

イツキ様は頭をかく。

「そうだ、それならアーサーも俺を兄と呼んでくれ。それなら問題あるまい？」

「それは問題ございません。むしろ、ご兄弟で仲がよろしいというアピールになりますから、アーサー様に余計な手出しがされないようになるかと」

「では、決まりだ！」

イッキ様が、期待に目を輝かせて僕を見つめてくる。

これは、その、言わないといけないのだろうか。

「えーと、その……」

口ごもるが、イッキ様は、さあ、と笑顔で見つめてくるばかりだ。リインもジョルジュ卿も、これは止める気がないらしい。

「では、その……イッキ兄様？」

「うむ、これからよろしく頼む、弟よ！」

兄様は、嬉しそうに笑って肩を叩いてくる。

さっきは止めなかったリインとジョルジュ卿が、その勢いで人を叩くのは止《や》めろ、とすぐに間に入ってきた。

僕は、張り付けた笑みが、またずれたのを感じる。

こんなにも真っ直《す》ぐに顔を見つめられる兄は、初めてだ。

「それで、リイン、どこまで説明した？　軍子会については？」

「これからです。後は、領主一族としてユイカ様をご説明して、その娘のマイカ様と、例の子について話そうと」

「そうか。なら、それについては俺が引き受けよう」

手短にお願いします、とリインが釘《くぎ》を刺してから頷く。

「我が家の長女であるユイカ姉上は、今はクライン義兄上と一緒にノスキュラ村というところにいてな。姉上は俺よりよほど領主に向いた人物なのだが、そんな姉上が追いかけるほど義兄上もまた素晴らしい男で――」

「手短に、イツキ様」

「え？　いや、まだ話し始めたばかりなんだが」

「手短に、イツキ様」

「……わかった」

リインが弩砲みたいに物騒な目でイツキ様を睨《にら》んでいる。

「えーと、とにかく、我が家にはすごい素敵な夫婦がいて、その娘もすごい素敵なんだ。アーサーより一つ二つ年上だ」

もう十年くらい会ったことないけど、とイツキ様が呟く。

僕より一つ二つ年上で、もう十年会っていないとなると、それもう赤子の頃に会ったきりということにならないだろうか。それでもすごい素敵と断言できるのか。さてはこの人、身内にものすごく甘いのでは？

どうでもいい疑惑の一方、会話の流れもなんとなく理解した。

同じ年頃の子供ならば、軍子会に参加しにやって来るのだろう。

「名前はマイカだ。絶対に仲良くするといい」

「あ、はい」

絶対なんだ。

あれ、すごく自然に言われたから気にならなかったけど、これひょっとして命令された？

「なにせユイカ姉上とクライン義兄上の娘だ、利発だし、人を見る目があるし、腕っぷしもある。間違いない」

命令というより、単に自慢しているだけの気がする。

しかし、頭の良《よ》し悪《あ》しや社交能力だけでなく、腕っぷしまでそろうんだ。確かに、そこまでいくとすごい人だ。

「さて、それでもう一つ。その姉上と義兄上からの推薦で、軍子会に参加する人物が一人いるんだ」

「娘さん以外で、ですか？」

「ああ、農民の子らしいのだが……ちょっとにわかには信じ難いレベルの人材だから、ぜひにとのことだ」

「はい」

珍しいけれど、農民の子でも才能があれば登用したいと考えることは理解できる。

でも、それがどうして僕に説明されるのか。

「アーサー。今期の軍子会の男子は、その農民の子が追加され、丁度偶数になった」

「はい」

「軍子会は、通常二人の相部屋になる」

「……はい」

僕は、辺境伯の息子アーサーとして、ここに来た。つまり、男の子だ。

その方が、追手の目を誤魔化しやすいと言われて、僕も納得している。

「……相部屋の相手って、まさか」

「その農民の子にしようと考えている」

でも流石に、相部屋がどうこうになると、納得からはみ出た部分が出て来る。

「その、贅沢《ぜいたく》が言えない身なのは承知していますけど……大丈夫でしょうか？」

「不安はもっともだ。完璧な偽装を考えないのであれば、体調を理由に領主館から通わせてもいいからな。俺も、初めそうしようかと思っていた」

だが、とイツキ様は、今は考えが違うことを示す。

「姉上がアーサーの事情を聞いて、それならば相部屋にした方がいい、と言ったのだ。その農民の子が同室ならば、なにも心配はいらないと。俺は、姉上の人を見る才に全幅の信頼を寄せている」

「そう、ですか」

僕としては、そう簡単に頷けない話だ。

たとえ、相手がイツキ様の息子だったとしても同じ話で、僕はそこまで他人を信用できない。ましてや農民の子となると、いかに才能があると評価されていても、そもそも教育を受けていないのだから……。

それでも、僕は首を縦に振った。

「お任せします」

僕は意見を述べられる立場にない。笑顔を張り付けて、ただ頷くだけだ。少なくとも、ここでそうすれば誰の迷惑にもならない。

「不安だろうに、すまんな」

そんな僕の笑顔に、イツキ様は頭を下げた。

「なにか問題があれば、すぐに知らせて欲しい。リインにも注意するように言っておく。さっきも言ったが、領主館から通う選択肢もあるからな、ダメならすぐにそうすればいい」

あくまでも、偽装に完璧を期すためと、姉ユイカの意見を信じての処置だとイツキ様は重ねる。

「はい、わかっています。ご迷惑をおかけして、すみません」

「迷惑など、あなたが気にすることではないんだ」

そう強い口調で首を振ったイツキ様は、傷ついた鳥を見つけたような顔をしていた。


それから一ヶ月が経《た》った今日、いよいよ、この部屋のもう一人の住人が都市に到着したらしい。

寮監を務めるリインが、情報を素早く伝えて注意を促してくれた。

「先にイツキ様に挨拶をして、その後にこちらにいらっしゃる予定です。イツキ様のことです、ぎりぎりまでマイカ様とお話しされようとするはずですから、しばらく時間がかかるかと」

「うん、わかった。ありがとう」

リインの細かな気配りには、ここに来てからもうずいぶんと助けられている。

しかし、そんな有能な侍女の助けを借りても、不安が湧いてくる。異性である男の子、それも礼儀とか清潔さとか、その辺りの考えがかけ離れていると思われる農民の子である。

できるだけ我慢するけれど、それとは別に恐い。

「それで、その……例のアッシュという子は、どんな人だったのかな？」

「執政館で対応した侍女からのまた聞きになりますので、わたくしもはっきりとは申し上げられませんが……」

リインが、彼女にしては珍しく、上手《うま》く整理できない様子で口ごもる。

「その侍女が見たところによりますと、イツキ様へ挨拶に参った二人の子供は、どちらも良家の子息と思われる振る舞いだったと」

え。待って、僕もリインの言葉を上手く整理できない。

「それはつまり、二人とも同じくらいの礼儀正しさだったと？」

貴族の血筋で相応の教育を受けただろう女の子と、そんな教育など受けられるはずもない男の子が？

僕が困惑していると、リインも同じ気持ちであることを頷きで表現する。

「そればかりか、緊張した様子のマイカ様と比べると、よほど落ち着いていたそうで……どちらかというと、例のアッシュなる人物の方が、マイカ様をフォローしていたようだとも」

「この情報、どこかでマイカとアッシュが入れ替わっていたとか、そういうことは……？」

「確かにそう考えたくなるのですが、ユイカ様とマイカ様は容姿が似ていらっしゃるそうで、当家の侍女が目にすれば、どちらがユイカ様のお子であるかは一目瞭然です。それに、服装は粗末ではありませんが、やはり質の良し悪しは明白だったとのことですから」

「そ、そうなんだ。それなら、えっと……」

この情報、どう捉えればいいのだろう。

これから迎えなければならない人物が、全くの予想外すぎる。

「アーサー様、アーサー様。まずは落ち着いて。悪い情報はなにもなかったのですから、案ずることはありません」

「え？　そう？」

悪い情報はなかった？　うん、そういえば、ないかも。ないね。

だって、礼儀作法がしっかりしている相手で、非常に落ち着いた人物であるとのことだもの。良い情報しかない。

単に意味不明なだけだ。

「ありがとう、リイン。ひとまず、普通に、丁寧に接すればいいね」

「はい。相手が礼儀をわきまえているならば、それでよろしいかと。念のためそばに控えておりますので、どうぞ安心なさってください」

ふぅ。変にドキドキしちゃった。リインのおかげで少し落ち着いたけれど、まだ心臓が跳ねている。

胸が熱くなって、じっとしていられない気持ちになるこの感覚は、王都では味わえなかったものだ。どう扱えばいいか、少し困る。

アッシュって、一体どんな人なんだろう。

一からアッシュのイメージを作り直そうとするけれど、どれもこれも違うような気がする。

うんうん唸《うな》りながら、広くもない部屋を行ったり来たり、そのうち廊下に足音がやって来る。

来たかな。来たかも。

足音がすぐそこで止まって、ノック音。あ、侍女や召使がいないから、わたし――じゃない、僕が返事しないと。慌てたせいで、声が少し上擦る。

「はい、どうぞ」

ドアが開くと、そこには赤髪の少年が、穏やかな笑みを浮かべて立っている。

「失礼します。今日からお世話になります、アッシュと申します」

わあ、本当に礼儀正しい。都市の有力者の子でも乱暴な態度を見かけるので、すごく上品に見える。

それに身だしなみもしっかりしている。さほど上等な衣服ではないのに、汚れやほつれが見当たらない辺り、日頃から気を遣っているのだろう。

生まれ育った環境のせいで、一瞬でその辺りを観察しつつ、挨拶を返す。

「僕の名前はアーサー。気軽にそう呼んで欲しい」

ここに来てから一ヶ月で、この名乗りも大分慣れたように思う。本当の名前を呼ばれないことも、嘘を吐くことも。段々、自分というものがなんなのか、感触があやふやになってしまう。

そんな僕に、アッシュはすごく気さくに話してくれる。妙に丁寧な言葉遣いだけれど、やけに友好的だ。途中からどんどん友好さが加速した気がする。

「ええ、ノスキュラ村では教会がきちんと働いていますよ。私が出て来る時には、八人まで利用者が増えていました。今度こそフォルケ先生もがんばっていることでしょう」

「フォルケ先生？　それが君の村に派遣された神官の名前？」

「ええ、親愛と敬意と諸々《もろもろ》雑多をこめて、フォルケ先生と呼んでいます」

「立派な人なんだね。農村でしっかりと教会を開くだなんて、聞いたことないよ。すごいことだね」

「いえいえ、それは買いかぶりですよ。あの人は深刻にダメ人間なところがあるので、あんまり褒めてあげないでください。今頃くしゃみを連発して呼吸困難になっているかもしれませんので」

「ふふっ、なにそれ？　待って、フォルケって人のイメージがわからなくなってきちゃった」

他愛もない会話、とはこういうことを言うのだろう。アッシュは、僕の生まれや現状についてなにも聞かない。

気を遣われているのかな。きっと、そうなんだろう。

そう思うけれど、実はあんまり気にしていないだけじゃないかとも感じる。それくらい、アッシュの話は途切れない。

「フォルケ先生のイメージですか？　う～ん、頭の良いゴロツキ？　悪魔の使い走り？」

「……神官なんだよね？」

「ええ、神官ですよ。以前は亡者してましたけど」

「え？　亡者？　え？」

「基本的には良い人なのですけどね、言動や生活態度は不健全極まるので、人様に紹介する時は適度に貶《おとし》めておかないと。ほら、神殿の品位にかかわりますから。あんなのを他の神官の方と一緒にするなんて、三神のお怒りを買いそうです」

「ふふふっ、待って待って、聞けば聞くほどわかんなくなっていくっ」

ずるい。なんでそんな楽しい話を持っているのかな、この子は。

今の自分の表情がどうなっているか心配なんだけど、笑うのが止められない。さっきからずっと肩が震えっぱなしで、体も熱くなってきた。だというのに、笑いの熱源であるアッシュの話題は尽きない。

こんなに笑うのなんて、すごく久しぶりだ。

息切れしてふうふう言う頃になって、ようやくアッシュの話題も一段落した。すごいね、荷解《にほど》きもまだなのに、こんなに楽しい話ができるなんて。

「そうです、アーサーさん。私と一緒の村から出て来たマイカさんについてなのですが」

「あ、聞いているよ。僕の……姪に当たるんだよね」

「ええ、そうです。よろしければ、マイカさんともお話ししません？　初めて会うことになるとは思いますが、ご家族なんですから」

家族、か。

その単語で思い浮かぶのは、自分を敵と見ている兄と、なんだかんだと理由をつけてろくに助けてくれない父だ。それらの顔に結びついている感情は、警戒や悲嘆、いずれも冬の風より冷たい。

アッシュとの会話であれだけ溜《た》まっていた熱が、あっという間に冷えていく。いけない。この落差を表に出したら、彼に心配をさせてしまうかもしれない。

それはあまり好ましくない、僕には慣れた感情だから、心配なんていらないからね。

僕は使い慣れた笑みを顔に張り付ける。

「うん、そうだね」

上手にできた、と思う。

ただ、目の前のアッシュの表情が、ほんの少しだけ違ったから、自信が揺らぐ。

「じゃあ、紹介をお願いしても、いいかな」

「もちろんです」

そう答えたアッシュは、さっきよりも笑顔の温度を上げたように感じた。

「友達同士、皆で仲良くしましょう」

友達？　友達って、今、言われたのだろうか。

冷えたと思った心が、また温かくなる。というより、熱くなる。なんだか、気恥ずかしい。

お、おかしいな。仲良くしよう、くらい言われ慣れているはずなんだけど、ものすごく恥ずかしい。

動揺が表に飛び出しそうになるのを、必死に我慢しながら、ふと気づいた。

――考えてみれば、友達、なんて生まれて初めてかもしれない。

侯爵家の人間だ、子爵家の人間だ、と握手を求めて来た人はたくさんいるけれど、彼等の仲良くというのは、家と家の繋《つな》がりだ。友達というより派閥の一員として、利益を寄越《よこ》せ、便宜を図れの言い換えにすぎない。

でも、アッシュは農民の生まれだし、言葉そのまま、友達って受け取ってよさそう。裏があったとしても、勉強を教えてもらうとか、それくらいが精々だよね？

そういうのは、すごく友達っぽい友達だ。口に出しては言えないけれど、本で読んで、憧れていた。

でも、本当にわたしと友達になってくれる？

「私とマイカさんは友達です。私とあなたも、もう友達です。友達の友達は皆友達です」

あ、そうか、僕か。

わたしじゃない。

僕の友達だね。それはちょっと残念。初めて友達ができたのは、わたしではなくて、僕なんだ。

ううん、でもそれはわがままだね。僕と名乗っているのは、わたしなんだから、君がそう言うのは当たり前のことだ。我慢するね。

我慢しても、こんなに嬉しくなってしまうんだから、十分だよ。

うん、本当に。これで十分、これでも十分。わがままは言わない。

「そっか、友達か……」

「お嫌でした?」

アッシュの問いかけは、すごく優しい微笑みとセットだった。その笑い方が、また温かい。どう答えても、友達だって言ってくれる、そう思える笑み。

「ううん、嬉しい――」

できれば、その笑みを、もっと素直に受け止めたかった。受け止めて、素直に返したかった。

そんな心を引っ張る重り《うそ》が、答えた言葉に余計なものを引っつけた。

「――と思う」

嬉しいよ。本当に嬉しい。

初めてだよ。友達だって、そんな真っ直ぐ言ってくれた人。

でも、僕にはそれをはっきりとは言えないよ。だって僕は、嘘の塊だから。友達に嘘を吐くなんて、最低だよね。

あやふやになりかけていた僕《わたし》だけど、この悲しさは、まぎれもなく僕《わたし》のものだ。

◇◇◇

【横顔　マイカの角度】

これから二年間お世話になる寮の部屋には、姿勢の良い女の子がついていた。

この言い方はあんまりよくないね。ついていたといっても、同室の子だもんね。

「初めまして、レイナと申します。サキュラ辺境伯家に仕えている侍女リインの娘です」

ふんふん、レイナちゃんか。ぱっと見、大人っぽい子だ。

背筋を伸ばしているせいか、背が高く見える。それに、切れ長の目に口元をきゅっと結んだ表情は、わがままなんて卒業したわ、と言っている気がする。

でも、姿勢の良さは侍女としての教育だね。武芸の鍛錬はほとんど感じられない。この子にならば余裕で勝てる。そのことにほっと笑みが浮かんでくるのを感じながら、こっちも丁寧に挨拶をする。

「はい、初めまして、マイカ・ノスキュラです。これから二年間、よろしくお願いします」

「母からうかがっております、マイカ様。あ、母は今回こちらの寮監をしておりますが、部屋割りはイツキ様の采配です」

りょうかん?……寮監かな?　へえ、なんだか偉い人の気がする。

ここは仲良くしておいた方がいいかも。アッシュ君のためになるかもしれない。

「うんうん、そうですか。あ、早速ですけど、もっと気軽に話してもいい？　これから一緒に暮らすんだから、ずっと堅苦しいのは疲れない？」

「それは……わたしもちょっと、そう思います」

レイナちゃんは、声を小さくしながらも、眉尻を下げて頷く。あ、可愛いかも。大人っぽく澄ましていても、やっぱりあたしと同い年ぐらいなんだね。

「じゃあ、お互いに友達として話そう、そうしよー。てなわけで、あたしのことはマイカでいいよ、レイナちゃん」

「よろしい、でしょうか？」

「まあ、すぐにとは言わないけどね」

レイナちゃんの顔に浮かんだ躊躇いに、あたしは肩をすくめる。

まあ、こんなでも領主一家の長女の娘だからね、あたし。レイナちゃんとしては、いきなり呼び捨てなんて難しいのはわかる。

「農村の生まれだから、友達は皆呼び捨てだったし、あたしは全然気にしないからね。よかったら気軽に呼んでよ」

「わかりました。問題ないか母に相談してみます」

「うん、いつからでもいいからね。あたしも都市は初めてだから、聞きたいことたくさんあるし」

やっぱり美味《おい》しいものとかあるんだよね。甘い物が食べたいな、あとお肉。村ではあんまり食べられなかったからね。……アッシュ君がすごくなってからは、結構食べてたけど。

さて、ぱぱっと荷物を置いたらロビーに行って、アッシュ君に会わないと。せっかく一つ屋根の下にいるんだもん、日暮れとか気にしないでお話ししないともったいない。

レイナちゃんが使っていない方のタンスに荷物を詰めこみ終えると、レイナちゃんが目を丸くした。

「え？　もう終わったんですか？　お荷物、手持ちのあれだけ、ですか？」

「そうだよ？」

お父さんに教わった通りに荷物を選んで詰めてきました。兵隊さんが行軍の時に使う基準だって。

剣と短剣が一番重かったかな。

「ほ、他のお荷物は？」

「ん～？　あたしのはないかな？」

クイドさんの荷馬車には、アッシュ君が色々持ってきたものがたくさんあったけどね。

「お着替えとかは!?」

「あ、大丈夫、大丈夫」

そうかそうか、それを心配されていたのか。

「アッシュ君が持ってきたものをクイドさんが売って、そのお金で都市で使う服とか諸々を新しく買うことになってるの」

「は、はあ、アッシュさん、ですか？　確か、マイカ様と同郷の……方だとか？」

農民の子ですよね、とレイナちゃんの顔には書いてある。

ふっふっふー。アッシュ君をそんじょそこらの子と一緒にされちゃ困るね。

「アッシュ君は、ノスキュラ村で一番の稼ぎ頭なんだよ！」

アロエとかミツバチとか、あとお薬とか、アッシュ君が始めた物はバンバン売れていく。おかげでとても助かっている、ってお母さんがほっとした顔で言っていた。

今回の領都での生活も、ちょっとお金的につらいところはあったんだけど、アッシュ君がクイドさんやお母さんと相談していたら解決したらしい。なんか、今まで売り物になっていなかった村の素材のうち、都市で使いそうな素材を売ることにしたんだって。

需要はあっても、供給する側と繋がっていないというミスマッチ。交通・通信が不足していると、こんなもったいないことが起こりえるのだ。世界の損失！　交通網の偉大さ！

――って、アッシュ君が難しいことを呟いていた。よくわかんなかったけど、なんかカッコイイ。

で、クイドさんが運んでくれた荷物の大部分は、今後アッシュ君があちこちと交渉しながら売ることになっている。つまり、あの荷物がそのうちあたし達の着替えになる。

「あの、マイカ様がなにを言っているのか、ちょっとわかりません……」

大丈夫だよ。あたしもよくわかんないから。

大事なことはたった一つ。

「とにかく、アッシュ君はすごい、ってことだよ」

それ以外はそのうちわかるよ。馬車の中で聞いてみたら、「舗装道路ができれば実感としてわかるでしょう」ってアッシュ君が笑ってたからね。

うん、邪魔者全部を押し流すあの笑みだった。ドキドキしちゃった！

「よし、荷物はこれでお終《しま》い！　レイナちゃんはこの後どうする？　あたしはアッシュ君と待ち合わせしてるけど」

「ええっと、わたしは母のところへ行こうかと。その、マイカ様との接し方について確認を」

「あ、そうだね。じゃ、また後でね！」

ぶんぶん手を振って寮室を後にする。

あたしがロビーについた時には、アッシュ君はいなかった。まだ部屋の方かな？　あたしは男子の部屋が並んでいる廊下を、ひょっこり覗きこむ。

木窓の隙間から弱々しい冬の日差しが差しこむ廊下に、一際明るく光を跳ね返す赤い髪。

アッシュ君だ！　自分でも、途端に笑顔になったのがよくわかる。

あたしが手を振ると、アッシュ君も手を振り返してくれる。わーい。

あ、アッシュ君の後ろに金色の髪が見える。叔父上が言っていた同室のアーサー君かな。流石はアッシュ君、もう仲良くなったみたい。友達は大事、人脈は便利、協力者はパワー！って言ってたもんね。

アーサー君の髪は金色だけど、アッシュ君より柔らかく光を受けている印象だ。顔立ちもお人形さんみたいに整っていて、大人しそう。う～ん、いかにも都会の子って感じがするね。服とか派手さはないけどお洒落《しゃれ》に見える。

あたしとはタイプが違う美少女だ。あんな子がアッシュ君と同室か。これはゆゆしきじたい、あたしのアッシュ君（の恋心）が危ない——って、美少女ぉ!?

金髪の子をもう一度改めて眺める。顔は、うん、可愛い。女の子でも通りそうな可愛さ。

でも、男子寮からやって来るよね？　男子寮に女子がいるわけがないよね？　男子寮に女子が住めるならあたしも住む！

大声を出しそうになって、でも、出せなかった。

アッシュ君が、いつもの穏やかな笑みの中、笑っていない目であたしを見つめている。あれは、あたしがなにか危ないことをする時に向けている目だ。

レア！　アッシュ君のレアめのフェイスだよ！

う～ん、良いもの見られた。

さて……ええっと、なんだっけ？　アーサー君のアーサーちゃん疑惑？

「マイカさん、お待たせしました」

「ううん、全然。あたしも今来たところ」

目の前のアッシュ君に比べれば、とっても小さな問題だね。

「こちら、同室のアーサーさんです。マイカさんの叔父にあたりますけど、まあ、年も近いですし、
ご本人も気さくな方でしたよ」

アッシュ君は、普通にアーサー君と接している。じゃあ、やっぱりアーサー君は男の子だよね。

パッと見た時は「女の子！」って感じたんだけど、なんだったのかな。

まあ、見た目ならアッシュ君もかなり可愛いとこあるし、こういう人もいるのかもしれない。

……なんでか、アーサー君への警戒が解けないけど。

「初めまして、マイカ、でいいのかな？　僕の方が年下だから、やっぱりちょっと迷うね」

「年下って言っても、ほとんど変わらないじゃない。うん、マイカでいいよ。あたしもアーサー
君って呼ぶね」

差し出された手を握り返しながら、アーサー君の表情を読み取る。

アーサー君は綺麗な微笑みを浮かべているけれど、それは昔のアッシュ君を思い出す笑い方だ。

本当は全然笑えてないでしょ？　痛いのとか、苦しいのとか、そういう我慢してる笑い方だ。

あたし、そういう笑顔はすっごく苦手だったんだよ。見ていてこっちが泣きそうになっちゃう。

うん。そう、苦手だったんだよ。今は別に苦手じゃない。

まあ、相変わらず嫌いではあるんだけどね。胸が冷たくきゅうってしちゃうから、嫌い。

だからね？

「これから、がんばってね！」

「うん？　うん、そうだね。がんばろうね？」

あはは、軍子会のお勉強を一緒にがんばろう、みたいな受け止め方されちゃった。

違う、違う。あたしが言いたかったのは、アッシュ君に振り回されるのがんばってね、っていう意味だよ。

そんな作り物の笑顔、きっとすぐに吹っ飛ばされちゃうから、がんばってね！

◇◇◇

都市到着二日目。今日の午前は、同期の軍子会全員で神殿へ行って、読み書きの勉強をすると告げられた。

神殿に行くのは楽しみだ。ただ、神殿に行く楽しみは読書の楽しみなので、読み書きの勉強は遠慮したい。それはもう三年前に終わらせた。

そんなことをアーサー氏に相談すると、大丈夫だと請け負ってくれた。

「中には読み書きを先に覚えている人もいるから、そこは融通が利くはずだよ。もうできる人は、自習ということで好きな本を読めるよ」

「それは素晴らしい！」

個々人の資質に合わせた柔軟な教育だ。神殿の蔵書が楽しみで、思わず向かう足が速くなってしまう。

アーサー氏は驚いて一歩出遅れたが、マイカ嬢はすんなりと私の加速についてくる。

「よかったね、アッシュ君」

「ええ！　都市に来た目的の一つは、神殿の蔵書目当てですから！　二日目にして閲覧の機会を得られるなんて幸運ですね！」

ひとまず、基礎的な化学知識と化学技術を得られる本がないか探そう。それか、実践的な内容の農学の本。

目指すは化学肥料で食料増産だ。

「マイカさんも手伝って頂けますか？」

「もちろんだよ。肥料とか、化合物とか、そういうことが書かれた本を探せばいいんだよね」

「流石はマイカさん、ばっちりです」

村を出てくる前に、探している内容を共有しておいて良かった。やはり頼れるものは協力者、友達であるな。

遅れて追いついてきたアーサー氏が、躊躇いがちに会話に混ざる。

「えっと、よくわからないけど、探している本があるんだね？」

「ええ。村にある本だけではわからなかったことがありまして」

「そうなんだ。ちょっと興味があるんだけど……僕も手伝えるかな？」

ウェルカム、労働力。なんと友達がいのあるお言葉でしょう。

私がにっこりと笑いかけると、なぜかアーサー氏が一歩引いてしまった。その背中を支えたマイカ嬢が、苦笑して説明する。

「あれ、気合が入っているだけだから。大丈夫、恐くないよ」

「え？　あ、う、うん……ありがとう。なんだか、妙な迫力があって」

「うん、皆そう感じるから、大丈夫、おかしくないよ」

私が一体なにをしたというのか。気合を入れて、友好的に接しただけなのに。


神殿では、どことなくマイカ嬢やユイカ夫人に似ている女性が対応してくれた。

二十歳になるかならないかといった年頃の、落ち着いた知的美人だ。

「お二人が、マイカさんとアッシュさんですね。初めまして、神官のヤエと申します。軍子会の座学担当の一人です」

「初めまして、マイカと申します。お世話になります」

礼儀正しく一礼したマイカ嬢を横目に、私は目の前の神官に唐突な親近感を抱いた。

そうか、この人がヤエ神官か。お礼を申し上げなければ。

「アッシュと申します。お会いするのは初めてですが、大変お世話になっております。いつもありがとうございます」

「あら？　なにか、ご縁がありましたでしょうか」

ヤエ神官が、右手を頬に添えて首を傾《かし》げる。ちょっと魅力を感じる所作だ。

「ええ。フォルケ神官を通じて、間接的なものではありますが、私が欲しい本を探すためにお骨折りを頂いていると聞いております」

「フォルケ神官からの、本……」

知的美人が、まさかと目を見開く。

「あ、あなたが、フォルケ神官のお話にあった若者ですか！　あの難解な指定の本を求めた？」

「どのような文面だったかわかりませんが、恐らくそうです。私の他に、フォルケ神官に本の入手を依頼した村人はいないはずですから」

ふらりと、ヤエ神官が後ろに一歩後退《あとずさ》る。

「ちょ、ちょっと目眩《めまい》が……」

「おや、大丈夫ですか？」

体調が悪かったのだろうか。心配して近寄ろうとした私を、マイカ嬢が肩を摑《つか》んで止める。

「ダメだよ、原因のアッシュ君が近づいちゃ」

原因ってなに。

「あたしや村の皆はもう慣れっこだけど、アッシュ君は色々刺激が強いから、初めての人には慎重に接しないと」

「マイカさん、なんだか私が危険物のように言われている気がするのですが」

「そ、そんなことないよ？」

慌てた様子で、マイカ嬢が否定してくれる。よかった。なんか毒物扱いされた気がしたのですよね。

「ただ、お母さんから、アッシュ君が勢いついた状態で他の人と接しないようにしろって言われてるから」

私は暴走車両かなにかか。結局危険物扱いじゃないか。変わり者の自覚はあるけど、あんまりじゃなかろうか。

私が衝撃を受けているうちに、ヤエ神官の方が立ち直ったようだ。

「すみません、想像していたよりずっと幼い方だったので……」

「いえ、こちらこそ混乱させてしまいまして、すみません。うちのアッシュ君が驚かせてしまったようで」

今度は私が衝撃を受けて言葉をつまらせているうちに、マナーモードに入ったマイカ嬢が詫びる。

待って。「うちの」ってなに。危険物扱いの次は所有物ですか。

「ですが、フォルケ神官なら、お手紙にもアッシュ君のことを子供子供と書きそうですが、違いましたか？」

「ああ、いえ、確かに、子供からおど――要望だと書かれてはいたのですが……」

ヤエ神官が、私を今一度よく観察する。

微妙に焦点が合っていない、私を見るにはやたら遠い気がする。

「よもや、本当に言葉どおりの幼さとは……。だ、だって、この神殿の誰もわからないような内容の本ですよ？　それに、その前の話では、前期古代語の解読にも重要な手がかりを見出《みいだ》したという英才で……」

「ああ、フォルケ神官が大袈裟《おおげさ》に言っているると思われたのですね。無理もありません。なにせアッシュ君ですから」

困惑するヤエ神官をしり目に、マイカ嬢は微妙に嬉しそうな表情をしている。

何故《なぜ》だろうと思ったら、マイカ嬢が控えめに囁《ささや》いて教えてくれた。

「流石だね、アッシュ君。村でもすごかったけど、都市でもやっぱりすごいんだね！　村の自慢にできるね！」

村の特産物扱いか。

知らなかった。マイカ嬢、引いてはユイカ夫人からそんな風に思われていたのか。

「そうですか、アッシュさんがフォルケ神官のお話にあった若者ですか。本当に？　やっぱり本当なのですか」

ヤエ神官はちょっとしつこい確認をしてから、なにか疲れの成分を混ぜた溜息を吐いた。

「それなら確かに、今さら読み書きの勉強は必要ありませんね」

「ええ、そうだと思います。村長である父と、それを補佐する母も太鼓判を押していました。ついでに私も、アッシュ君ほどではないですけど」

「わかりました。では、マイカさんとアッシュさんのお二人とも、読み書きの勉強は不要ですね。その時間は、お好きな本をお読みください。見識を拡げ、都市の発展に貢献することを期待します」

「はい、ありがとうございます。アッシュ君なら、その期待を裏切りません」

半信半疑らしいヤエ神官を、マイカ嬢が村長一家の発言力で押し切ってくれる。嬉しいのだけれど、先程の会話が耳に残っていて、今ひとつ素直に喜べない。

すると、アーサー氏が声をかけてきた。

「アッシュ、古代語の解読って、一体なにかな」

「なにと言われましても……古代語の、解読です。前期古代文明の」

「前期古代文明の、あの、もう読めない文字の？」

「あの文字の、解読です」

アーサー氏の綺麗な顔が、お化けを見たように引きつった。

「アッシュ、君は……マイカが言う通り、ちょっと刺激が強すぎる」

「変わり者である自覚はありますけれど、きちんと事情を理解して頂ければ、そう驚くことではありませんよ。ちょっと説明をさせてください」

あれはただ、フォルケ神官がたまたま古代語解読の研究者であって、私はほんの少し補助しているだけなのだ。

「いや、僕も前期古代文明の文字をちょっとだけ見たことがあるけど……とてもじゃないけど、補助程度もできる気がしないよ」

前世らしき記憶がなかったら、私だってできません。

このことを打ち明けられれば、おおよその理解は得られると思う。そして、さらに奇異の目で見られるのだ。だから言えない。

段々と、このジレンマが大きくなっていくのを感じる。

私が曖昧な笑みを浮かべていると、マイカ嬢が笑顔で間に入ってくる。

「確かにアッシュ君は刺激が強いけど、一緒にいるとすごく面白いし、どんどん良いことが起きるよ」

マイカ嬢の明るい笑顔が心の隙間に染み入るよ。

アーサー氏もそれは同じだったようで、驚いていた表情がほぐれる。

「それも、そうかもしれないね。アッシュみたいな人は、今まで見たことも聞いたこともないし……ふふ、そう思うと面白いかも」

くすりと笑ったアーサー氏は、年相応の可愛らしさがある。これで男装している事情がなければ、素直に褒めたいところだ。

「そうすると、この後の探し物の本というのも、刺激的なのかな」

「どうでしょう。農業の助けになる物を製作したいだけなので、あまり期待しない方がいいかと」

ハードルを上げないで頂きたい。別に驚かせるために調べものをするわけではないのですよ。

「アーサー君、安心しちゃダメだからね。アッシュ君が当たり前に言ってることでも、すごいことが多いから」

「ふふ、そうだね、ちょっとそんな気がした」

マイカ嬢とアーサー氏が、二人そろってくすくす笑い合う。私が話題の中心になっているはずなのに、私だけがのけ者にされている。

都市の神殿の書庫は、いくらかは書庫の名に相応《ふさわ》しい規模になっていた。それでもまだ図書室レベルで、今世での書物の貴重さがうかがえる。

前世の図書館という設備が、いかに膨大な資源と高度な技術に支えられていたのか。少しだけ考えこんでしまう。

今世にも、その規模の図書館を増やしたいものだ。

そのためにも、まず潤沢な食料を確保しよう。

食料は全ての基本、文明の高度を決定する土台だ。この土台が広くなければ、小さなピラミッドしか作れない。

早速、ヤエ神官に本を探すために質問する。

「ここにある本は、なんらかの分類ごとにまとめられているのでしょうか」

「はい。内容ごとに分けられています。歴史、地理、文学……技術関係は、領域が広く混在している部分もありますが、古くから神殿に伝わる分類ですね」

「素晴らしいですね。とすると、私の探している分野は……」

自然科学やら化学やら言っても通じまい。フォルケ神官に相談した時もそうだが、相手が知らない概念を伝えるのは難しい。

「なにか、古代文明では盛んだった学問に関する棚はありますか？」

ヤエ神官が、頬に手を当てて思案するが、間もなく首を振った。

「難しいですね。それは王都の神殿でなければ保管していないかと思われます」

「そうなのですか？」

「ええ。各都市の神殿というのは、村の教会もそうなのですが、神殿の教えにある特定の書物を優先して保管しているのです。開拓された新たな都市で有用になる、実用的な内容の本なのだと言われています」

言われています、というのはなんともあやふやだ。神殿はもう数百年も続いていると自称しているのに、成功例がないのだろうか。

「実践した記録がないのですか？」

「記録にはありますし、物語にもなってはいるのですが……どれも古いものとなっておりまして。例えば、王都の基礎を作ったのは、神殿が示した書物の力と伝えられている、という類になってしまいます」

「なるほど」

村の教会にあった本の内容を思い出し、納得する。有用な植物図鑑や、農学の実用書、建築や鍛冶などの技術本も多かった。

恐らく、神殿の発足時、あるいはその前身となる組織が、「この本があれば役に立つ」と一覧を作成した時は、それで良かったのだろう。

ところが、それから年月を経て、いくつもの村や都市が興亡を繰り返すうちに、その本を役に立てるための基盤（知識・資源・設備）が、人々の間から失われていったのだ。

私が農学の本で地団駄を踏んだ、化学物質の名前や精製法などが、失われたものにふくまれるのだろう。

昔は当たり前だったものが、当たり前に手に入らなくなった結果、実用から遠ざかって廃れてしまった。「言われています」という神殿の主張は、正直であり、正確なものだと評価できる。

そんな所感をヤエ神官にぶつけてみると、熱心な相槌《あいづち》を返された。

「その推論には妥当性を感じます。確かに活用された過去があるからこそ、神殿は今のような力を持つにいたった。一方、現状に即したものから外れているため、現在の神殿は自分達の教えに疑問を覚え始めている。辻褄《つじつま》が合います」

神殿側も、今までの教えをただ守り続けることには、色々な声があるらしい。

今世の神殿は、宗教組織である一方、図書館の司書的な役割を担っているせいか、良心的な学者のような体質があるのかもしれない。健全なことだ。

「今後は、各地に持ち出す本について、教えを変える必要があるかもしれませんね」

「教義として可能なのであれば、その方が良いのではないかと思いますが……」

でも、宗教組織として大丈夫なのだろうか。

私が心配すると、ヤエ神官が小さく微笑む。

「組織ですので、明日すぐにとは参りませんが……神殿の教えも、同じ神官、同じ人間が作ったものと伝えられています。古人の知恵が、神殿の教えなのです。ですから、それを引き継ぎ、さらに未来へ託すために、今を生きる私達が知恵を絞ることは、なんら不遜なことではありません」

誇らしげに語る神官は、過つことなく知の番人に相応しい見解を披露する。

ここにも、本を守り、未来へ繋ごうとする意志がある。

「それは大変素晴らしいことだと、敬意を表します。辺境の農村の生まれとして、ぜひ神殿の新たな知恵を与えて頂けるよう、お願い申し上げます」

「それが神殿の務めなれば、誠心誠意、お応えいたします」

同志に全身全霊で応援を送ると、同志からも心地よい返答があった。

うむ。実に清々《すがすが》しい気分だ。フォルケ神官といい、私が出会う神官は、趣味が合う。

「では、私もできることで神殿の応援とさせて頂きます。実用的な本はあるということですので、農学の本から当たることにしましょう！」

マイカ嬢とアーサー氏を振り返って、神殿の有効利用を宣言すると、アーサー氏が神妙な顔をしている。

「アッシュ……。無駄な気がし始めているけれど、一応、言わせてもらうね？」

なんでしょうか。

「神殿の教えに一石を投じておいて、平気な顔をしているのは、とてもおかしなことだと思うよ」

平気な顔をしているのではありません。平気なふりをしているのです。

ちょっとした思いつきから、よもや宗教論に発展するなんて十一歳の子供にわかるわけがないじゃないですか。内心では冷や汗かいているよ。

別に悪事を働いたわけではないのだから、気にしない方向でいこう。

以上の思考を経て、私が発した言葉は本心だったかもしれない。

「そんなことより、早く本を探しましょう。待ちわびた都市の本なのです」

マイカ嬢もちょっと呆《あき》れた表情になってしまった。

◇◇◇

【横顔　アーサーの角度】

「農業に関する蔵書は、この棚の……上の数段ですね」

手伝ってくれるというヤエ神官の案内に、書棚を見上げたアッシュの表情が目まぐるしく変化した。

まずは笑み。待ちわびた友人にようやく会えたかのような嬉しそうな表情は、少し子供っぽい。ちょっと可愛い。

その笑みが、訝《いぶか》しげに曇る。あれ、今日の集まりに参加者はこれしかいないの？　と寂しさが見える。思わず背中を撫でてあげたくなるくらいの落胆ぶりだ。

それから目を細めて、食らいつく獲物を見つけた獣のような剣呑《けんのん》な表情。うわぁ、口元で笑ったままそんな目つきになると、すごく恐いんだけど……。

「なるほど、一領地の中心でもこの蔵書量ですか。ふぅん……まあ、いいでしょう。今はね、うん、今はまだ……」

今、アッシュが誰かを、いや、なにかを敵だって決めた気がする。

待って、待って待って。なんで書棚を見上げただけで、こんな緊迫感が出るの？

おかしいよね。アッシュみたいな子供が威圧感を出すことから、その発端が書棚っていうところまで、おかしくないところが見当たらないくらいおかしい。

え？　なに？　今のなに？　アッシュってなに？

混乱した僕は、アッシュとの付き合いが長い人物の反応をうかがおうと、視線を向ける。

「アッシュ君、踏み台あったよー」

その人物は、平気な顔でアッシュが本を取るために必要な準備をしていた。

「あ、ありがとうございます、マイカさん」

「えへへー、任せてよ」

押さえてるね、と言って、マイカはアッシュが踏み台に上って本を取るのを楽しそうに見ている。

おかしいよね。まさかとは思うけど、これが普通なの？　僕が世間知らずすぎるだけ？

ヤエ神官に視線を送ると、「あれー？」みたいな表情で見つめ合うことになったから、僕だけがおかしいわけではないようだ。

これは、アッシュとマイカがおかしいか、僕とヤエ神官がおかしいか。どちらかだ。

僕としては、アッシュとマイカがおかしい説が有力だよ。

「とりあえず、タイトルからしてこの辺りからいきましょう」

踏み台から下りて来たアッシュが、四冊ほど胸に抱えている。

「マイカさんはこの一冊をお願いします」

「はーい」

読書用のテーブルに向かいながら、マイカが一冊を受け取る。

「えーと、僕はどうすればいい？」

「ちょっと待ってくださいね。ざっと目を通して、私が調べたい項目がありそうなところの目星をつけてですね」

そう言って、アッシュは本の一冊をぱらぱらとめくる。

「ん～？　土壌のみの章はないですね。とすると、植え方のところか、生育過程の注意のところがあれば……この辺ですかね」

アッシュが本を開いて、僕の前に差し出す。

「ここから先をちょっと読んで頂けますか？　どんな内容だったか、簡単にまとめて教えて頂けると助かります。要注意ワードは、堆肥、肥料……あとは農薬なんかも」

「う、うん？」

本に目を落として、冷や汗が浮き出て来るのを感じる。

これ、読むの？

いけない。思っていたより倍、いや数倍は難しい本だ。

これでも、かなり良い教育を受けて、自分なりに一所懸命がんばったつもりなんだけど、この本は僕の能力の上をいっている。

「わからない単語がありそうですね？」

僕が固まっていると、アッシュが隣に座って覗きこんでくる。

「ご、ごめん。全然知らない言葉が何個もあるんだけど……」

「農業関係の本ですからね。アーサーさんの立場だと聞き慣れない言葉ばかりでしょう。しかも、現代で使われているものとは違う単語や、今は使われない単語も多いですから、最初はそうなりますよ」

「そ、そっか。そう言ってもらえると、ほっとするよ」

でもね、アッシュ。

農村育ちだから農業関係に詳しいことまでは納得できるけど、今は使われていない単語が混じっているのに、平気で読める君はなんなの？

「とりあえず、最初のうちは私と一緒に読んでみましょうか。基本的な農作業の名前や農具の名前なんかを覚えれば大分わかるようになると思います」

「う、うん、ほんと、ごめんね」

手伝うつもりが、足を引っ張ってしまっている。申し訳なさと恥ずかしさに首をすくめて顔を伏せると、アッシュはごく自然に、温かい言葉をくれた。

「謝る必要なんてありませんよ。私が手伝って頂いているんですから、お礼を言うのはこちらです」

「いや、でも」

手間をかけてしまっているのは確かだから、とアッシュに視線を送ると、すぐそこに楽しそうな笑顔があった。

「さあ、読んでみましょう。農業、やったことあります？　ないですよね。じゃあ、知らないことばっかりですね。いいですね！　知らないことを知るのはすごく楽しいですから、たくさん楽しみましょう！」

なんか、僕より楽しそうな顔をしている。

「これ、畑を耕す作業の記述です。土の細かさとか、硬さとか、盛る高さとか、作物によって相性があるんですよ」

その顔で、戸惑う僕の腕を掴んで、ぐいぐいと引っ張っていく。

「おや？　これ、恐らく玉ねぎの古い言い回しですよ。村の教会にあった料理本で見ました。ということは、ここ玉ねぎを育てる際の注意ですね。アーサーさんは、玉ねぎお好きですか？」

こんなに強引に引っ張られているのに、楽しいって思えるなんて、初めてだ。

「あ！　ここ！　これです！　堆肥、出てきました！　これの作り方と利用方法を知りたいんですよ！」

アッシュが、きらきらと目を輝かせて本を抱えこむ。そんなことしたら、僕が見られないじゃないか。

でも、いいよ。アッシュのその顔を見てるだけで楽しくなってくる。

これが、友達なのかな。

戸惑うのも楽しくて、見ているだけで楽しい。心が温かくなる。

「ねえ、アッシュ君。こっちにもそれっぽい記述があったよ。これは、豚のかな？」

「本当ですか！　どこですか！」

マイカに呼びかけられ、飛ぶようにそっちに行ってしまう。

マイカと肩を触れ合わせるように本を見て、難しいことを話し合っているアッシュを見ると、急に涼しくなったように感じる。

これも、友達だからかな。

「流石は都市、村では手に入らなかった本がこうもあっさり！　これは農業以外の分野も期待できますね！　医学や工学も並行してやっていきたいところですね！」

アッシュが笑顔で吠《ほ》えると、マイカが拳を突き上げて「がんばろー」と笑う。

すごいね、マイカは。アッシュにそこまでついていけるんだ。

僕は、まだちょっと無理かな。今はね。

でも、ついていけるようにはなりたいな。友達だからね。

初めての都市蔵書調査は、今後の展開に期待が持てる、という程度で時間切れとなった。

気になった本について、貸し出しできないかヤエ神官におねだりしてみたのだが、規則の前にあえなくはばまれてしまう。

やはり、本が貴重すぎるのはよろしくないようだ。活版印刷の普及についても、優先順位を上げておこう。とはいえ、最優先の農業分野を筆頭に、計画はすでに大渋滞だ。

やることと、やりたいことが多すぎてすごくつらく楽しい。シム系ゲームをやっているようだ。ただし、超絶アナログな。

午後は、このまま神殿の教会室（勉強用の部屋）で軍事系の座学が行われる予定だと、ヤエ神官が教えてくれた。

「流石《さすが》は軍子会ということですね」

「ええ、都市は地域一帯の防衛拠点ですから、防衛力の維持は重要な役割です。各村もまた、最低限の自衛力は必要です」

「そのための指揮官を育成するのが、この留学の本来の目的ということですか」

いわば士官学校……幼年学校の方が近いかもしれない。

ノスキュラ村でも、有事の際は村長が村の若者を率いて抵抗する手はずになっている。ユイカ夫人にでれでれになっている有様からは想像できないが、あの村長、クライン氏はでたらめに強い。

熊殿の一件の後、留学することが内定して、基礎程度は武術を修めておくといい、ということで、手解《て ほど》きを頂いて思い知った。あの人が所用で村を離れていなければ、熊襲来で私が死にかけること
はなかった。絶対になかった。

あの人が熊を素手でぶち殺したと聞いても、私は驚かないぞ。

ヤエ神官が、うんうん頷《うなず》いている私に、小さく苦笑する。

「アッシュさんなら、軍事に関する時間も、先程のような研究に費やしたいのでしょうね」

この短期間で、私の考えをよくわかってらっしゃる。

「防衛力の重要さは理解していますけれどね、どちらを優先したいかと聞かれたら……」

留学の目的は、村では手に入らなかった蔵書と資源だから否定できない。そんな私に、ヤエ神官も強い賛同の眼差《まなざ》しを見せる。

「先程の様子を見ていると、私もそちらに専念して頂きたいと考えてしまいます。きっと、世の役に立つ、大きな成果を残して頂けるのではないかと」

「本当だね」

アーサー氏は、少し疲れた表情で微笑《ほほえ》む。

「僕もそれなりに教育を受けてきたつもりだったけど、自信がなくなりそうだよ」

「お二人に手伝って頂けて、大変助かりました。限られた時間を、最大限に活《い》かせたと思います」

本当に。

ヤエ神官はもちろんだが、アーサー氏も大変優秀だった。全く知らないことだったろうに、理解が早く、いくつかのヒントを与えるとすぐに動けるのだ。これを優秀と言わずになんと言うのか。

「アッシュは研究者向きなんだろうね。僕も、全然知らないことが次々と出てきて、楽しかったよ」

そんな評価をしてくれる二人とは、マイカ嬢はやや見解を異にするらしい。

「あたしは、アッシュ君には軍事の方もがんばって欲しいなぁ」

他の二人が、どうして、という表情をしたので、マイカ嬢は付け加える。

「多分だけど、村でなにかあった時に、あたしが指揮を執るよりアッシュ君の方が皆動くと思う」

そうだろうか。

「だって、熊殺しだもん」

……そうかもしれない。

マイカ嬢以上に私が慕われているというわけではなく、熊殿とやり合って以来、マイカ嬢が呟《つぶや》いたように、時々熊殺しと呼ばれるのだ。

なにかあった時、「熊殺しが指揮を執る！」なんて声が上がったとしよう。

盗賊だって一瞬びびるに違いないし、やたらと強そうなので味方は安心するかもしれない。ハッタリは大事だ。

熊殿は、死して名を遺《のこ》したのだ。毛皮も残っているけれど。

「熊、殺し？」

「そういう事件があったの」

マイカ嬢が憂鬱そうに首を振る。その節はご心配をおかけいたしました。

アーサー氏は、どんな事件か聞きたそうにしていたが、新たに教会室に現れた人物を見たヤエ神官の嬉《うれ》しそうな声が、雑談を終わらせた。

「ジョルジュ卿《きょう》！」

知的な雰囲気に見合わぬ大きな声に、名前を呼ばれた男性が挨拶を返す。

「ヤエ殿、ご無沙汰しております。今日から、座学の際はこちらでお世話になります」

「は、はい。どうぞ、いくらでも……はい」

知的美人がしどろもどろである。ヤエ神官も、うら若き乙女であったか。

熱っぽい乙女の視線の先の男性は、二十代中頃の青年だ。卿という騎士位への敬称と、がっちりした体格からして、現役の軍人であることがうかがえる。

不思議なことに、どことなく顔立ちに見覚えがある気がするが、初対面のはずだ。

「アッシュ君、アッシュ君。あの人じゃないかな」

「なにがです？」

なんのことやらわからない。そんな私の態度に、マイカ嬢の方が、不思議そうな顔をする。

「なにって、アッシュ君の従伯父《じゅうはくふ》にあたる人だよ」

「それは……いえ、わかりませんけど。どうして、そう思いました？」

「だって、顔立ちがそっくりだもん」

「そうですか？」

うそだー。ジョルジュ卿とやらは、精悍《せいかん》な顔立ちの、かなりの美形だ。

あれと私の血が繋《つな》がっているのだろうか。というか、あれと私の顔立ちが似ているのか。

本当に？

やだ、本当だったら嬉しいんだけど、本当？

私が、不躾《ぶしつけ》ながらジョルジュ卿の顔をまじまじと眺めていると、向こうも視線に気づいて首を傾《かし》げる。

「不躾にすまない。君とは、以前にどこかで会ったことがあっただろうか」

「いえ、初めてだと思われます。私は村から出たことがありませんので……」

「そうか。そうだな。いや、すまない。見たことがある気がしてな。しばらく軍子会の講義を預かることになった、バレアス・ジョルジュという。騎士を賜っている」

「あ」

マイカ嬢が正解だったようだ。バレアスという名前には聞き覚えがある。

「ええと……申し遅れました、ノスキュラ村から参りました、アッシュと申します」

「アッシュ？　ノスキュラ村の？」

ジョルジュ卿も、どうやら私の名前を聞いていたようだ。

思わず、二人ともお互いをまじまじと見つめ合ってしまう。

そうか。この人が、家名もない農民一族から騎士まで成り上がった自慢の血筋か。

「初めまして、ジョルジュ卿」

「ああ、初めまして、アッシュ。今は、仕事の時間だから」

「はい。後日、改めてご挨拶ができればと思います」

ほう、とジョルジュ卿は声を漏らす。わきまえているな、と褒めるような響きがあった。

「よろしい。皆、席につけ！　これから講義を始めるぞ！」

迫力のある声に、多少ざわめいていた教会室がピンと張りつめる。

初めての従伯父との対面は、このように過ぎ去った。

最大の収穫は、従伯父を見るヤエ神官の目が乙女だったことだろう。ヤエ神官は都市の神殿の司書である。彼女は貸し出しについて、大きな権限を持っている。

従伯父の方はよくわからないが、独身だと聞いている。

この二人の事情を見るに、私が色々立ち回って便宜を図るに、やぶさかではない。

私は、好意には好意が返ってくるべきだと信じているのですよ。


従伯父の講義は、思った以上に面白かった。

軍が扱う道具についての説明があったので、都市での技術レベルをうかがうことができたためだ。

どうも、ジョルジュ卿は備品の管理や補充、兵站《へいたん》業務に明るいようだ。生真面目で几帳面《きちょうめん》そうな印象もあったので、金銭を扱う業務について信頼があるのかもしれない。

そして寮館に戻ると、夕飯の準備が待っていた。都市二日目はまだ終わらない。

「寮生活での食事は、当番制なんだ。といっても、基本的には領主館お付きの料理人の手伝いなんだけれどね」

寮の先輩であるアーサー氏からの説明に、新人の私とマイカ嬢は、それぞれ相槌《あいづち》を打つ。

「理由としては、やっぱり軍事訓練でもあるから、外に遠征に出た時、最低限自分の身の回りのことは自分でできるようにする訓練だと聞かされたよ」

ごもっともな理由である。

「特に事情がない限り、当番は部屋ごと。つまり、僕とアッシュが一組、マイカと相部屋のレイナが一組……今回はこの二組が料理当番だね。二人には到着早々で悪いけど、僕達《たち》、相部屋の相手がいなかったから、最後まで当番を免れていたんだよ」

マイカ嬢と私は、互いの顔を見合わせる。

「それなら、まあ」

「仕方ありませんね」

それに、昨夜と今朝の料理を食べた限り、料理人の腕には期待がもてる。かなり美味《おい》しかった。村にはない、都市だから手に入る様々な食材の調理方法を教えてもらおう。

「では、早速お手伝いに参りましょう。早く作らないと、お腹《なか》が空《す》いてしまいますしね」

「そうだね。というか、頭を使ったから、もうすでにお腹が空いてたりね」

足取り軽い私とマイカ嬢に、アーサー氏とレイナ嬢が頼もしげな眼差しを向けつつ後に続く。

「この様子だと、二人とも料理ができそうだね」

「ええ、頼もしいわね。助かったわ」

この様子だと、それぞれの相棒は調理場に立ったことがないようだ。再びマイカ嬢と顔を見合わせて頷き合う。これは注意が必要ですね。

到着した寮館の調理場は、村の民家よりずっと立派だ。

大人数の調理を前提としているようで広く、竈《かまど》も複数作ってあり、石材も多少使われているのが見受けられる。石材の骨格に、粘土を張りつけた竈のようだ。

そこまで石材を使ったなら、全てに石を使えばよさそうなものだが、やはり石材が希少なのだろうか。

「来たな、新入りども」

そして、我こそ調理場の王と言わんばかりに私達を睥睨《へいげい》してくる男性が一人。

恰幅《かっぷく》もいいが体格もよく、右目が切り傷でふさがれている容貌は、調理場の王というより、山賊の頭領といった迫力に満ちている。子供が見たら泣き出してもおかしくない。

頭領が吠《ほ》えるように告げる。

「お前さんらがどこの何者だろうと、調理場では一切関係がねえ。ここでは料理の腕以外に権威になるものはねえからな。今からお前等《ら》を料理人見習いとして扱う、気に入らないなら美味《うま》い飯を作ってみせろ。わかったな」

はっきり告げられて、家柄のいいアーサー氏とレイナ嬢はいささか面食らったようだが、素直に頷いた。実家の権力を笠《かさ》に着るタイプではない、という人柄以前に、あの剣幕に抵抗できなかったのだと思う。

人見知りしないマイカ嬢でさえ、こっくりと頷くだけで声が出せなかった。

私はといえば、前世の最後で恐怖だとか脅威だとか、その類の感情に耐性をつけてきたので、落ち着いて応じることができる。

「はい、よろしくお願いいたします。アッシュと申します」

「おう、いい返事だ。俺は見ての通り、料理長のヤックだ」

「はい、ヤック料理長」

どう見ても料理人には見えないが、本人がそう言うのだから、そうなのだろう。

他の三人は名乗る機会を逸したままだが、ヤック料理長は頓着しない。最初に宣言した通り、どの何者でも関係ないらしい。

「お前等、手をよく洗え。早速、取りかかるぞ。料理は手早く丁寧にだ」

「はい」

今度は、マイカ嬢も返事ができた。

私達が水瓶《みずがめ》の水を使って手を洗っていると、ヤック料理長は、竈の灰の中からなにやら丸い塊を掻《か》き出している。

「ヤック料理長、それはなんでしょうか？」

「お前等の最初の仕事だ。本当は野菜の洗い方なんかの方がいいんだろうが、俺の料理の手順だと、最初がこれになんだよ」

灰を落として渡された丸い塊は、焦げた葉っぱだった。

「ほほう。なにか包んでありますね。これは、葉っぱで包んで蒸し焼きにした料理でしょうか」

しかし、冷え切っている。竈の中に入れておいて、火を通したのは朝の調理の時のようだ。

「馬鹿言え、これは下ごしらえの途中だ。これからこの中身を切るんだよ」

ヤック料理長は、ごつい指を器用に動かして、焦げた葉っぱを解いていく。

見様見真似《みようみまね》で私も解いていくと、中からは玉ねぎが丸々一個現れた。じっくり火が通されたようで、きつね色になっている。

まさか、という思いが脳髄を貫く。

「これを、切るのですか？」

「そうだ。ほら、こうやって半分に切ってだな」

玉ねぎの半月切りを始める料理長に、私はますます続く感動を予感しながら、本日の献立をうかがった。

「なんだ、せっかちな奴《やつ》だな。鶏肉《とりにく》と野菜のミルクスープだよ。美味いのはもちろん、お前等育ちざかりの連中には大事な栄養が入ってるって話だ」

素晴らしい！

「素晴らしい！」

感動が強すぎて、内心が直球で放たれてしまった。

「お、なんだ。ミルクスープは坊主の好物か？」

「それももちろん美味しいので嬉しいのですが！　ですが、それ以上に！　ヤック料理長、素晴らしい調理法ですね！」

だってこれ、玉ねぎやニンジンをじっくり炒《いた》めてから煮込むのと同じ効果が期待できるじゃないか！

私も前世らしき記憶では、料理する時に、気が遠くなるほど炒めるタイプだった。その方が確実に美味しいのだから、つい時間を費やしてしまう。

けれど、今世ではとてもできなかった。その間に燃えていく薪《まき》がもったいなさすぎたのだ。

ところが、ヤック料理長はそれを、薪の消費を抑えて実現している。

別な料理を温めている下で、玉ねぎが炒めあがっていくのだ。時短調理法であり省エネ調理法だ。

「ヤック料理長の料理は、美味しいだけでなく資源の節約についても配慮が行き届いているのですね！」

「中々わかってるみてえだな、坊主」

「ええ、素晴らしい方法を教えて頂きました！　これは大変賢い調理法です！　これでスープやソースにぐっと深い味わいが出せます！」

この人の料理が美味しいわけですよ。手間暇をかけるべきところに、しっかりと手間暇をかけているのだから。手間暇をかけられるように、工夫しているのだから。

くそぅ、どうして私はこれを思いつかなかったのか。もし思いついていれば、村でももっと美味しいご飯を作れたのに！

薪がもったいないから、春迎祭とか特別な時しか飴色《あめいろ》の玉ねぎを作れなかった口惜しさが噴火してしまう。

若干悔しそうな顔で称賛している私に、ヤック料理長は鼻を膨らませて満足そうに頷く。

「これのすごさが一発でわかるとは、嬉しいじゃねえか。お前、農村育ちだな」

「ええ、農民の倅《せがれ》です。今回は特別に留学の許可を頂きまして」

「なるほどな。いいぞ、坊主。他にも色々と工夫できることはある。しっかり覚えていきな」

「よろしくお願いします、料理長！」

そのままヤック料理長の隣で、じっくり火の通った野菜を切る作業に入る。

この人がすごい技術を持っているとわかったからには、一挙手一投足も見逃さずに勉強させて頂く。

私の隣では、マイカ嬢がなにやら肩を落として包丁を手に取る。

「まさか、調理場でもアッシュ君の勢いがつくなんて思わなかった。お母さん、アッシュ君は難しすぎるよ……」

私の難易度なんてどうでも良いから、マイカ嬢もこの人の料理方法を勉強して。

アーサー氏もレイナ嬢も、そこで突っ立っている場合じゃないから、これ。そう準備して、張り切って料理しましょう。

あ、レイナ嬢の包丁の持ち方が違う。グーで握らない。そう、人差し指を添えて、そうそれでいい。利き手に包丁、反対の手で具材を押さえる。アーサー氏、急がないで、見ていて怖い。ゆっくりでいいから、落ち着いて、気をつけるの。包丁の延長線上に具材以外を置かないで。手を切っちゃうから。

「おう、坊主、教えるのも中々じゃねえか。俺が教えなくて済みそうだ」

「そうですか？　二度ほど教えたことがありますので、その経験のおかげでしょうか」

私が料理を教えた一番弟子であるところのマイカ嬢は、手早く野菜を刻んで、上達ぶりを見せてくれる。

「その節はお世話になりました」

「いえいえ、マイカさんは元からお料理もできていましたから、ちょっとした助言程度でしたよ」

もう一人の料理の弟子は、ジキル君である。あちらも、姉と二人暮らしゆえかそれなりに料理ができた。私が教えたのは、バンさん直伝の猟師飯の作り方だ。

「ほう。まだ小さいのに教えられるほどか……嬢ちゃん、この坊主の料理は美味いのか？」

「村ではすごく人気ありますよ。たまに小麦粉とかバターとか、ちょっと良い食材が手に入ると、アッシュ君になにか料理してもらえないかって話になります」

ユイカ夫人の料理も相当美味しいのだが、流石に村長夫人に頼むのは皆気が引けるのだろう。私が前世らしき知識で、物珍しい料理を知っていることも一因かもしれない。

「ちなみに、嬢ちゃんが一番美味いなって思った坊主の料理ってのは、どんなんだ？」

「一番、一番ですかぁ……。アッシュ君の料理は珍しいものが多いので、ちょっと迷いますけど……」

マイカ嬢は、天を仰いで考えこむ。

その喉元がごくりと動いた後に、彼女はカッと目を見開く。

「やっぱり、ハンバーグが一番ですね！」

あれは食べ盛りの少年少女には最強の手札ですからね。そう言ってくれると自信がありましたよ。

「はんばーぐ？　おい、坊主、そりゃ一体どんな料理だ？」

「そうですね。ミートボールの一種、で通じますかね？」

「ふうん？　なんの肉を使うんだ？　特徴は？」

ハンバーグとはなんぞや。私とヤック料理長が手を止めないまま哲学的お肉考察を始めると、手を止めないままマイカ嬢が切ない吐息を漏らす。

「やめてよぉ、お腹が鳴っちゃうからぁ……。あぁ、アッシュ君のハンバーグ食べたくなっちゃったよぉ」

私も食べたいので、にっこり微笑んでおく。

留学生活においては、休日も設定されている。自炊も推奨されている。都市では豚や牛といった基本的な畜産物が手に入る。そして、私には定期的な現金収入がいまだにあるのだ。

結論として、私はマイカ嬢をとびっきりの笑顔にする呪文を使える。

「今度一緒に作りましょうね。都市だと豚や牛も手軽に手に入るようですし、調味料も村より豊富……せっかくですから、とびきりのハンバーグを作りましょう」

「ほんと!?　やった、なるべく早くね！」

「そうですね。一度、市場を体験しに行って、材料を見繕えれば」

「待ちな、坊主」

楽しい休暇の予定を組んでいると、山賊頭領似の料理長が割って入ってきた。

「豚や牛が必要なら、領主館の出入り肉屋を紹介してやる。市場にゃ海千山千だからな、下手な露店で買うと危ねえ。調味料も、物の良いとこ教えてやるよ」

「ほほう。それは非常にありがたいことです。なにせこちらは農村育ち、都市の商売については疎いもので」

神殿でもそうだったが、好意には好意が返ってくるべきだと私は信じている。

私は今、ヤック料理長から好意を頂いたわけで、つまりは好意を返さねばならない気がする。

「お礼は、ハンバーグ一人前ですか？」

「話の早い奴は好きだぜ、坊主」

ヤック料理長は、にたりと悪党チックに笑う。

完全に蚊帳《かや》の外になってしまったアーサー氏とレイナ嬢も、仲間になりたそうにこちらを見ている。

ひき肉作りを手伝ってくれるなら、二人の分も作りますよ？

都市生活が始まって、十日が過ぎた。

神殿の蔵書は（嬉しいことに）まだまだ尽きる気配はないが、肥料について必要な知識が集まってきた。いくつか実用的な肥料の作成方法がわかったのである。

優秀なるヤエ神官やアーサー氏の手助けのおかげである。

「さて、ここで問題が明確になって参りました」

「はい、なんでしょうか、アッシュ君」

食堂で、テーブルに両肘をついて重々しく切り出した私に、マイカ嬢は楽しそうに付き合ってくれる。流石は幼馴染《おさななじみ》であり、同門の兄妹弟子である。私のことをわかっていらっしゃる。

「まず、都市神殿での文献調査は、順調に成果を上げています。他の方のお力ももちろんありましたが、マイカさんには特にお力添えを頂いたと感じています。ありがとうございます」

「アッシュ君の役に立てたなら、よかったよ。えへへ……」

誠心誠意お礼を述べると、マイカ嬢は蕩《とろ》けるように頬を緩める。村での勉強の成果が、都市でも通用して嬉しいのだろう。

「その成果なのですが、畑にまく肥料、その作成方法がいくつか判明しました。私としては、早速作って、できたものから実験を開始したいと考えています」

「うん。村の実験畑と同じことをするんだよね」

「その通りです。そして、ここで問題です」

肥料を作るための材料集めから、肥料の作成設備、保管場所などなどの確保といった、肥料作成段階での問題が一つ。

そして、実験するための畑がない、という肥料作成後の問題が一つ。

「つまるところ、私達はこの都市では部外者であるため、動き始める前に様々な人物の協力が必要になるのです」

「そっか。村だと、あんまり考えなくてもよかったもんね」

「ええ、早い段階から村長のご協力を頂けましたからね。色々と便宜を図って頂きました」

マイカ嬢と仲良くなれて、本当によかったと思う。

私みたいな怪しい子供の提案を真面目に聞いてくれたユイカ夫人には、何度感謝しても足りないくらいだ。

どんどん感謝するので、ばんばん協力してください。

「そこで、まずは協力者を探すところから始めようと思います。この留学の目的の一つでもある、人脈作りですね」

「うん、すごく大事なことだと思う」

マイカ嬢も力強く同意してくれた後、こてっと首を傾げる。微笑ましい仕草とは裏腹に、マイカ嬢の思考は現実的だ。

「でも、具体的には、どんな人に、どうやって協力者になってもらえばいいのかな」

「そこが難しいところなのですよ」

この寮生活で作りやすい人脈は、同年代の子供達だ。

これはこれで次代を担う非常に大事な人物達であり、彼等との交流は将来役に立つことになるだろう。が、それは次代の話であり、現在の私の目的には直接関わってこない。

もちろん、寮生活で仲良くなって、その親御さんなどの現在を担っている世代へ取り次いでもらうということも、一手段として有効ではある。

「ただ、肥料作成にはなるべく早く取りかかりたいのです。調べたところ、肥料の完成までとても時間がかかってしまうようですから、本当に、可能な限り早い方がいいです」

簡単なものでも一ヶ月で、本命と目論《もくろ》んでいるものは数年もかかってしまうらしい。

ちょっと生き急いでいる今世の私には、とてもではないが足踏みしていられない。手段を選んでいる時間がない気がしてきた。

手段、選ぶ必要ある？

「アッシュ君？　なんかまた勢いついてきている気がするよ？」

「む、そうですか？」

自覚はないが、マイカ嬢が言うなら、そうかもしれない。

行動に移る時は気をつけよう。近道と思ったら、遠回りになってしまったというのはよく聞く話だ。

「えぇっと、そんなわけで、軍子会の皆さんとももちろん仲良くなりますが、現在はその外側での人脈の方が本命です。特に領主代行イツキ様なんか大本命なんですけれど」

領主代行殿は非常にご多忙の様子で、付け入る隙がないのだ。

向こうも姪《めい》であるマイカ嬢と歓談したいようだが、それもままならない様子が見られる。そんなところにマイカ嬢を盾に乗りこんでも、上手《うま》くいかない可能性が高い。

忙しい時の憩いの場で、仕事の話を聞きたい人間はおるまい。

イツキ氏への直談判《じかだんぱん》はまだ早い。となれば、外堀を埋めて、いざその機会を得た際に、有無を言わせぬ説得力をこしらえておくべきだ。

「将を直接射抜けぬ以上、致し方ありません。まずは矢の届く範囲の馬を仕留めましょう」

「将を射んと欲すれば、まず馬を射よってやつだね！」

その通りです。上手くいけば、流れ矢が将に当たるかもしれないので、ばんばん射撃可能範囲に射《う》っていこうと思う。

「それで、結局どこから始めるつもりなの？」

「それなのですが、レイナさんのお母様、この寮館の管理を任されている方だそうですね」

レイナ嬢の母上は侍女で、領主一族付きの秘書兼官僚のような存在だ。

そのため、将来母親の後を継ぐべきレイナ嬢自身も、他の軍子会の面々より学識に秀でているようだ。両親の職を抜きにしても、仲良くしておきたい人材だ。

そんなレイナ嬢自身と親睦を深めておいて、彼女の母上に接触を試みる。

そして、寮館の庭の一部の借用許可、および家庭菜園の一部で実験する許可を獲得するのだ。

「当面はこれを主たる目標として、都市生活を満喫していきたいと思います。いかがでしょうか」

「うぅん……。正直、それが良いかどうかとか、他に良い手があるかどうかとか、よくわからないから、なんとも言えないんだけど」

さもありなん。私だって、これが最善手かどうかかわからない。

「でも、アッシュ君はいつもやってきたもんね。今回だってできるよ。あたしも、できることがあれば目一杯協力する」

「ありがとうございます。そう言ってくれると思っていました」

マイカ嬢は、人を発奮させるのが上手いというか、良いところで後押ししてくれる。

ずっと手助けしてくれたマイカ嬢から応援されると、ほっとしたり、やる気が出たりする。若くしてユイカ夫人の片鱗《へんりん》が見える。

「マイカさんは素晴らしい女性ですね」

そんなやり手な夫人の愛娘《まなむすめ》は、顔をみるみる真っ赤にして席を立つ。

「ま、まま、まかせてよ！」

「はい、頼りにしていますよ」

「よ、よーし！　早速レイナちゃんに話に行く？　絶対味方に引き入れてみせるよ！　いざとなったら断れないように弱みの一つや二つ……」

中々面白い冗談だ。後半で声をひそめた辺り、芸が細かい。

ひょっとしたら冗談ではない可能性も否定できないくらい真に迫った演技だ。

「マイカさん、落ち着いて。大丈夫ですから、ね？　ちょっと勢いつきすぎていますよ」

安易に人を脅迫するのはいけません。

「そ、そう？　でも、絶対失敗しちゃいけないと思って」

「失敗したくはありませんが、そう前のめりにならなくても、いけるはずですよ」

一般的にいって、脅迫は最後の手段だ。もちろん、紳士を目指す私は脅迫なんてしないし、するつもりもない。

脅迫に聞こえるかもしれないことは、時々囁《ささや》きますけれどね。

脅迫よりも先に実施するべき、有効な手段がある。

「ちなみに、マイカさん。すぐそこが調理場ですね」

私の確認に、マイカ嬢の目がなにかを察して輝く。その輝き、欲望充填率は百パーセントと表示が出せそうだ。

「はい、そうですね！」

「こちらに、ヤック料理長から分けて頂いた小麦粉があります」

「はい、小麦粉ですね！」

「他にも、クリーム、砂糖、ジャム、蜂蜜、リンゴがあります」

「あります！」

乙女心ご期待の通り、別腹のお時間です。

流石は都市、手に入るものが農村とは比較にならないほど多い。まるで別世界だ。

このサキュラの都市圏に、果樹を中心に栽培している農村があるらしく、リンゴや渋柿、桃やイチゴなどが流通している。

「本日は、これらの材料を使って、レイナさんを説得するためのお土産を作りたいと思います」

脅迫するより先に、利益供与を試すべきだ。その方が穏便に物事を運べる。

一部では、これを賄賂と呼ぶらしい。

「はいっ、お土産の効果を予測するために、説得力の評価は必要だと思います！」

自分も食べたいという気持ちを、建前で華麗に包装したその論法は、ユイカ夫人仕込みだろうか。実に頼もしい成長っぷりだ。

私も食べたいので、その建前に当然だと頷いておく。

「成功の見込みがないものを持ちこんでは、印象を悪くしてしまいますからね。入念な評価をお願いいたします」

「やったー！　材料からして、できるのは甘い物だよね？　なにを作るの？」

「本日作るのは、クレープというお菓子です。薄平パン《ガレット》の甘味版ですね」

ガレット自体は、比較的ありふれたレシピだ。

ただし、それはご飯としてのガレット、生地が塩と水で作られた代物の話だ。

生地に牛乳や砂糖を混ぜた甘味用のものは、ヤック料理長も知らなかった。砂糖やジャムは、ふっくらした発酵パンに用いられるのが一般的らしい。砂糖まぶした揚げパンとか。

揚げパンも美味しいだろうが、油っぽかったり、甘さが単調だったりするだろう。

くっくっく、そこに不意打ちの別物スウィーツを叩《たた》きこんでやろうというわけですよ。

生地の淡い甘味、砂糖や蜂蜜の強い甘味、ジャムやリンゴの酸味の利いた甘味、この三種の甘味が奏でる味覚のハーモニーに、果たして冷静を保っていられるかな？

「アッシュ君がその顔をするっていうことは……これは期待できるね！」

え、私、どんな顔してた？　涎《よだれ》でも垂れていましたかね。


できました。

対人精神干渉型化学物質、クレープ！

ちょっと小型の生地に切り分けて、ジャム、クリーム、蜂蜜、リンゴを多彩に組み合わせたものを大量に用意してみました。

非殺傷ですので安心してお召し上がれ。

なお、マイカ嬢とヤック料理長（材料や薪代を融通してもらったお礼の味見）から賜ったご評価は、最高、の一言だった。

たった一言だが、満腔《まんこう》の称賛がこめられていたと思う。

ヤック料理長は、ぜひ領主館でも振る舞いたいとのことで、レシピを提供することになった。レシピくらいでよろしかったら、どんどん持って行って欲しい。本職の料理人として、より美味しいものに改良して味見のお返しを期待している。

さて、そんな凶器をお盆に載せて、マイカ嬢とレイナ嬢の寮室にお邪魔する。

「あら、マイカにアッシュ」

「はい。お邪魔してよろしいですか、レイナさん」

紳士の嗜《たしな》みとして入室の許可をうかがうと、こっくりと頷きが返る。

「どうぞ。二人とも、お休みは堪能している？」

新作甘味を食べてご機嫌のマイカ嬢が、とっても、と晴れやかな笑顔で即答した。

あまりの力強い肯定に、レイナ嬢がちょっとびっくりしている。

「そ、そう。なんだか、良いことがあったみたいね？」

「そうそう、とっても良いことがあったの！　だから、良いことのお裾分けはいかが？」

お盆の上の布を取って差し出すと、室内に甘い香りが漂う。

レイナ嬢の生真面目な目元が、思わず、といった風に緩んだ。

「良い匂い……。でも、なにかしら、これ。見たことのない、お菓子、だわ？」

「まあまあ、難しいことは後にして、まずは食べてみてよ」

「え？　あっ、いえ、でも……」

レイナ嬢は、嬉しそうに目を輝かせた後、瞬速で伸びかけた手を引っ込める。

おや。簡単に飛びつくと思ったのだが。この罠《わな》に。

「どうしました？　ヤック料理長にも味見をして頂いていますから、安心して食べてもよろしいかと思いますが」

「あ、いえ、そういった心配をしているのではなくて……お母様から、あまり簡単に贈り物をもらうなと注意されているの」

ほほう。手強《てごわ》いな、レイナ嬢のお母様。

だが、この香ばしい匂いに耐えられる女性が、果たして存在するかな。

すでに、レイナ嬢の視線はクレープに釘《くぎ》づけだ。見つめまいとするも、つい視線を送ってしまい、いけないと首を振る姿は実に可愛《かわい》らしい。

あと、その真面目さはとても好感度が高いです。

「なるほど。素晴らしいお母様ですね。確か、レイナさんのお母様は、この寮の管理を任されているのでしたか」

「え、ええ、そうよ」

「なら、そうした心配をなさるのも当然かもしれません。レイナさんを通して、便宜を図ってもらおうと考える不逞《ふてい》の輩《やから》が現れないとも限りませんし」

「そうなの。お母様からもそう注意されたわ。そういった不心得者は、必ずいるからと」

「ええ、わかります」

まさに、あなたの目の前にいますからね。

マイカ嬢の笑顔がちょっと硬い。そこで企《たくら》みを顔に出しちゃいけません。

「マイカさんも、注意しないといけないかもしれませんね。マイカさんも領主一族の出なのですから」

「あ、う、うん。そうだね、本当だね」

これで、マイカ嬢の顔の強張《こわば》りが、我が身を省みて引きつった、と誤魔化せるだろう。ついでに、レイナ嬢を買収する必要がない繋がりを持っていると、示したつもりだ。

それを理解してくれているかどうかは、レイナ嬢次第だ。

あと、嘘《うそ》かどうか気づくかもレイナ嬢次第だ。

「まあ、ご心配はわかりました。お菓子程度も簡単に受け取らない、立場がある人物のそういった態度は、大変立派なものです」

心底そう思います。賄賂を受け取らない清廉な人物。そういった方に政治をお任せしたい。

「ありがとう。そう言ってくれると、嬉しいわ。……アッシュって、なんだか年上みたいね」

「レイナちゃんもそう思う？　そうなんだよねぇ、アッシュ君、昔からすっごく大人っぽくて」

心底立派な態度だと尊敬するけれど、私はあなたをどうあっても買収したいのです、レイナ嬢。

「では、こちらは残念ながら贈り物にはできなくなってしまいましたね」

大袈裟《おおげさ》に嘆息を吐《つ》いてみせると、レイナ嬢も名残《なごり》惜しそうに出来たてのクレープを見つめる。

「ええ、ごめんなさい。お母様に、こういったものはもらっても良いものか、聞いてみるから……。

本当に美味しそうなのに」

レイナ嬢の喉元が動く。

そうだろう、そうだろう。できるものなら食べたいだろう。ふふふ。

「さて、レイナさんにお裾分けできないとなると、こちらは残念ながら処分しなければなりません」

「あ、捨てるくらいならあたしがふも――――！」

余計なことを言いかけたマイカ嬢の口を、左手を伸ばしてふさいでおく。

「ただ、せっかく作ったものですし、砂糖やバターなど中々高価なものを使っているものですから、捨てるというのはもったいないですよね、レイナさん」

「そ、そうね。焼いているから、薪も使っているのよね？」

「ええ、そうです。こんな無駄遣いをしては、レイナさんのお母様も、きっと怒ってしまわれるのではないでしょうか」

「え？　ええ、そうかも、しれないわね。そういったことに厳しいから」

それならば仕方ありませんね。

「レイナさん、こちらのお菓子の処分を手伝っていただけませんか？　無駄遣いをなくすため、私達を助けると思って」

「え？　え？」

話の切り替えに混乱しているうちに、ずいっとクレープを差し出す。

「さあ、これは贈り物ではありませんから。余りものの処分のお手伝いですから」

「で、でも、いいの、かしら？」

「大丈夫ですよ。レイナさんが食べないと捨ててしまうものなんですから、これで便宜を図ってもらおうなんて考えていませんから」

次に食べたくなった時のために、私と仲良くしたくなるかもしれないだけだから。

ぐいぐいクレープのお盆を押し出していくと、絡みつく香りに我慢しきれなくなったのか、レイナ嬢の唇から降伏の一言が漏れる。

「そ、そういう、ことなら……いい、わよね？」

「ええ、いいですとも」

下心はたっぷりあるけれど、悪意は全くないわけだし、安心してこの罠にかかってくれたまえ。

「じゃ、じゃあ……いただきます」

ほっそりした指で、小さなクレープをひとつまみ。頬張った瞬間、この生真面目な少女の最期だった。

「おっ――――!?」

目を見開いて、痺《しび》れたように身を震わせ、しばらくレイナ嬢は声を出せなくなった。

五秒ほど、口の中のものに目を輝かせて咀嚼《そしゃく》した彼女は、ようやく言葉を続ける。

「い、し、いいぃ……！」

こんなに溜《た》めた「美味しい」を聞くのは、前世のグルメ番組以来だ。

「な、なにこれ！　すごい甘い！　いえ、甘いんだけど、一杯甘さがあってすごいの！　なに、なにこれ！　美味しい！　こんなの初めて！」

「お口に合ったようでなによりです。捨てるのはもったいないので、たくさん食べてくださいね」

「いただくわ！　あ、味が違う!?　こっちはイチゴの味が……これはリンゴが入ってるわ！　ん～っ、これは蜂蜜たっぷりね！」

陥落確認、任務完了です。

私が笑いを隠して隣を見ると、マイカ嬢が、目的を達成したぜ、という黒い笑みを浮かべていた。

そこはしっかり隠しておきましょうね。もっとも、クレープに夢中なレイナ嬢はまず気づかないだろうけれど。

これでレイナ嬢の第一関門は突破した。この調子でずるずると私と仲良くして頂きたい。ゆくゆくはこの（今世では）珍しいスウィーツをお母様にも味見してもらいましょうね。

なお、後程のことになるが、休みを実家の領主館で過ごして不在だったアーサー氏にも、取っておいたクレープをご馳走《ちそう》してある。

一口食べた直後の驚いた声が、完全に女の子だった。

甘味で蕩けた女の子の表情は、どんな世の中でも可愛いものであるな。

◇◇◇

【横顔　アーサーの角度】

僕は男の子として寮館で生活しているけれど、体まで男のふりができるわけじゃない。必然的にアッシュに見られるわけにはいかない時間が出て来てしまう。これは頭の痛い問題だ。

ただ、この問題、思ったより楽だった。アッシュが朝と夕方に部屋を空けるのだ。意外だけど、武芸の自主稽古をしているらしい。

おかげで、着替えなんかは落ち着いて済ませられる。それができない時や、時間がかかる場合は、領主館の個室まで行って済ませることになる。

今日は領主館まで行った方。湯浴《ゆあ》みを済ませて帰って来たら、部屋でアッシュがなにかをしていた。

机の上に広げた木の板を、なにやら弄《いじ》っているようだ。

集中しているようなので、軽くただいまの挨拶をした後は、邪魔しないように話しかけない。

でも、なにをしているかは気になるので、後ろからそっと覗《のぞ》きこむことにした。アッシュは思いもよらないことを始めてしまうからね、どうしても気になっちゃう。困ったことだよね。

ちなみに今日は……木の板を削って組み合わせ、箱を作っているように見える。

「ネズミ捕りですよ」

「あっ、ご、ごめん！　邪魔しちゃったね！」

バレてた。こっそり覗いていたはずのこっちの方がびっくりしたよ。

アッシュの方は、そんな僕の反応に穏やかに笑っている。全部お見通しっていう顔が、少し照れ臭い。

「それ、アッシュの手作り？」

「ええ。クイドさん経由で、職人さんから端材をもらって作っています」

僕がたずねると、アッシュが手渡してくれる。

釘が見当たらない。どうやら、溝を掘って、そのかみ合わせだけでくっつけているらしい。

「こんなこともできるんだ、器用なんだね」

「村で大量に作っていましたからね、ネズミを捕るために」

ネズミ捕りは王都でも使われていたけれど、僕自身がじっくり見る機会はなかった。大体、従者が部屋の隅や物陰にこっそりと置いて、しばらくすると入れ替えている。それくらいしか知識がない。

「これでどうやって捕まえるの？」

「私のは、ここに落とし戸をつけて、箱の中に餌になるようなものを置きます。その餌に食いつくと、落とし戸が閉じる仕掛けになっています」

そう言うと、アッシュは手早く残りの作業を済ませて、ネズミ捕りを完成させる。

「見た方が仕掛けはわかりやすいですね」

箱の上部に小さな穴があって、そこに餌をつけた紐《ひも》を通す。その紐は落とし戸を止めているフックと連動していて、紐を引っ張るとフックが外れてしまう。後は、落とし戸が自重によって唯一の入り口をふさぐ。

「わっ、すごいすごい。紐を引っ張るだけなんだ？」

シンプルなんだけど、よく考えられている。動くところは、見ていて楽しい。

アッシュから借りて、何度か自分でカタカタ動かしてみる。

「気に入りました？　ツルカゴで作ったら、中も見えてもっと楽しかったかもしれませんね」

「あ、ご、ごめん。玩具《おもちゃ》じゃないよね」

触ったことのないものだから、つい夢中になってしまった。

咳《せき》ばらいをして、アッシュに返す。顔が赤くなっているのが自分でもわかる。体も熱い。アッシュと話すとすぐ熱くなっちゃうから困る。

「こういう仕組み、面白いですよね。見ればわかる仕掛けですけど、自分で思いつくかというと……私はちょっと自信ないですね」

そう言いながら、アッシュは僕と同じように仕掛けを何度か作動させる。

「……アッシュ、気を遣ってる？」

「え？　なにがですか？」

僕の言葉に、アッシュはきょとんとした表情を見せる。

「あ、あれ？　違った？　その……僕が、ネズミ捕りくらいではしゃいじゃったから、てっきり……」

「はしゃぐと、なにかいけないんですか？」

カッコン、とアッシュが戸を落としながら首を傾げる。

「アーサーさんは、これがすごいと思ったんでしょう？」

私もすごいと思います。とアッシュは深々と同意する。

「簡単なやり方だから、大抵の人がすぐに覚えられて、どこにでもある素材で作れて、応用もきく。今となってはありふれた品かもしれませんが、ありふれた品になるということは、それだけすごいことなんですよ」

「う、うん」

僕はそこまで全然考えていなかったから、余計恥ずかしいんだけど。

「感動するのは大事なことです。自分に気持ち良いですからね。その感動を伝えるのも、大事なことです。相手も気持ち良いですからね」

アッシュは笑って、僕にネズミ捕りをまた手渡す。

「アーサーさんの反応が嬉しかったので、もう一つ作りたくなりました。よろしければ、こちらはどうぞ」

「あ、ありがとう……」

「こちらこそ、手製の品を褒めて頂いて、ありがとうございます」

アッシュが、鼻歌を奏でながらまた木の板を削り出す。

知らない歌と共に形を変えていく木を、後ろから覗きこむ。

慣れた調子で踊るナイフ一本で、板に凹凸が出来ていく。

「……ところで、どうしてネズミ捕りを作っているのかな?」

「モルモットの後継ぎが必要なので」

ごめん。モルモットさんの後継ぎとネズミ、どんな関係があるのかさっぱりわからないんだけど?


今日も部屋に戻って来たら、アッシュが机に向かってなにかしていた。

後ろからそっと覗きこむと、紙の束に羽ペンを走らせているようだ。邪魔をしないように息をひそめながら、ペンが書く文字を目で追っていく。

どうやら、神殿で調べた内容をまとめているらしい。

鶏、豚、牛。そのそれぞれの骨粉と畜糞《ちくふん》の堆肥化の手順がまとめられて、参考にした本のタイトルが補足されている。

その後に、今後はこれらの技術が現在では忌避されている理由を探る、と文字が続く。

なるほど。次はそういう方向を調べていくんだね。うん。心構えをしておくよ。

僕自身にも関係するので、読んでいるとふんふん頷きが出る。

あ、まだ追加される。順次研究対象だって……水車と風車の技術？　製本？　農機具？　ちょっと待って、多すぎない？　あ、まだペンが止まらない。冶金技術の確認？　建築技術の確認？　え？　え？　まだ増えるの!?

いくらなんでもアッシュ！　そんなになんでもかんでもやったら体がいくつあっても足りないよ！

ああ、まだそんな、医療技術とか、交通路の整備状況とか……一人の頭から一度に出て来ちゃいけないようなものが……！

どんどん増えていく文字に、僕が口を押さえてドキドキハラハラしていると、頬に視線を感じる。

文字を追っていた顔を視線の方に向けたら、アッシュがおかしそうに――なんていうか、初めて見る鳥の動きを眺めるみたいに、優しく興味深そうに笑っている。

「え？　あっ、か、からかったの!?」

僕が見ているってわかって、反応見ながら書き足していったんだ！

「いえいえ、なんのことやらわかりませんが、誰かにからかわれたんですか？」

「だって、アッシュが僕を！」

なんて意地悪な人なの！　声を尖《とが》らせて詰め寄る。元より肩越しに手元を覗きこんでいた状態、そこからさらに詰め寄ると、当然だけどものすごく顔が近くなってしまった。

「私が、あなたを……なんです？」

あどけないながら整ったアッシュの顔が、すぐそこで笑っている。

互いの前髪が、触れ合うような距離だ。

「わっ、ご、ごめん！　今のはごめん！」

「いえいえ、構いませんよ。お友達なら自然な距離です」

そ、そうかな。異性とあんなに近づくなんて、前までありえないことだったから、心臓が痛いくらい。これが友達の普通？

あぁ、間近で見たアッシュの顔が、頭にばっちり刻まれちゃってる。

……アッシュって、普通に笑っている時は結構、その……良いかも。

思い出を反芻《はんすう》していたら、アッシュが小さな声で呟く。

「それに、まあ、からかうつもりはありませんでしたけど、ついつい今は必要ないところまで書いてしまったのは事実ですしね」

「あっ!?　やっぱり！」

からかっていたんじゃない！

再び詰め寄ると、アッシュが優しく苦笑する。

「だって、書けば書くほど面白そうに前のめりになるんですから、つい」

「それは……そんなにたくさんやることがあったら、どれだけ忙しいかと思って、心配に……」

面白がっていたわけじゃ……。

最後の呟きは、声にはならなかった。そこまで言ってしまえば、嘘を重ねることになると、体がすくんだ気がする。

アッシュの言う通りだと思う。

そんなにやったら、どうなってしまうだろう。心配しながらも、どこかで楽しんでいた。

そんなにやったら、どうなってしまうだろう。同じ言葉に、期待が重なっていた。

やることが一杯だ。やれることが一杯だ。やってもいいことが、一杯だ。

「だって……」

つい、恨めしそうな声が出る。

「こういうこと、したことなかったから……なんか、楽しくて……」

「それはよかったです」

恨めしい気持ちを、どこまでも明るく温かい笑みが受け止めてくれる。

「これからいくらでも楽しめますよ。予定では私が死んでも終わりませんからね」

「え？　え？」

「たくさん、楽しんでくださいね」

輝くような笑みで告げられる。うん、アッシュはとっても笑顔だ。

でも、なんでだろう。逃げられない、って確信が走ったのは。

わたしは、本当に小さな存在だった。

周りの大人達は、わたしになにも期待していなかった。わたしが言葉を発することさえ求めていなかったと思う。ひょっとすると、手足が生えていることさえも。

なにかを口にすれば溜息《ためいき》を吐かれた。なにかをしようとすれば止められた。

理由は、わかっている。わたしを利用しようとする人がいたからだ。わたしがなにをしても、利用されて周りに迷惑をかけてしまう。

だから、小さく縮こまっているようになった。

窮屈、とは感じた。苦痛、でさえあった。それでも、我慢できないことではない。

口を閉じ、膝を抱えて部屋でじっとしていればいいだけだ。なにも難しいことはない。

侍女や召使とも口をきかない。窓の外を鳥が飛んでも追いかけない。悪い話を聞いても耳を傾けない。遊び相手を紹介されても遊ばない。

我慢する。我慢できる。

段々と、我慢は簡単になっていく。それと共に、少しずつ、心と体が冷たく、固く、動かなくなっていくのがわかった。

膝を抱えて部屋の隅、凍えていく自分を想像する。

涼しい。我慢。冷たい。我慢。寒い。我慢。苦しい。我慢。痛い。我慢。恐《こわ》い。我慢。

我慢。我慢。我慢。我慢。我慢。我慢。我慢。我慢。我慢。我慢。

あぁ、もう、うんざり。

いっそ、このまま本当の氷になってしまえば、我慢する必要も――。

「大丈夫ですか？　ちょっと、失礼しますね」

ふと、温《ぬく》もりを感じた。

温もりは、手に触れて、額に触れて、首筋に触れて、冷たさを追い払ってくれる。

「風邪……では、なさそうですね。よかった」

ああ、ほっとする。なんて優しい温かさ。

凍えて固まりかけていた全身の血が、ゆっくりと流れ出していくみたい。

「夢見でも悪いのでしょうか。アロマでもあればいいのですが……ハーブティーの香りでも多少は効果ありますかね」

温もりが、少し離れた。

そう感じたのと、嫌だと思ったのと、離れたくないと手を伸ばしたのは同時だ。

いかないで――声が漏れて、夢から覚めた。

夜の闇を押しのけて伸ばした手が、赤髪の男の子の手を摑《つか》んでいた。

「えっと、おはようございます……という時間にはまだ早いのですけど」

「アッシュ……？」

ぼやけた視界の中で、アッシュのあの温かい笑みが、困ったように見つめてくる。

「はい、私です。寝ているところにすみません。なんだかうなされていたようなので、心配になりまして」

「うなされてた？」

「はい、悪い夢でも見ていたようですね」

「あぁ、うん……」

夢か。凍えそうな夢だった。

でも、よく見る夢でもある。

「ありがとう、もう大丈夫」

「そうですか」

アッシュは、わたしの言葉に笑顔のまま頷いて、

「では、温かいお茶でも飲みましょう」

わたしの言葉を丸ごと無視した。

「え？　アッシュ？　大丈夫だって……」

「はい。ですから、温かいお茶を飲みましょう。村から風味の良いハーブを持ってきてありますから、少し待っていてください」

アッシュは、わたしの手を優しく解いて顔を引っこめる。わたしが寝ているのは二段ベッドの上だから、梯子《はしご》を下りたみたい。

慌ててベッドから顔を出すと、アッシュは自分のタンスを開いて、なにやら取り出している。

「ええと、鎮静には柑橘《かんきつ》系の風味……確か、こっちのシソが……。ふむ、今夜は蜂蜜も入れてしま

いましょう」

「アッシュ？　あの、大丈夫だよ？　そんな迷惑かけなくても、もう大丈夫だから」

止める声に、アッシュはまた、はい、と丁寧に返事をする。

「では、大丈夫になったお祝いです。お湯を頂いてきますね」

丁寧な態度で、全然話を聞いてくれないまま、アッシュは出て行ってしまう。

その背に届くはずもないのに、今さら手を伸ばしてしまう。

なんてこと——わたしは愕然《がくぜん》とした。

アッシュはわたしに、我慢させてくれないみたい。

無意識のうちに、笑いがこぼれる。

その自分の笑いも、少し——温かかった。


程なくして、アッシュは両手にコップを持って戻って来た。

ただベッドの上で待っていることもできず、床に下りてうろうろしていた僕に、湯気を上げるコップが差し出される。

「お待たせしました。はい、どうぞ」

「あ、ありがとう」

受け取ると、湯気と一緒に心地いい香りが鼻をくすぐる。

蜂蜜の甘い香りと、酸味のある果実の風味がよく合う。なにより、手に持ったコップの温もりがほっとする。

「ベッドで待っていてもよかったんですよ？　寒い季節なんですから」

「その寒い季節に、アッシュだけ外にやらせたら落ち着かないよ」

「ご心配なく、生まれてこの方、体調を崩したことがありませんから」

アッシュの自慢に、この子ならありうる、と思ってしまった。むやみやたらに頑丈そうな子なんだもん。

「よろしければどうぞ」

アッシュは、二段ベッドの下段、自分のベッドに腰かけて、隣を空ける。

お、男の子のベッドに腰かけるなんて、そんなはしたないこと！

……でも、今の僕は男の子のフリをしなくちゃいけないんだし、口うるさい人はいないし、アッシュは友達なんだし――いいのかな？

いい、かもしれない。

恐る恐る、アッシュの隣に腰かける。

わあ、すごく悪いことしている気分。胸がドキドキする。

顔が熱い。アッシュに見られたら変に思われそうだから、誤魔化せるようにコップに口をつける。

温かい液体が、爽やかな風味と一緒に喉を通っていく。それから、蜂蜜の甘さがゆっくりと口内を満たす。

「美味しい……」

「蜂蜜は村で養蜂を始めたターニャさんから分けて頂いたもので、ハーブの方は狩りに行った時に猟師のバンさんに教えて頂いたものです。柑橘みたいな味がするでしょう？　でも、それシソなんですよ」

「シソ？」

「ええ、悪いものを追い払う力があるので、怪我《けが》の治療にも使えるんです。こうしてお茶にして飲むと、喉にいいです。猟師の方は、肉の臭みを消すためにも使います」

話しながら、アッシュは僕の肩に毛布をかけてくれる。

毛布にはアッシュの体温が残っていたみたいで、手の中のお茶と一緒で、すごく温かい。

「蜂蜜は栄養がたくさんありますし、吸収も良い、寝る前に飲むにはぴったりです。温めたミルクと一緒の方が安眠効果があるのですけれど……流石に残っていませんでしたね」

「安眠？　そうなの？」

「私が調べた本を見る限りは、そうです。蜂蜜を食べると、気持ちを落ち着けるものが体の中で作られるのだとか」

そのまま、アッシュは村で行われている養蜂について、他愛もない話を続けてくれる。

養蜂家と猟師の、中々進まないのに夫婦感だけは上がっていく恋愛模様は、ちょっと続きが気になるくらい面白かった。

悪夢で凍えた気持ちが、生き返るみたい。

「ありがとう、アッシュ。すっかり温まったよ」

「ぐっすり眠れそうですか？」

「それはもう」

こんなにも温かくしてもらったんだもの。悪夢だって、溶けて消えてしまうよ。

次の朝、僕は少し、寝坊した。

《紙の計画》

Phoenix Revives from Ash

神殿での自習時間にレイナ嬢も加わるようになって、作業効率はさらに加速した。

やはり計画は数だ。

おかげで、最初に実験すべき肥料について、第一弾の計画書をまとめることができた。

まずは骨粉。ヤック料理長の紹介で、面識を得ることができた畜産家（正確には肉の解体業者）から、廃棄される骨を譲り受けられることになった。これらを煮込んで、乾燥し、粉砕したものが骨粉肥料となる。恐らく、一番手軽に作れる肥料だ。

次に、鶏糞《けいふん》の堆肥。本によると、一般的な家畜のし尿で肥料成分のバランスが最も良いのが鶏糞らしい。ただ、匂いがきついため、牛や豚よりも気を遣わなければならないと注意されている。

そして、牛糞と豚糞、馬糞の堆肥。こちらは鶏糞よりも扱いやすいようだ。もちろん臭いもあるが、鶏糞ほどではないとのこと。一方、鶏糞と比べると、肥料成分の一つが明らかに少ないようだ。

人間のものも一応計画を立ててはあるが、公衆衛生上の扱いが難しいため、実施するかどうかは保留にしている。堆肥化を失敗すると、寄生虫や感染性の病気、コレラや腸チフスといった感染症の類が蔓延《まんえん》する恐れがあるのだ。

実際、古代文明の高度な技術が失われた後、人間のし尿の堆肥を利用した際に、大規模な感染症が発生したことが都市の神殿の資料からうかがえた。堆肥化の書籍を調べると、明らかに後から追記したと思われる注釈に、都市が滅んだ事件が記されていたのだ。

私の生まれ故郷のような農村でも、し尿を利用した堆肥は「やってはいけないこと」と忌避されているほどなので、当時はかなり猛威を振るったらしい。

ただ、「人間のし尿が危ない」はずが、現状では「動物のし尿全てが危ない」と勘違いされている。

これは間違った知識であるし、適切な処理をすれば（人糞ふくめて）安全であるので、ぜひ改めたい。

神殿の書籍に残された記述でも、「動物のし尿堆肥によって都市が滅んだ」ではなく、「人間のし尿堆肥の不適切な利用によって、病気が発生して都市が滅んだ」という書き方になっている。

当時は原因をきちんと把握している人がいたのだ。

このことを報告書としてまとめ、肥料実験計画と共にしかるべきところに提出しよう。

「とすると、寄生虫や感染症についての本も読まないといけませんかね」

前世の記憶ではこうだから、などと言っても、今世のお歴々は説得できまい。

私は、神殿の書庫を振り返って眺める。この中にその手の本はあるかな？

「ヤエ神官、医療関係の本はどの棚にありますか」

「え？」

疲れた顔で頬杖《ほおづえ》をついていたヤエ神官が、脅《おび》えたように顔を引く。

他にも、突っ伏していたり、天井を仰いでいたりした、大切な協力者達《たち》――マイカ嬢、レイナ嬢、アーサー氏——が、ぐったりした顔を私に向けてくる。

まだやるの、なんて言いたげな目をしている。

「肥料の利用に関連した病気を調べなければなりません。現在、動物性の肥料は危険なことだと考えられていますからね。安全性を確保しなければ、この計画は承認されないでしょう」

だからもっと調べるの。

断固たる意志を持って宣言すると、全員ががっくりと肩を落としたことがわかった。

待って。そこで気落ちしないで。もっとやる気だそう？

「これまで調べてくださった皆さんの努力に報いるためにも、この計画を承認されるよう徹底的に作りたいのです。どうかお願いいたします」

ここで止《や》めたら、今感じているその疲労感すべてが、無駄に終わっちゃうよ？　いいの？　それでいいの？

そんな意図を、言葉を変えて問いかけると、四人とも互いの苦渋の表情を確認し合って、重い腰を上げる。ヤエ神官もふくめてまだ若いんだから、もっときびきびしてもいいのですよ？

大体、前世の記憶だとこれくらいの報告書、真面目に大学生活をしていれば三ヶ月に一回くらいは最低でも作ることになる。五人チームで作っているんだから、月一ペースでも楽勝だ。

この特製報告書矢玉を使って、早く将を射りたいものだ。

そう考えながら医療関係の本を眺めていると、隣のヤエ神官が、真面目な顔で私を見つめてくる。

「私、アッシュさんを年下だと考えることは、もう止めました」

なにかと思ったら、私を通常のカテゴリから外したという宣言だった。

するとアーサー氏も、レイナ嬢も続いて賛同する。

「そうだね。ボクもそうする」

「ええ、きっとその方が正しいわ」

別に子供扱いはされなくていいけれど、じゃあどういう分類にされたのだろう。

あと、マイカ嬢が熱心に頷《うなず》いているけれど、ひょっとしてマイカ嬢はすでに私を別分類していたのだろうか。

可能性はある。前に村の特産品扱いされた記憶が蘇《よみがえ》った。


切れ味鋭いとは、こういう口調を言うのだろうなと感じた。

レイナ嬢のお母様が、初対面で放った言葉に対する感想である。

ようやく、目的であった寮の責任者への面会が叶《かな》ったのだ。今世の親世代の例にもれず、レイナ嬢のお母様も若い。二十代後半、三十代には届いていないように見える。

レイナ嬢との血筋を確かに感じさせる顔立ちをしていて、切れ長の眼《め》つきに、抑制の利いた表情が、いかにも仕事ができる人物という印象を振りまいている。人によっては威圧感を覚えるくらいだ。

そんなレイナ嬢のお母様、リイン夫人が、やはり抑揚の利いた業務用の音声で述べたのだ。

「うちの娘と、仲良くしてくれているそうですね」

上っ面の言葉をはぎ取れば、紛れもなく威嚇である。

リイン夫人は、私がレイナ嬢を籠絡したものと警戒しているらしい。

正解。

もちろん、それを素直に口にはしない。リイン夫人の人柄によっては、過剰反応される恐れがある。

「はい。同じ村で育ったマイカさんと同室という繫《つな》がりで、親しくさせて頂いております」

「ユイカ様のご息女ですね。そのマイカ様とも、親しいとか」

「小さな村の同い年ですから。それに、教会で一緒に勉強していましたので」

にこやかに応じているのだが、リイン夫人の警戒は解けない。

やはり、都市の侍女として政務に携わっていると、海千山千の相手と丁々《ちょうちょう》発止《はっし》のやり取りがあるのだろう。この十一歳の身から醸し出される胡散臭《うさんくさ》さを感じられるようだ。

「レイナやマイカ様とお付き合いしているのは、あくまで偶然だと」

「巡り合わせがよく、この場にいられるものと思っています」

マイカ嬢と同年代でなかったら、この留学の機会を逃したことは間違いない。二歳くらいまでの上下幅でないと、参加できないらしい。

リイン夫人が尋ねたいのは、そういったことではないとは知っている。夫人は、テーブルの上のお菓子、クレープ第二弾をほっそりした指でつまむ。

「では、このようなお菓子を差し入れることも、全く他意はないと言うのですね」

ずばっと聞かれてしまった。

当たり障りのないことを言ってもいいが、曖昧な返事は悪印象をつけられそうだ。かといって、あまり嘘《うそ》は吐《つ》きたくない。

リイン夫人が、ある程度清濁併《あわ》せ呑《の》む人柄であれば、積極的にここにいたるまでの思惑を白状した方が印象は良いと思う。どの程度まで濁を許せるか、少し探ってみよう。

「質問を返すことは失礼とは思いますが、どの程度をもって、他意と判断すればよろしいでしょう」

「アッシュさんは、どの程度を思い浮かべましたか」

さらに質問で返されてしまった。迂闊《うかつ》に言質《げんち》を与えないつもりだ。

ちょっと緊張してきた。

「例えば、不慣れな土地にやって来て、友人がいないという状況です。知らないことばかりの状況で、色々と知っているだろう人物と親しくしたい。この程度の思惑は、誰もが当然持ってしまうと思います」

私が首を傾《かし》げて反応をうかがうと、リイン夫人は抑制の利いた表情のまま、頷いて理解を示してくれた。

多少の人間味は許可されるようだ。勝機が見えたので、一気に攻め入る。

「こちらのお菓子は、私にとっては少々値の張る材料で、それなりの手間をかけて作っています。なんの見返りも期待せず、気前よく振る舞っているとは、胸を張っては言えませんよ。少なくとも、友好関係を築きたい、人脈を得たいという思惑は入っています」

「まずは、良いでしょう。全く他意はない、などと言われるより、よほど信用できる返答でした」

それだけか、と感情を抑えた眼差《まなざ》しで問うてくる。

リイン夫人も綺麗《きれい》な人だから、迫力がすごい。ちょっとぞくぞくしてくる。

リイン夫人は、中途半端な誤魔化しがお嫌いなようなので、正直に白状することにした。

「レイナさんだけと人脈を得るつもりなら、確かにこれほどのお菓子は必要なかったかもしれません」

「では、目的はなんです」

私は、持って来ておいた計画書を、リイン夫人の視線の中に差し出す。

「こちらを実行したいのです」

「農業、改善、計画……？　第一案？」

リイン夫人の表情が揺らいだ。

凛々《りり》しい美人のきょとんとした表情が可愛《かわい》い。ギャップは破壊力だ。力みと脱力の差が瞬発力を生むのと一緒だ。

「大事なご息女に物を見せびらかせて近づき、不快にさせてしまったことはお詫《わ》び申し上げます。ご理解を頂きたいのは、ご息女をたぶらかすつもりも、あなたへの悪意も、この都市に仇《あだ》なすつもりもございません」

内心とは別に、真面目な顔で誠実な音程を発する。

こちらも本心なので、演技ではない。人間とは奇妙な思考をする生き物の名なのだ。

「私はただ、こちらの計画を進めたい一心です。こちらの計画をまとめる作業には、レイナさんにもお手伝い頂いております。軍子会の目的が、子供の勉学のためであるならば、ぜひ私達の成果に対する評価採点をお願いいたします」

リイン夫人が、未知の物体に接するごとく慎重に、計画書を手に取って眺め始める。

計画書の目的と概略が序文に記されているので、そこだけでも読み終えればどんなものかはわかる。

「詳細については、後日でもお時間を作ってお読み頂ければと思います。お菓子を目の前にして読むのは、少々不似合いな内容もございますので」

下から出てくるものについて読みながらでは、美味《おい》しい物も色あせると思う。

そんな気遣いの台詞《せりふ》に、リイン夫人は言われたことを理解しそこなったように視線を私に向ける。

「せっかく作ったものですので、できるだけ美味しく食べて頂きたいなと思ったのですが？」

「そ、そうですか……。そうですね、せっかくのお気遣いですから……」

リイン夫人が、計画書をテーブルにおいて、眉間を押さえて天井を仰ぐ。

「軍子会から出てくるはずのないものが……なんでここにできてしまっているの……どうしよう、どう処理したらいいの……」

とりあえず、甘い物を食べて元気をつけたら良いと思う。

気合を入れて計画書を読んでもらえれば、リイン夫人に期待している動きについても盛りこんであるから。

マイカ嬢とレイナ嬢の助言の賜物《たまもの》だ。リイン夫人が読んだら、そうやって頭を抱えるだろうと彼女達は見抜いていた。

前世では粗削りな大学生のレポート程度の計画書も、どうも今世では一流の領域にあるそうだ。

「どうして、こうなったの……」

多分、あなたが理性的だからこうなったのです。

感情的に、娘に近づくな、これは賄賂だ、とくれば私に太刀打ちはできなかったはずだ。理性をもって話し合おうと思い、私と向き合った時、あなたは敗れていたのだ。それくらいにはこの計画書は作りこんである。

真面目なリイン夫人は、「軍子会の勉強の成果」と差し出されたものを、真面目に評価する以外の態度は取れなかっただろう。

真面目だと損することが多いですよね。でも、そんな人だから、私も好意を持って接することができるのです。

悩み疲れた顔で、リイン夫人はクレープに手を伸ばす。

「おいっしいぃ……なにこれ、すごい美味しいわ。すごい。美味しい」

流石《さすが》は親子。声のトーンは大人らしい淑《しと》やかさがうかがえるが、台詞が似ている。

皆で幸せになりましょうよ。

リイン夫人が我等《ら》の計画書を真面目に審議してくださっている間にも、日々は過ぎていく。

私は、朝の日課にしている武芸鍛練のために、寮館の庭に足を運ぶ。

アーサー氏やレイナ嬢からは、計画書の件で文官肌に見られているためか、意外だというお言葉を頂戴している。

私もそう思うけれど、朝と夕に私が一定時間部屋を開けると、アーサー氏が助かるでしょう？　着替えとかありますからね。私の紳士っぷりも中々のレベルになった。

私が庭で準備運動をしていると、運動用のラフな格好のマイカ嬢も出て来た。

「おはようございます、マイカさん。今日もよろしくお願いします」

「おはよう、アッシュ君」

「うん、こちらこそ」

朝から明るい笑顔のマイカ嬢は、今日も元気だ。

なお、建前で朝の鍛練をしている私と違い、マイカ嬢は完全に自主だ。

元々、クライン村長から武芸の基礎は習っていたそうだが、例の熊殺し事件から本気で取り組み始めたと聞いている。同じことが起きたら、私と一緒に戦うのだと宣言してくれた。

その心意気には感動を覚えたが、私は二度とあんな危険な真似《まね》はしたくない。

あれだって状況が許せば逃げたかったし、逃げられないにしても弓矢を使って安全に撃退したかった。

ともあれ、村にいた頃から、マイカ嬢は毎朝毎夕の自主鍛練をしている。

その腕前は、基礎を見た感じ今期の軍子会でもトップクラスだ。この年頃だと、女性の発育の方が良いこともあるためか、男女混合でのトップ争いに参加している。

なお、私はマイカ嬢に全く勝てない。私の腕前は、軍子会全体から見ても中の下といったところだろう。

アーサー氏から、「これで熊とどう戦ったのかな」と疑問視されたので、「これで熊と戦う気はありませんよ」と微笑《ほほえ》んでおいた。

私が殺し合いの場で、正々堂々向き合って同じ条件で戦うなんてまさかそんな。外道卑劣に毒殺しますよ。化学殺法の使い手ですから。

久しぶりに、頭の中で毒物調合について考えつつ、準備運動からの走りこみをこなす。

その後は、マイカ嬢と向かい合って、軽く型の稽古だ。

私の構えた木槍《やり》に、マイカ嬢の木剣が打ちこまれ、二人の奏でるリズムが始まる。

今世での武芸は数学的な捉え方をされており、中々洗練されているように思う。

農業において一定の水準が保たれたように、武術においても一定の水準が維持され続けたのだろう。食すことと同じく、戦うことも生命活動においてありふれた状態なのだと歴史が語りかけてくるようだ。

型稽古では、攻撃側の初動からカウントを始め、一・二・三とリズムを取って防御行動を合わせる。防御行動で攻撃側の体勢を崩し、反撃を加える。これで攻撃側と防御側が交代し……と、慣れて行くと、踊るように攻守を繋げていくことができる。

私とマイカ嬢は、二人きりでこの稽古をしてきたので、すっかりお互いの呼吸に慣れてしまい、基礎の型なら体力が切れるまで打ち合える。

訓練用の木槍がぶつかる音が、心地いいリズムを刻む。

マイカ嬢は、汗を浮かべながら唇をつり上げるように笑っている。恐らく、私も同じような表情だろう。

なにをしても受け止めてくれる安心感。互いの思考が繋がったような一体感。別々の体なのに、一つの意志で動いているかのような気さえして、不思議な高揚感に包まれる。

つまり、楽しいのだ。

本物のダンスなんかも、この感覚が好きな人がいるのだろう。

どんな楽しい時間でも、体力は有限だ。

息が切れてくると、動きが鈍ってくる。マイカ嬢と繋がっている視線で、今日はここまで、という同意が結ばれる。

同意に従い、私の放った突きをいなし、マイカ嬢が鋭く踏み込む。木剣が、私の首筋に突きつけられ、稽古が終了する。

「ありがとうございました」

「ありがとうございました！」

クライン村長の教え通り、お互いに礼を交わすと、第三者の拍手が届けられた。

息を弾ませながら振り返ると、ジョルジュ卿《きょう》だった。

「見事な型稽古だった。基礎の型とはいえ、あれほど息が合ったものは中々お目にかかれない」

実技の教官も務めるジョルジュ卿に褒められ、マイカ嬢は弾《はじ》けるように喜んだ。

「ありがとうございます！　ふふ、アッシュ君とはすごく相性が良いんです」

「付き合いも長いですから、息が合わせやすいですね」

「だよね！」

私も同意すると、マイカ嬢の機嫌がさらに良くなる。

ジョルジュ卿は、精悍《せいかん》な顔つきの目元を嬉《うれ》しそうに緩める。

「あの様子を見れば、クライン卿の手腕もうかがえる。衰えていないようだ」

「父をご存知なのですか」

敬意がたっぷりこもった口調に、マイカ嬢が見知らぬ他人を褒められたような顔になる。

「ああ、君の父上は、この都市では有名人なのだ。私もまだ幼かった頃に目にして、憧れを抱いたものだ」

「父は、一体なにをしたんですか……？」

「知らないのか？　ならば教えてあげたいところだが……君の父上の活躍は語りだすと長いからな」

苦笑するジョルジュ卿は、なにやら用事があってここに来たようだ。考えてみれば、朝食前の時間に、教官が寮を訪れる理由はない。

「ジョルジュ卿はなにかお急ぎのご用事ですか？」

「うむ。今日の講義の予定だが、軍の仕事が立てこんでいて、無理そうなのだ。すまないが自習になる。そのことを伝えたくてな」

「そうですか。わかりました。私達の方で連絡を回しておきます」

「頼めるか。助かる」

これくらいお安い御用だが……しかし、この人は本当に忙しいな。

イツキ氏もそうだが、やはり真面目に仕事をしている管理職は、スケジュールがぎっちりのようだ。ジョルジュ卿はイツキ氏の重臣と評判なので、ぜひとも仲良くなりたいと思っていたのに、一向にお近づきになれない。

これはいかん。これでは、いつまでも将を射られないではないか。それはいかん。

そう思ったので、私は忙《せわ》しない従伯父《じゅうはくふ》殿に踏みこんでみる。

「ジョルジュ卿、自習内容として、ジョルジュ卿のお仕事を見学してみたいのですが、私になにかお手伝いできることはありますか？」

「む、しかし……」

ジョルジュ卿の表情は渋い。未経験者が入っても、教えるだけ手間が増えるというのは、よくわかる。

確かにそれは否定できない。

それでも、今までの講義内容から、ジョルジュ卿は備品の管理、兵站《へいたん》業務に関わっており、それが忙しいのだと推測している。備品数の確認と書類整理くらいなら、少し教えてもらえれば手伝える自信がある。

というのも、村長家で少しお手伝いしてきた経験があるのだ。今世の数学的知識水準からすると、私は相当に高度な域に達していると評された。

「荷物運び程度ならお役に立つでしょうし、計算もできます。お邪魔になるようでしたら、大人しく神殿で本を読んでいますが……お手伝いできるようなら、一度だけと言わず、時間を見つけてお手伝いするようにします」

さり気なく、読み書き計算できますよと、今後も継続的なお手伝いにうかがいますよとアピールしてみると、ジョルジュ卿の表情が明るくなる。

「そういえば、アッシュ君は読み書きも計算もできるのだったか。ヤエ神官が、今まで見た中で一番の才能と褒めていたな」

「それは褒めすぎかと思われますが、一通りはできます。一度、試させては頂けませんか」

ジョルジュ卿は、少し考えこむ様子を見せたが、その前の会話でほとんど決めていたようで、すぐに頷いて見せた。

「わかった。なんだかんだで、アッシュ君との会話の時間も取れていなかったからな。お願いしよう」

「勉強をさせて頂くのですから、お願いするのはこちらの方です。よろしくお願いいたします」

ジョルジュ卿の伝言については、マイカ嬢にお願いして、私はさっさとジョルジュ卿の仕事へとついて行くことにする。

別れ際、マイカ嬢が、「ほどほどにね、ほどほどだよ！」と釘《くぎ》を刺してきた。

備品管理や書類整理で、そんな大暴れできるわけがないじゃないですか。

◇◇◇

【横顔　マイカの角度】

今日の軍子会は自習ということで、あたし達は武芸の練習をすることにした。

アッシュ君と一緒なら座学も楽しいけど、体を動かすのはアッシュ君とじゃなくても楽しい。

アッシュ君と一緒に体を動かす、だとなお楽しいけどね！

あたしは鼻歌交じりに木剣を振り下ろす。うん、いい感じに振れた。剣にまとわりつく風の重みを感じない。風を切り裂いた手応え。

振り下ろした先、短めの木槍を横に構えたレイナちゃんが受け止める。その表情は、引き締まっているというより、引きつっている。

「もうちょっと力抜いていいよ？　当てたりしないから」

「わ、わかってはいるのだけれど」

そう言ってレイナちゃんの方から槍を振るって来るのを、横に構えた木剣で受け止める。ぺちって感じだね、ぺちって。

「もうちょっと力入れていいよ？　当たったりしないから」

「それも、わかってはいるのだけれど」

溜息《ためいき》を吐き出しながら、レイナちゃんが肩を落とす。

「防御する時は恐《こわ》くて身がすくむし、攻撃する時は気が引けて力が抜けてしまうわ」

「なるほど」

それはやりやすい。レイナちゃん、すごく殺《や》りやすいよ。

「レイナちゃんは護身メインにした方がいいね。なにかあったら戦おうとしないで、逃げた方がいい。じゃなきゃ、そういう隙がなくなるまで猛特訓するかだね」

脇で見ていたアーサー君が、あたしの言葉に反応した。

「猛特訓、か。マイカが言う猛特訓は、本当に猛烈そうだね」

まあ、お母さん曰《いわ》く王国一の剣士仕込みの特訓だから、慣れるまでは大変だよ。わかりやすく言うと、アッシュ君が逃げ出そうとしたレベル。

それを聞いたレイナちゃんが、青い顔で首を振る。

「侍女志望だから、武芸の腕はそこまで求めていないわね……」

「アッシュが逃げるくらいとなると、僕もやりたくはないよ……」

なんだかんだでアッシュ君はやりきったけどね。

「レイナちゃんの進路だと、アッシュ君の方が稽古相手に向いているかも？　次はアッシュ君と稽古してみるといいよ」

「そうなの？」

レイナちゃんが、アッシュ君と基本稽古で組んでいるアーサー君に視線で尋ねる。

「う〜ん、そうだね。確かに、アッシュは防御が上手だね。手本になるかもしれない」

そうでしょう、そうでしょう。アッシュ君から一本取ろうとすると、かなり大変だからね。

お父さんも、守りは筋がいい、って褒めてた。

「でも、その割に攻めになると、数段落ちるよね？」

あれはなにか理由があるのかな、とアーサー君が聞いてくる。

「相手が怪我《けが》しないように、攻撃はかなり手加減してると思う」

お父さんも言っていたけど、アッシュ君は攻撃する時だけ格段に動きが鈍る。

本人は意識していないみたいだけど、ずっと稽古相手をしてもらって傷つけられたことがないんだから、かなり手加減されている。

あたしの方は、何度かアッシュ君に青あざを作ってるからね……。

「アッシュ君、すっごく優しいからね。人を傷つけるのが嫌なんじゃないかな？」

レイナちゃんの攻撃がふにゃふにゃなのと一緒だね。人に敵意を向けるのが苦手、っていう人は意外と多いみたい。

「それ、アッシュは実戦になったら大丈夫かな？」

「あら？　アッシュって、武官志望なのかしら？」

アーサー君の不安に、レイナちゃんが文官志望だろうと思っている顔で首を傾げる。

「武官になるなら、確かに心配かもしれないけれど」

「武官志望とは聞いてないけど……」

それでも心配そうなアーサー君に、レイナちゃんは肩をすくめる。

「どうなのかしら？　マイカなら知ってる？」

「聞いたことないなぁ」

二人が、それもそうか、と頷く。アッシュ君は農民の出だからね。家の畑を継ぐ以外の選択肢がものすごく少ない立場だ。

普通なら、軍子会に入った後の将来なんて想像もしたことがない。だって、普通なら、軍子会に入れないからね。今すぐに将来どうなりたい、なんて思いつきもしないだろう。

うん、普通ならね。

もちろん、アッシュ君は普通じゃないから、どっちにしてもやりたいことをやるはずだ。

「アッシュ君のやりたいことなんて、あたしじゃまだわかんないなぁ」

どちらかというと、文官寄りの内容、だとは思う。

でも、アッシュ君は台所で変な勢いがつくような素敵なアッシュ君だからね。武官の方で暴れ回るようになってもおかしくない。

今日もジョルジュさんについて行っちゃったし……。うーん、釘は刺したけど、もう抜けちゃってるかな？　お母さんも、アッシュ君はすぐ釘が抜ける、って笑ってた。

うん、抜けてると思って、アッシュ君が帰って来たらすぐに会いに行こう。

考えこんでいたら、アーサー君とレイナちゃんがあたしの続きを待っている。

「ああ、うん、大丈夫だよ。アッシュ君が武官になったとしても、平気平気」

毒物とかたくさん作ってたからね。熊ぐらいまでなら絶対殺します、って笑顔で言ってた。

「レイナ、アッシュは優しい、って話をしていたと思うんだけど？」

「わたしも、そのつもりだったわ」

「毒って……優しい人の話で出て来る言葉かな？」

「違う、と思う」

なに言ってるの、二人とも。アッシュ君は優しいでしょ。その毒で敵を仕留めて守ってくれるんだよ？

「それに――」

剣をその場で振るう。一つ、二つ、三つ。斬撃を思い浮かべた敵の首に滑らせる。

狼《おおかみ》も、熊も、人も。敵と定めた首を一振りごとに斬って落とす。

「アッシュ君の敵は、あたしが斬る」

赤い血。白い肌。開かない瞼《まぶた》。笑わない顔。

あんなアッシュ君は、もう見たくない。

そのためにも、あたしが強くならないとね。

「じゃ、アーサー君、次の相手をお願いしていい？」

さっきも言ったけど、アッシュ君は優しいから安全すぎてちょっと物足りないんだよね。や、もちろん、アッシュ君と稽古できることは問答無用で楽しいし、嬉しい。でも、これ以上の剣の腕を磨くってことを考えると、危険なことも時々必要みたいなんだよね。

「思いっきり来ていいからね？」

アーサー君に微笑むと、綺麗な顔が引きつった笑みを浮かべる。

「お、お手柔らかに？」

だから、思いっきり来ていいんだってば。

「僕の腕でマイカと打ち合うのは無理だよ……。グレンを呼んだ方がいいと思う」

「ああ、グレン君ね。うんうん、いい稽古になるのは確かだね」

多分、今期の軍子会で一番強い男の子なんじゃないかな。背も大きいから間合いも広くてすごく強い。

うん、男の子では、一番ね。男女合わせて最強ってなると、惜しいけど二番目かな。

「でも、今はグレン君いないから、アーサー君の番ね？」

「いや、ちょっと今日は調子が……マイカ？　マイカ、僕まだ剣を構えてないよ？」

「うん、そうだね？」

うちのお父さんも、本気の時は剣を持ってても構えないよ。アッシュ君が、無形の位って呼んでた。

なんかの奥義なんだって。あたしは未熟だから、ちゃんと中段に構えなさいって言われている。

切っ先を向けられてても構えないんだから、アーサー君も奥義しちゃってるのかー。打ちこむのが楽しみだなー。

「わ、わかった！　ちゃんと相手するから！」

よろしい。ようやくやる気になってくれたアーサー君ににっこり笑って、あたしは剣を打ちこむ。

「っ！　ほんとに、マイカの剣は速いね！」

「ふふ、ありがと」

「でももうちょっと手加減して欲しい！」

大丈夫だよ。これでも、ちゃんと寸止めできるように加減してるんだから。

◇◇◇

ジョルジュ卿のお仕事は、都市が抱える軍隊（領軍）の補給物資、全ての管理だった。全てである。

いくらなんでもひどいと思う。

今日は、腐らない類の備品の数を確認する作業だと言う。一応、補助として部下の兵士がいるものの、その数たったの五人。圧倒的に数が足りていない。

腐らない備品とは、鉄剣もあれば、鉄槍もあり、大型の盾と小型の盾、弓・弩弓《どきゅう》とその矢玉、城壁に備えてある大型弩弓の予備部品や矢玉、馬具全般に馬車用具、その他にも縄やら梯子《はしご》やら野営道具やら、目眩《めまい》がしそうな種類がある。

この都市の軍制は、志願兵で形成される常備軍と、一定年齢の市民徴収兵で形成される予備軍に分かれている。志願兵だけなら大した数ではなく、装備の管理も日常的に行われているため、手間がかからない。

しかし、緊急事態に都市の防衛にあたる徴収兵は多く、彼等《ら》は定期的に行われる訓練以外に装備を手にしない。しかも大袈裟《おおげさ》に言えば、本当の緊急時には都市の住人全てが兵士になるため、予備軍用の備品は可能な限り大量に用意してあるのだ。

なお、本日は手をかけない腐る備品の類とは、食料類である。籠城用の備蓄の他、兵士が都市圏の見回りに赴く際の補給にも関わってくる。

つまり、これらの管理全てをジョルジュ卿一人が行っているという現状は、とてもひどい。

そりゃ忙しいわけですよ。せめて責任者となるジョルジュ卿の下に、中間管理職が五人はいても良いだろうに。その手足となって実働する人員は、さらに五人ずついても良い。

しかも、数の確認だけでなく、傷みが激しい備品は、修理に出すか、廃棄して新しい物と交換するという点検作業が入る。

それを、年度の切り替えに当たるこの時期にまとめて行うのだ。

アタマ、オカシインジャネーノ。

「ジョルジュ卿、これは備品管理の手順を見直しましょう」

数の確認の前に、槍の傷み具合を確かめながら、気合をこめて提案する。

こんなの一括にまとめてやるべき作業量ではない。それに、一人の責任者の下でやらせていい作業でもない。

不正し放題じゃないか。だからこそ、為政者（この場合はイツキ氏）が信頼できる人物にしか任せられていないのだろうが、その人物に魔が差したら終わりだ。

「なにか、作業量を減らす妙案でもあるのか」

生真面目なジョルジュ卿も、流石にうんざりした表情を隠しきれていない。私は初日だが、ジョルジュ卿は連日この作業をしているのだろうから、無理もない。

「少なくとも負担が減るように考えましょう。例えば、一年に一度しか確認作業を行わないのは、仕事が溜《た》まりすぎます。とりあえず、季節ごとということで、年に四回に分割しましょう」

四分の一ずつに作業量を振り分けるのだ。備品の種類ごとに分けるのがいいだろうか。

「確かに、一度にやるよりは気が楽そうだが、私の仕事の都合がそう頻繁に空けられるかというとな」

「他の方にやってもらいましょう。作業監督として指揮官一人、その部下として五人ですか？もっといてもいいと思いますけど……とりあえず、その六人で一チームとして、四チームを作ります」

「人手が増えるわけだから、それは一人当たりの作業量は減るだろうが……」

ジョルジュ卿の渋い表情は、横領される可能性が増えると言いたいのだろう。

実際、その手の問題が頻発したから、現在ではジョルジュ卿一人に負担が回っているのかもしれない。

そこは、相互監視体制を整えれば、ある程度の抑止力が期待できる。チームの人員変更、確認する担当備品の変更などなど、やり方はある。

後は、備品の帳簿を作って、倉庫から持ち出す度に記録されるようにするのもいいかもしれない。

こうしておけば、帳簿上の数と、倉庫内の数を比較することで、問題が発生したことを認識する機会が増やせる。場合によっては、どの時期に問題が発生したかも特定できるだろう。

「その都度の手間は増えますが、それは一度に降りかかる手間を分散しているからです。また、なんらかの間違いが発生する可能性を減らせますし、発生した場合の被害の軽減も期待できるでしょう」

「なるほど。悪いところはないように聞こえるな……」

ジョルジュ卿が、すっかり手を止めて私の話に聞き入っている。

よほどこの作業がつらいと見える。わかる。この人も、生真面目なだけの人間だった。

人間ならば、最大の問題点も認識頂かねばならない。

「なにより、今のままではジョルジュ卿一人に任せ過ぎています。労力的にも、権限的にもです。ジョルジュ卿ならばできるのでしょうが、ジョルジュ卿以外にできる方がいないから、現状があるのではありませんか」

あなたがいなくなったらどうするつもりかと、言葉を変えて訴える。

これを一人で、問題を犯さずやれているジョルジュ卿が特別なのだ。

一人が倒れたら終わるような体制は、改めるべきだ。継続すべき組織において、個人の能力に信頼を寄せることと、依存することは峻別《しゅんべつ》しなければならない。

「それに、ジョルジュ卿にしかできない仕事は他にたくさんあるはずです。誰にでもできる仕事は、他の誰かに任せた方が、皆が幸せになりますよ」

生真面目なジョルジュ卿に、単に楽になってもらおうなどとは言わない。多分、そういう論調になると、否定的になるタイプの人物だと思う。

なので、もっと大役が待っている、と使命感をあおっておく。実際、これだけの信頼を得ている人物なら、イツキ氏はもっと任せたい仕事があるはずだ。

なにせ、可愛がっている姪《めい》っ子《こ》にも会えないほど多忙な人だから、仕事はいくらでもあるだろう。

説得が功を奏したか、ジョルジュ卿の眼差し（さっきまで実にうんざりしていた）に、強い光が見える。

「そうか。そうだな。私にしかできないことは、他にもあるか」

その言い回しが気に入りましたか。よかったよかった。

「貴重な意見をもらった。アッシュ君の言う通りに動いてみよう」

ぜひそうして欲しいので、やる気に満ちたジョルジュ卿に、にっこり微笑み返す。

「ただ、アッシュ君の言ったことを十分に理解できていない。今後も相談に乗ってもらえないか」

「もちろん、喜んで」

「助かる。すまないな、軍子会に勉強で来たのに」

遠慮などなさらず、どうぞどうぞ。

射抜きたい将を射程距離まで引きずりだすための布石ですので、感謝の必要もございません。

「そうですね。備品管理の手順改善についての提案書を、一度私の方でしたためて参りますので、そちらを基にしてご相談しましょう」

「それは話が早そうだ。こちらとしては助かるが」

そこまで甘えていいのだろうか、とジョルジュ卿が生真面目に案ずる。そこは思う存分に甘えてもらおう。

「私にとっては、これも社会勉強の一環ですよ。私のことは、副官候補の見習いとでも思って頂ければ」

「見習い副官か。確かに、騎士家では身内の子に将来を継がせるために、親の補助役として仕事を手伝わせているが」

「ああ、それならそういうものだとお考えください。ほら、一応、血は繋がっていますから」

お役に立ちますよ、と冗談めかして表情を引き締めて見せると、生真面目な軍人は思わず、といった風に笑う。

今の、ヤエ神官が見たら悶絶《もんぜつ》する。絶対する。

「ふふ、頼もしいな。では、よろしく頼む、アッシュ」

ジョルジュ卿から、私的な呼び方をされた。一段階、懐に深く入れてくれたようだ。

その調子で、どんどん私への警戒心を解いて欲しい。そして、私に甘えたと思った分以上に、私を甘えさせておくれ。それが年長者の心意気とか余裕とか体面とか、とにかくなんでもいいから私の下心を満足させてください。

私の下心は、日に日に膨れ上がっている。

どうしてかといえば、ジョルジュ卿の仕事の手伝いが本当に忙しいからだ。

最初は単純作業の手伝いだったのだが、私があれもできる、これもできるとわかるにつれて、雪だるま式に仕事が増えていった。

おかげで、副官見習い扱いどころか、本当に副官になってしまった気がする。部下の方々まで私に書類を持ってくるのだから、自意識過剰ではないと思う。

ジョルジュ卿の部下は、いずれも志願兵である。志願兵であるということは、徴収兵と異なり座学も教えられている。それでもなお、私の前世らしき記憶の引き継ぎ分の方が、勝っているようだ。

私の顔を見ると、「いいところに！」「助かった！」みたいな表情で、部下の皆さんが駆け寄って来るようになった。

これでは、私の寛大な精神をもってしても、貸し出している好意に十日で一割の利子がついてしまうぞ。これを好意貸しという。

などと、心中でつまらない冗談を考えつつ、私は今日一日の仕事結果をまとめた書類を書き終える。これは、工房の職人に依頼した傷んだ備品の修理、ないし新規作製に関する報告書になる。

もちろん、水増し請求などの不正はしていない。していないが、会ったばかりの親戚に任せるにしては、重要な役割ではなかろうか。

「終わった？」

同室のアーサー氏が、私の肩越しに報告書を覗《のぞ》きこむ。ここは寮館の自室で、つまるところ私は、

持ち帰り残業をしていたことになる。

本当に忙しいんですよ、ジョルジュ卿……。

「ええ、すみません。気を遣わせてしまって」

「構わないよ。ジョルジュ卿が忙しいという話は、イツキ兄様からも聞いているからね」

それに、と呟《つぶや》きながら、アーサー氏が報告書を手に取って眺める。

「とても見やすい書類だね、これだけでも勉強になる。少し聞いてもいいかな」

表形式にした部分の読み方がわからなかったらしく、アーサー氏が肩を寄せて質問を始める。

相部屋になった当初はいくらか緊張していた様子だったが、最近は距離感が近い。自分が知らないことをあれこれ知っている私と話すのを、楽しんでくれているようだ。

その分、警戒心も緩んでいるかもしれないので、私が気をつけないと彼女の秘密が思った以上に早くばれてしまうかもしれない。

この間も、ちょっと当たったりした。なにがとは言わないが。

まだ発展途上ゆえ、そうだと知らなければ気にならないとは思うが、当てた方より当てられた方がひやっとした。

「なるほど。この表を応用して使っていけば、備品倉庫の管理帳簿もできるというわけだね」

「ええ、私はこれが良いかなと考えています。皆さんで話し合ったご意見は？」

「ここまで具体的な意見は出ていないよ。まだ話し合いもぎこちないから、もう少し時間が欲しいな」

苦笑するアーサー氏に、もちろん、と笑顔で頷く。

現在、堆肥資料をまとめた同志諸君には、私が作成した備品倉庫の管理手順の素案を基に、問題点や改善点の洗い出しをお願いしている。ジョルジュ卿の役に立つとわかった時の、ヤエ神官の意気込みがすごかった。

アーサー氏は、素案を皆で理解している最中、という現状を申し訳なさそうに報告した後、とても楽しいと笑顔になった。

「ヤエ神官、マイカ、レイナに、僕。たった四人なのに、それぞれの目の付けどころや考えがまるで違うんだね。色んな意見がある、とは知っているつもりだったけど、すごく実感しているよ」

「わかります。当たり前のことなのですが、実際に思いもよらない考えを聞くと、驚きますよね」

「そう、そうなんだ。それが、嬉しいというか、楽しいというか」

私もそれが好きで本を読んでいるところがあるから、すごくわかる。

珍しくアーサー氏が熱っぽく話しているので、もう少しこの話題を広げてみようと首肯する。

「自分とは違うもの、つまり他人がいるということが確認できるからでしょうかね」

「他人？」

話題を転がし損なったらしい。すっと、アーサー氏の熱が引いてしまった。

「どういうことかな」

怒っている様子はない。ただ、寂しそうな表情を、ぐっとこらえているように見える。

男性のフリをしている訳ありの少女に、他人、という単語がかすってしまったのかもしれない。

どう答えれば彼女の笑顔が戻るだろうか。せっかくの、彼女が抑えようとしない、本心からの笑みだったのに。

思いもかけずに地雷に足を乗せてしまったことに、内心で焦る。私が一流の紳士だったら、さっと洒落《しゃれ》た答えが出るのだろうが、生憎《あいにく》と紳士見習いだ。

仕方なく、私らしくいくことにした。

「他人がいるということは、自分一人ではない、ということですから。独りぼっちではないというのは、人にとって安心できることでしょう」

社会性の生き物ですからね。習性として、個でいるよりも、群れでいた方が落ち着くようにできている。

「でも、他人がいるから、揉《も》め事《ごと》も起きるよ。一人の方が、良いこともあるんじゃないかな」

否定できないことを言う。習性だけで生きていけるなら、人間はここまで頭でっかちにならなかったろう。

「そうですね。どうしても相性の悪い人というのはいるでしょうから、他人がいるから傷つくこともあります」

「そうだよね。やっぱり……」

吐き出される彼女の溜息は、肯定されて傷ついたように響く。否定して欲しかったのだろうか。

残念ながら、自分でも思い当たる節があることを、勢いだけで否定するだけの単純さを、私は持っていなかった。

「確かに、他人は思い通りにならず、面倒だったり、邪魔だったりしますが……」

早く堆肥実験をやりたいのに前に進めていないとか、本当に他人という存在がわずらわしく思う。

本心から、そう思う。

次の言葉も、本心だ。

「ですが、他人の悪いところばかり見ては意地悪ですよ。こうやってお話しできるのも、他人だからです。私のやりたいことを他人が聞いてくれて、私に必要な意見を他人が言ってくれる。それは、私にとってとても幸せなことです」

ユイカ夫人が私に打ちこんだものだ。

自分一人のわがままで、独りよがりに周囲との軋轢《あつれき》を生まないよう、他人と接することの心地よさをあの人は私に打ち込んだ。

おかげで、私は彼女の繊細な心に、本心から口にできる。

「私は、あなたという他人と、こうして話して、一緒に勉強して、ご飯を食べて、笑い合えることを嬉しく感じています。なんといっても、訳のわからないことを次々言い出す、こんな変わり者ですから、お相手は大変でしょう」

我ながら、自嘲の笑みがこぼれてしまう。こんな私に付き合わされている皆さんが不憫《ふびん》でならない。

逃す気はないけれど。

「そんなことないよ！　確かに、変なことを言い出すなとは思うけど、僕は楽しい。アッシュと会えて、アッシュと一緒で……」

　そこで、彼女は自分の言葉の中に、なにか輝くものを見つけたように息を呑む。

　私の自嘲に言い募る言葉のうちに、他人の良いところを、彼女自身が知っていたことに気づいたようだ。

　驚いた顔をしている彼女に、笑って頷く。

「そう思って頂けているなら、なによりです」

「今のは、その……ひょっとして、初めから、狙ってたりした？」

　唇を尖《とが》らせて上目遣いに睨《にら》まれると、本当に少女なのだなと感じさせる。

　しかし、会話の流れを誘導したのでは、という疑惑はいくらなんでも深読みが過ぎる。

「まさか、まさか。私はそこまで口が達者ではありませんし、あなたの心を読めるわけではありませんよ」

「そう？　アッシュなら、なんて思えてしまうのが、君の怖いところだ」

「買いかぶりです。でも、あなたならわかっていると思っていました」

　どうして、と彼女から問われ、私はくすりと笑う。わかりきったことだ。

「私だって立派な他人なのに、初めて会った日から、一言も口を利かなかった日は一日たりともなかったではありませんか」

　完全な人間嫌いは、そもそもこんな相部屋生活なんて耐えられないでしょうからね。

◇◇◇

【横顔　マイカの角度】

そうだ。アッシュ君に会いに行こう。

寮の自室で暇をしていたら、そんな素敵なアイデアを思いついた。

「マイカ、夕食後なのよ？　男子の部屋に用事もなしに行くのは、あまり褒められたことじゃないわ」

レイナちゃんならそう言うと思って、用事をたった今作った。

「アッシュ君に、ジョルジュさんの倉庫整理の件で気になったことを質問してくるね」

このままだと気になりすぎて眠れなくなっちゃう！

笑顔で伝えたら、レイナちゃんが額を押さえて首を振る。

「マイカって、本当に、アッシュの幼馴染《おさななじみ》っていう感じがするわね」

ほんと？　えへへ、照れちゃうね。

「ええ、ええ、それくらいじゃないとアッシュの相手は務まらないでしょうよ。行ってらっしゃい。

そういう理由なら、お母様も文句のつけようがないでしょう」

「うん、じゃ、行ってくるね！」

「あ、でも、あんまり長話をしちゃダメよ。消灯のベルが鳴る前に戻ってきなさいね？」

「はーい、おか――レイナちゃん」

「マイカ?」

レイナちゃんの疑惑の視線を振り切って廊下に飛び出す。

後ろから、ドアを乱暴に開けない、廊下を走らない、という小言が追いかけて来るけど、そういうことを言うから、ついついお母さんなんて呼びそうになっちゃうんだよ。

男子はお姉さんってこっそり呼んでる子もいる。あたしにお姉さんがいたら、あんな感じなのかな?

階段を下りて、ロビーに見張り待機している召使さんに、男子寮への立ち入り許可をもらう。一番奥のドアをノックして入ったら、アッシュ君が机に向かっていて、その後ろからアーサー君が覗きこんでいる。

うん、いつものうらやましい光景だ。

「おや、マイカさん。どうかしました?」

「まあ、大体わかるけど……マイカ、こんな時間に来たらダメだよ?」

アッシュ君は大人しい時のまぶしい笑顔で出迎えてくれる。アーサー君は、レディのお作法的なことを知っている分、ちょっと苦笑いだ。

「アッシュ君に聞きたいことがあって来たんだけど、今いい?」

「そうなんですか? う~ん、お急ぎでしょうか?」

急ぎかどうか聞かれると、ぶっちゃけ急ぎじゃない。アッシュ君の机の上に広がっている紙を見るに……ああまたジョルジュさんのお手伝いしてたんだ。

「えっとぉ、気になって夜が眠れなくなったら困るなぁって思って来たんだけど……明日でもいい、かも？　うんうん、明日にしよう」

残念だけど、アッシュ君の邪魔をするのは、流石にちょっとわがままがすぎるね。とっても残念だけど！

「そういうことでしたら、ちょっとお待ちください。ジョルジュ卿のところに書類を届けてくれるよう、リインさんにお願いしてきたら、手が空きますので」

「う、ううん、忙しいならあたしは全然！　アッシュ君も疲れてるだろうし、今日は帰るよ！」

「いえいえ、丁度終わりましたし、マイカさんを寝不足にしてしまうのは大問題ですから。寝不足では集中力が落ちますし、学習効果も低くなります」

美容にも悪いですよ、なんてアッシュ君が笑う。

やばい。ニヤニヤしちゃう。アッシュ君は優しいなぁ、もう！

「いいの？　アッシュ君とお話しできたらあたしはとっても幸せだけど、無理してない？」

「もちろん、これくらい無理のうちに入りませんよ。では、ちょっと行ってきますので、アーサーさんと待っていてくださいね」

「は～い」

書類を持って出て行くアッシュ君を、手を振ってお見送り――はっ！　奥さんみたいなこと、今ならできるんじゃない!?

「い、行ってらっしゃい、アッシュ君！」

「はい、行ってきます」

夫婦……！　今のやり取りは、夫婦だった……！

「マイカ、マイカ？　大丈夫？　幸せそうにしてるから問題はないと思うんだけど、動かないのは心配になる」

「え？　あ、アーサー君、えっと、こんばんは」

「うん、こんばんは。よかった、大丈夫だった」

幸せすぎてちょっと意識飛んでいただけだよ。

「じゃあ、そういうことだから、少しお邪魔するね」

「それはいいんだけど……まったくもう」

アーサー君が、色々と注意事項を呑みこんで溜息を吐く。でも、顔は楽しそうだ。

二人の寮室は、かなり綺麗に片付いている。アッシュ君は綺麗好きだけど、アーサー君もかなり綺麗好きみたい。

「アーサー君は、あんまり物が増えないね？」

「うん、まあ、領主館の方にも部屋を持っているからね。大きな物はそっちにまとめてあるよ」

アッシュ君は机の周りにあれこれ増えているね。主に紙が。研究ノートとか、計画書とか、気がつくと増えてるんだよね。

「アッシュ君もアーサー君も、服はあんまり増やさないんだね？　女の子達は、結構期待してるんだけどどな？」

二人とも顔が良いからね。よく並んでいるし、色んな格好を見てみたいってお話はよく聞く。もちろん、あたしも見てみたい。

「ううん、服は、ちょっと予定がないかな？　その、ここに来た時に作ったばかりだから？」

「そっか。アーサー君ファンががっかりしちゃうね」

アッシュ君には聞かなくてもわかってる。そんなお金があったら研究に注《つ》ぎこむか、美味しいものの食べるよね。

ところであたし、さっきからずっと気になってるところが部屋の中にあるの。

「マイカ？　そこにはなにもないよ？」

アーサー君が嘘吐いている。なにもないことないでしょ？　アッシュ君のベッドがあるんだから。

「あたしマイカは、そろそろ立ったまま話しているのに疲れてきました」

「じゃあ、椅子に座ろう？」

「いえいえ、それはアッシュ君の椅子とアーサー君の椅子だからね」

「今はアッシュがいないから、こっちに座ればいいと思うけど」

「今、帰って来るでしょ？　その後にもお話ししなくちゃだし、椅子が一つ足りないのは明らか」

ここまで言うと、アーサー君が顔を赤くして、ジト目で見つめてくる。

「マイカ、流石にそれはちょっとはしたないと思うんだ……」

それはまあ、あたしもそうは思うんだけど、でもアッシュ君のベッドが目の前にあるんだもん。

しかも、この部屋では、アッシュ君以外にこのベッドを使っている人がいるんだよ。

「アーサー君は、結構座ってるよね？　それも、アッシュ君と隣り合って」

「そ、それはね？　僕は、同じ部屋だし、男の子、だし？　も、問題ないでしょ？」

あると思います。

「それはずるいと思わない？　不公平じゃない？　アッシュ君以外が座っていいなら、あたしも座っていいよね？」

「だから、ほら、マイカは女の子だし……」

「じゃあ、アーサー君も一緒にこのベッドに座ろう。それならいいでしょ？」

「余計によくないから！　ぼ、僕は男の子だって言ってるでしょ！」

う～ん、まあ、そのはずなんだけどね？

まあ、いいや。

「どちらにしても持ち主のアッシュ君が止めないんだから、あたしは座れる。問題ない」

「ある！　問題あると思う！　止めるアッシュがいないのが問題だよ！」

すっと腰を落として座ろうとしたあたしの手を、アーサー君が捕まえて引っ張る。今の動きは速かった。

ぐいぐい腕を引っ張られる状態だと、流石に座れないね。

「いいでしょー、座らせてよー、アーサー君だけずるいよー」

「ダメ！　絶対ダメ！　こういうのよくないと思う！」

「うぐぐ、アーサー君だけ独り占め、ずるい……！」

「んーっ、ずるいって気持ちはわかるけど、アッシュの許可がないんだからダメー！」

ていうか、アーサー君も力強いね？　おかしいな。いつもはこう、軽くひとひねりできるんだけど、今日は突破できない。

そんなことしているうちに、廊下に足音が近づいてくる。アッシュ君の足音だ。

「くぅ……時間切れ、無念……！」

「よ、よし、守り切った……！」

あたしは悔しさに俯《うつむ》いて、アーサー君は達成の喜びに天を仰いで、それぞれ荒い息を漏らす。

あぁ、アッシュ君のベッドに座るチャンスが……。泣いちゃいそうなくらい惜しいことをしてしまった。

でも、まあ――

「いいかな」

アーサー君の笑顔を見て、自然とそんな気持ちがこぼれる。

「な、なに、マイカ？」

答えるアーサー君は、汗をかきながらも、頬を紅潮させ、気持ちよさそうな笑顔。

「アーサー君が笑ってるから、別にいいかなって。残念の極みだけどね」

「う、うん？」

「今、ちゃんと笑えてるよ」

つらいのとか、苦しいのとか、そういうのを我慢してない。助けて欲しいって、泣きたいのを無理矢理に我慢している笑い方じゃない。

「アッシュ君と一緒だと、楽しいでしょ？」

アーサー君は、あたしの言葉の意味がよくわかっていないようだったけれど、聞かれたことにははっきりと頷いてみせた。

「うん、それはね、楽しいよ。友達だから」

「うんうん、そうだよね、わかる」

「でも、今はマイカのせいで笑ってたんだけど？」

「あたしも、友達だからね！」

そうだね、とまた頷いたアーサー君は、ちょっと恥ずかしそうだった。

そんな会話のうちに、アッシュ君がドアを開けて帰って来た。

「お待たせしました。……なにやら楽しそうですね？」

あたしとアーサー君の顔を見たアッシュ君が、そう感想を漏らす。当然だよ。

「友達だからね」

ね、とアーサー君にウィンクを飛ばすと、ますますアーサー君は恥ずかしそうにしながら、

「うん、友達だから」

そう答えてくれた。

「仲が良いのは大変素晴らしいことですね。さて、マイカさんから質問があるということですが」

アッシュ君は、自分の椅子とベッドを見てから、あたしを見つめる。

「立ったままもなんですから、椅子とベッド、どちらに座ります？」

「ベッド！」

「はい。では、どうぞ」

わーい。アッシュ君のベッドだー。

「ちょっと待ってよアッシュ！　おかしいでしょ！」

ベッドの守護神アーサー君が、我慢できずに吠《ほ》えた。

◇◇◇

その日は、ジョルジュ卿のお宅へと、晩餐《ばんさん》に招かれた。

めでたいことに、ジョルジュ卿の備品整理が一段落したので打ち上げをしよう、と声をかけて頂いた。ついでに、今まであまり話せなかった私的な面についても話をするつもりだ。

ジョルジュ卿の自宅は、小ぶりなお屋敷だ。木造平屋なので、騎士の住居というよりも、武士の住居といった風情がある。

ドアをノックすると、使用人ではなく、主人であるジョルジュ卿当人が出迎えてくれた。

「ようこそ、アッシュ。遠慮せずに上がってくれ」

「本日はお招きにあずかり光栄です。お邪魔いたします」

「うむ。相変わらずの礼儀正しさだ。今日はもっと楽にしていいぞ、本当に私的な食事だからな」

「では、お言葉に甘えまして」

ジョルジュ卿の案内に従って、居間へと移動する。人の気配が他にない。主人が出迎えてくれたのではなく、主人しかいないらしい。

住みこみお手伝いさんなどはいないのか。都市では上流階級に位置する騎士位でも、私生活はこういったものなのだろうか。

ただ、料理はテーブルの上に、たっぷりと並んでいる。そう、たっぷりと。

「なにか食べられないものはあったか？　普段の軍人同士の感覚で料理を選んでしまったのだが」

「素晴らしいメニューですね！」

肉料理が茶色くまぶしい。流石は肉体派の軍人嗜好《しこう》、育ち盛りの体が喜びの余りに踊り出しそうだ。

そんな私に、ジョルジュ卿が笑いをこぼす。

「こういうところは年相応だな。腹一杯食べていってくれ。今回は本当に助かったからな。喜んでもらえると私も嬉しい」

「こんなご馳走《ちそう》を前にしたら、流石に遠慮する余裕がありませんよ」

全身が胃袋になった心地で、いそいそと椅子に腰かける。

胃袋が満ちるまでは食べることしか考える気はない。ただ、手に持った荷物については忘れられなかった。

「おっと、そうでした。ジョルジュ卿。こちら、ヤエ神官からお預かりしたものです」

前日からヤエ神官に、なにか伝言などありますか、と前振りしておいたら、手料理を作ってお土産に持たせてくれた。あの人の本気がわかる。

「ほう。ヤエ神官からか。あの人にはいつも世話になる」

「ほほう」

ヤエ神官からのアピールは、いつものことらしい。そして、アピール先もしっかりと意識しているようだ。

このことを突いて、ヤエ神官への助太刀、恩の押し売りをしておこう。

ただし、食事があらかた済んでからの話だ。

「では、ジョルジュ卿。頂いてもよろしいでしょうか」

「ああ、私も腹が減った。頂くとしよう」

申し訳ない、ヤエ神官。

今の私はただの食欲の塊、恩の売り買いだとかに集中力を割けない。

やはり、人の持つ原動力とは、美味しい物を食べることなのだろうなぁ。

お腹《なか》一杯になったところで、私は食欲の塊から、食欲を満足させた塊へと戻った。

微妙に戻りきれていないかもしれないが、ある程度は悪――いかもしれない知恵が働く状態だ。

ジョルジュ卿とエールを飲みながらの雑談に移行する。村で飲まれる自家製と違って、酸味ではなく苦味が利いている。ホップが使われているのだ。

「それにしても、アッシュの能力には驚かされた。ダビドから話は聞いていたが、想像以上の知恵者だったよ」

「フォルケ神官のおかげですね。色々と学ばせて頂きました」

私が変わっているのは、全てフォルケ神官のせいになっている。あの人は共同研究者のカガミだ。

「ヤエ神官が、今まで見たことのない才と評したのも納得したよ。実際、私も君ほど有能な若者は見たことがない」

あまり褒められてもくすぐったい。話題そらしに丁度良いので、ヤエ神官のことを探ってみよう。

「そういえば、ジョルジュ卿はヤエ神官と親しいのですか？　お土産にと、手料理を熱心に勧められましたよ」

ちょっと露骨だったのか、ジョルジュ卿はエールとは無関係に苦い笑みを見せる。

「うむ。こんな武骨者にも、彼女は世話を焼いてくれるよ」

意外と言っては失礼だが、女性の気持ちに気づかない朴念仁というわけではなかったようだ。

「若輩者の私から見れば、ヤエ神官は理知的で素敵な女性に見えますが、ジョルジュ卿……バレアスさんは？」

あえて、私的な会話を強調した呼び方に変えて探りを入れてみる。

「私から見ても、ヤエ神官は魅力的な方だよ」

社交辞令を言っているようには見えない。とすると、独身を貫く事情があるのだろうか。

「そういった席ではありませんし、私がいらぬお節介を焼く立場とも思えませんから、無理にお答え頂かなくとも構いませんが……なにかご事情が？」

「イツキ様や同僚からもよく言われる。この年で酒の席に出ると、独り身は肩身が狭い」

「楽しい食事の席では無粋でしたね」

無礼を詫びて話題を変えようとすると、ジョルジュ卿が軽い調子で、しかし熟成された苦味を持って教えてくれた。

「初恋を忘れられないだけなのだ。我ながら未練たらしくて情けないが、ただそれだけなのだ」

なんだこのイケメン。これだけ顔が良くて仕事もできて、その上に純情だというのか！

物語になりすぎるだろう。

「下世話で申し訳ありませんが、大変興味をそそられるのですが……！」

「ふふ、これぱっかりはいくらアッシュでも、そう簡単には教えてやらん」

殺生な！　私が捨てられた野良犬のような顔で見つめるが、ジョルジュ卿は笑ってエールを飲み干すばかりだ。

「むぅ、無念です……。ですが、いつか機会がありましたら、お聞かせください。いえ、確約はいりません。私がそう求めていたとだけ、ご記憶頂ければ」

「ほう。まあ、気長に待っているといい」

拒否されたら可能性もなくなるが、拒否さえさせなければ可能性が残る。反応を聞く限り、かなり乏しいが、望みは繋ぎましたぞ。

エールを手酌したジョルジュ卿が、意地の悪い目で私に言葉を返す。カメラがあったら、ヤエ神官への誠意用に撮影しておきたい表情だ。

「そういうアッシュはどうなのだ。お前は頭が良い上に、武芸だって農民上がりにしては人したものだ。女性も放っておかないだろう」

「残念ながら、そういったお相手はいませんよ」

「そうか？　それこそ、マイカ殿とはずいぶんと親しげじゃないか」

「幼馴染ですからね」

いやはや、実に良い人材と幼馴染になったものだ。こればかりは神の采配と言うほかない。

「いや、そうではなく……」

しみじみと感心している私に、ジョルジュ卿が呆《あき》れた声を出す。

「ああ、いや、そうだな。むしろ、そういうところが未熟になりやすいのかもしれないな。年を考えてみれば、そうおかしくもないか」

なにやら勝手に納得されてしまった。

「よし。ここでは私が親代わりだ。アッシュ、今日は男同士、じっくり話そうじゃないか」

「それは心強いですね」

親代わりとの言質を得たぞ。その代償と言うなら、いくらでも会話に付き合おうではないか。

「お前、女の好みとかあるのか」

「もちろんありますよ」

失礼な。枯れているわけでもなければ、無節操でもない。

「多分、私の女性の好みは、一緒にいて楽しい人とか、刺激的な人とか、そういう方ですね」

今のところ、今世で一番好みのタイプはユイカ夫人だ。

あの掌《てのひら》の上で転がされている感覚がたまらない。もちろん、基本的には私の利益を考えている、という優しさがあるからの話だ。

単に、こちらを罠《わな》にはめようという悪女には……あんまり惹《ひ》かれない。うん。少なくともユイカ夫人タイプの方がいい。

人妻であり、年の差が大きいのが残念でならない。

「では、マイカ殿はどうだ？」

「素敵な人だと思いますよ」

明るくて、頭が良くて、気もよく回る。一緒にいて頼もしいし、とても楽しい。おまけに、ユイカ夫人とクライン村長の娘だけあり、顔立ちも整っている。将来は美人さん間違いないと思う。

「高評価だな。せっかく身近にいるのだ、そういう仲に進もうとは思わないのか」

「思わないのですよねぇ」

なにしろ若すぎる、というより幼すぎる。マイカ嬢を恋愛対象とするには、ロリコンという前世的概念を乗り越えねばならぬのだ。

確かに、今世の価値観では、そろそろ結婚やら婚約やらの話が出てくるお年頃ではある。平均寿命が恐ろしく低いので、これは理解できる。ただ、それを受け入れるには、いささか良識家すぎる私である。徳が高いのも考えものだ。

肉体的には同い年だし、頭の中で割り切ればいけなくもないくらいには、今世に馴染《なじ》んできているが、別にそこまでして恋愛しなくてもいいじゃない、なんて思っている。

「今はやりたいことがたくさんありますから、あまり恋愛に目を向ける気にならなくて」

「やはり、そういう状態か。わからんでもないがなぁ」

ジョルジュ卿が、コップの中のエールを回しながら、過去の苦杯を思い出すように肩をすくめる。

「そうやって後回しにしていると、素晴らしい女性がどんどん手の届かない場所に行ってしまうぞ」

「非常に説得力がある表情ですね」

惜しむようで、恥じるような、満足と後悔が混じった、人間の顔だ。いつか、この人の初恋話をぜひ聞きたい。

私もそのうち、同じ表情をするのかなぁ。そんなことをのんびり予測して、私は微笑む。

「ご忠告は確かにその通りと思いますが、私は、今の私が思うようにしかやれませんよ。そういうものではありませんか、私達」

勝手にジョルジュ卿もふくめて言うと、彼は心外そうに眉をひそめて腕を組む。

そのまま、じっと私を睨みつけてから、堪えかねて笑い声を上げた。

「うむ。良《よ》し悪《あ》しは別として、その通りだな」

「私達、仕事はできるけれど、そういう器用さはないのですよ。おかげで苦労したり、痛い目を見たり、散々ですね」

「ああ、散々だ。だが、どうしようもない。私達は、このようにしか生きていけない」

「じゃあ、散々な目に遭うのを、せいぜい楽しみながら生きていくしかないですね」

ジョルジュ卿が、私と自分のコップに溢《あふ》れるほどエールを注いで、力強く頷いた。

「その通りだ。せいぜい楽しんでやろう」

「まずはこのお酒ですね」

ジョルジュ卿に合わせて、エールをあおる。

正直、あんまり美味しく感じないけれど、話が合う人とお酒を飲むのは楽しい。早く苦味が美味しく感じられる年になりたいものだ。

「しかしですね、バレアスさん。あなたの場合、確かに素敵な人を逃したのかもしれませんが、ヤエ神官がいるわけじゃないですか」

「む、それをまた言うか」

「まあまあ、私のためと思ってお聞きください」

今回、多大な恩を売った私の言葉に、ジョルジュ卿は渋々ながら聞きに回る。

この人は、基本的に人の役に立つことを断れない。実に不器用な人だ。

「バレアスさんのお気持ちは、詳細はわからないなりにお察しします。しかし、ヤエ神官のお気持ちも察せられる身としては、いささかヤエ神官を応援しないわけにはいかないのです」

ヤエ神官のためではなく、私のために。やっぱり、ヤエ神官に話を通して、図書の持ち出し許可がないと不便で仕方ない。

最初に言いましたからね。私のためと思って聞いて、と。

「今回、私はヤエ神官に様々なご助力を頂きました。倉庫管理の手順をまとめることも手伝って頂きましたからね」

さらっと、ジョルジュ卿も恩があるのだとふくめると、生真面目な独り者がむっと唸《うな》る。

「今日もこうして手料理をくださったのですから、なんらかの誠意をお返しすべきではないかと」

今度は、むむっと唸った。実に困っているようだ。

身を固めろとか、妻を娶《めと》れとかなら、そんな気になれないなんて言えるだろう。だが、お礼をしろと言われては、反論の言葉が思いつかないようだ。

冷や汗を浮かべる従伯父《じゅうはくふ》にほくそ笑んでいたら、なにか上手《うま》い言葉を思いついたのか、彼の顔色が変わる。

「しかし、私も忙しい身で」

「丁度、お仕事も一段落しましたよね」

迎撃完了。そんな雑な言い訳で逃れられると思うてか。

「ぐ、ぐぬぅ……」

「そう難しく考えずに。結婚を申しこむわけでもなし、お世話になった友人と、軽く食事をするくらいで十分ではないですか。今回はお世話になりましたと、ヤエ神官のご好意に感謝を示すだけですよ」

ヤエ神官を友人と評した私に、ジョルジュ卿は恨みがましい視線を向ける。

そうですね。ついさっき、逃した素敵な人と同列にヤエ神官を並べましたものね。当然、ただの友人などと思っていませんし、思ってもらっても困ります。

いいじゃないですかー。くっついてくださいよー。そっちの方が私にとって都合が良いんですよー。

「手を尽くしてくださったご友人に、お礼をするのはお嫌ですか？」

「だ、だから、友人と……いや、友人だが、微妙なところが……」

「お嫌ですか？」

「い、嫌とは、言わないが……」

そうでしょうとも。

「では、ヤエ神官にお礼をしましょう。食事に誘うということで、よろしいですね」

「わ、私は、あまり女性が好むような洒落たお店を知らないのでな……。なにか贈り物という形では……」

「お任せください。ヤック料理長のご実家は、素晴らしい料理店だとうかがっております。私からお願いしておきました」

「……ました？」

そうですよ。過去形ですが、なにか？

「日程はお二人のご都合をおうかがいして決めますが……バレアスさん、明後日《あさって》はお休みが取れますよね。偶然ですが、ヤエ神官もその日がお休みだそうです」

「予約済みか……！」

「副官見習いとして、上官の予定は把握しておかなければいけませんからね」

一度の食事くらいしてあげたっていいじゃない。

ヤエ神官はもちろんお若いが、今世の適齢期としては大分高い年頃になっている。それが懸想相手の誰かさんの優柔不断な態度のせいだとしたら、責任を取るべきだと思う。

その責任の取り方が、思い切って抱きしめて泣かせるか、すげなく振り払って泣かせるかは、ジョルジュ卿が選ぶのだ。

私はなにも悪くない。


イツキ氏との二度目の対面は、彼の執務室だった。

この一月の間、かなりの激務だったのだろう。少しやせた気がする。

ヤック料理長に食事事情を聞いてみよう。なにか精のつく料理を食べさせて差し上げたい。イツキ氏が倒れでもしたら、私の数々の根回しが無駄になるではないか。

そんなことを考えつつ、ジョルジュ卿に代わって、備品管理の手順見直しの提案を締めくくる。

「以上の提案は、軍子会と神殿神官の四名が外部の立場から、またこれまで備品管理に携わってきたジョルジュ卿の部下五名が内部の立場から検討し、修正を加えております。領主代行殿におかれましても、ご検討をお願いいたします」

読み上げていた提案書を差し出すと、イツキ氏は無表情に頷く。

マイカ嬢にデレデレになっていた時と、同一人物とは思えない冷静ぶりだ。

「確かに受け取った。聞いた段階では利点の多いように思う。詳しくはこの文書を精査して返答するが……」

イツキ氏の業務用の無表情が、少し崩れてジョルジュ卿を見つめる。

「どうしてこの子……アッシュがいるんだ？　というか、説明したんだ？」

「つたない説明で申し訳ございません」

私が頭を下げて詫びると、イツキ氏はますます業務用の表情を崩す。

「あ、いや、説明は見事だった。すごくびっくりした」

褒めてもらったので、恐縮です、と再び頭を下げておく。冷静を保っていたイツキ氏の化けの皮がどんどん剝がれていく。

そんなやり取りを見ていたジョルジュ卿が、勤務時間中には珍しい笑いをこぼす。

「もっとびっくりさせてしまいますが、発案者がアッシュ君で、提案書をまとめたのもアッシュ君だからです。私よりよほどこの提案を理解しています」

「なんと！　おい、バレアス、ちょっと顔を見せろ」

完全に口調が変わり、イツキ氏がまじまじとジョルジュ卿の顔色をうかがう。

「どうやら冗談を覚えたというわけでもなさそうだな。そこは安心した。お前が冗談を言うようになったら、天変地異の前触れだろうからな。飛竜の群れが飛んでくる」

「私とて冗談ぐらいは言います」

「ほう。どれ、聞かせてみろ。領主代行として聞いてやる」

意地の悪いイツキ氏の挑発に、ジョルジュ卿は言葉に詰まってしまう。

ずいぶんと仲の良い主従だ。置いてきぼりの私の視線に気づいたのか、イツキ氏が我に返って、気まずそうに苦笑する。

「突然すまんな。バレアスと俺は、軍子会の同期なのだ。だから、つい気安く接してしまうのだ」

「そうでしたか。それで、信頼も厚いというわけですね」

「もちろん、必要があれば公私は分ける。が、バレアスはこの都市一番のバカ真面目だ、それは友として保証できる」

ジョルジュ卿の特別扱いにちょっとだけ納得する。

人格的なところは全くもってその通りだ。今だって、乱暴な褒め言葉にどう言葉を返したものか迷っているジョルジュ卿だ。

「ともあれ、そのバレアスが言うのだ。今の言葉は本当だろう。……しかし、そうするとますます驚きだ」

イツキ氏が、背をかがめて私の顔を見つめる。美形の顔が近い。

「利発そうな少年だとは思っていたし、姉上と義兄上《あにうえ》からの言葉もあったが、しかしもっと年相応のものかと勝手に思いこんでいた」

「私も驚きました。アッシュ君は私の副官役として、十分以上に活躍をしましたよ。ヤエ神官も、アッシュ君の才覚は大したものだと」

ヤエ神官の名前は為政者にも届いているのか、イツキ氏がますます感心する。

「これは大した逸材だ。そんな逸材をタダ働きはさせられん。まして、我が友であり重臣であるジョルジュ卿の仕事を助けたとあれば、十分な報酬を出さねばなるまい」

ジョルジュ卿の業務の大変さを、よく理解しているのだろう。イツキ氏が、倉庫整理は割増手当てがあってもつらいからな、としみじみと呟く。

部下の働きに報いようとする、良い上司だ。良い上司なので、たっぷり甘えておこう。

「そういうことでしたら、報酬の代わりにお願いがございます」

「なにか希望があるのか？　ひとまず聞こう」

イツキ氏の表情が引き締まる。そんな改まらなくても、麦一粒たりとも出て行かない報酬だ。

「寮の管理をしているリインさんから、提案書が上がって来ていると思います。そちらを優先的に読んで頂ければ、それで十分です」

「リインからの提案書？　少し待て。この一月、緊急以外の案件は全て後回しで、誰がなにを持って来たかも目を通していないのだ」

イツキ氏が、机の紙の山の発掘作業を始める。

「まだ各地から届いた生産量の報告を片付けたばかりでな。その間に溜まっていた仕事は、これから目を通すところで全く手付かずなのだ」

「それは、思っていた以上にお忙しいですね」

栄養ドリンクが売っているなら、箱で差し入れしたいところだ。なにかそれらしいものでも作ってみようか。

「お、これのようだ。……農業改善計画の実験？　なんでリインからこんな書類が上がって来るんだ」

領主一族の侍女で、現在は主に軍子会の管理をしている人物から、農業なんて単語が出てきたら確かに変だ。

不思議がったイツキ氏だが、私の言葉を思い出して顔を上げる。

「待て。これを読んで欲しいと、アッシュが言ったということは……」

「そちら、軍子会の勉強の一環として、私、マイカさん、レイナさん、アーサーさん、それとヤエ神官がまとめました。ご検討お願いいたします」

やっとこの案件をねじこむことができた。

寮館の庭にある家庭菜園で、この春から実験したかったのだ。すでに堆肥作りは知己を得た畜産家の協力の下に手をかけているので、堆肥の熟成が間に合えば最短でスタートを切れる。

私が達成感に包まれて将来を夢想していると、イツキ氏から現実の声がかかる。

「報酬は、これを読むだけでいいのか？　だとしたら、えらく安上がりの報酬だが」

「お忙しい領主代行様のお時間を優先的に頂戴できるなら、安いとは思いません」

本心からそう思うが、まだなにかもらえるならありがたく頂戴する。

「他にご配慮を頂けるなら、計画認可が叶ったら、予算としてつけて頂ければ幸せです」

「なんとも無欲な若者だな。認可の可否判断については一言もなしか」

「そこは論理的で、公平な判断であれば、文句はありません」

がんばって作った計画書ではあるけれど、完全だとは思っていない。却下されるにしかる理由があるなら、却下してもらった方がありがたいくらいだ。

無論、そこであきらめるつもりはない。却下された理由に従い、さらに計画書を作りこむ所存である。

そんな熱意溢れる私に感じ入るものがあったのか、イツキ氏は優しい表情で笑い、ジョルジュ卿に視線を送る。

「バレアス、お前のバカ真面目さは血筋のようだな」

私はジョルジュ卿ほど純粋ではありませんよ。

比較対象の偉大さに顔をしかめていると、ジョルジュ卿もなにやら似た表情をしていた。

「私はアッシュほど頭が回りませんよ」

……イツキ氏が笑う程度には、似ている部分はあるのかもしれない。

領主代行の名前で計画の許可が下りたのは、五日後のことだ。

これまで禁忌とされた畜糞堆肥を使うため、寮館の家庭菜園のみに限ると厳重な注意があった。

後から聞いた話では、かなり揉めたらしく、却下されそうになったのだとか。そこをなんとか許可までこぎつけたのは、色々な手助けが入ったからだ。

ヤエ神官から調査した文献についての正当性、リイン夫人から私の几帳面《きちょうめん》さ、ヤック料理長からは食品への知見、ジョルジュ卿からは真面目さが、それぞれ熱弁されたらしい。審議会は押し切られた形だ。

なんだか私への信頼度が上がりすぎて困った気がするが、都市でまいた種が役に立ったようだ。

やはり、計画は数ですな。

畜糞堆肥化をふくめた農業改善計画の承認が下りたことで、変わったことは二つだけだ。

領主公認計画なので、開発予算が下りたことと、人手を使えるようになったこと。

これだけのことである。大したことはない。

ところで、「世の中は金」という言葉がある。金で買えないものはあんまりない。金で買えないものであっても、金の力を駆使すれば割となんとかなる。

人手は、言わずもがな重要である。一人の人間が一発殴っても熊は殺せない。だが一万人が一発ずつ殴れば熊だって殺せる。

予算と人手が手に入っても、大したことはないでしょう?

その二つが使えなかったため、都市に来てから我慢していたあれやこれやが色々あったことを、私は都合よく思い出した。

早速、あれやこれやしてやりましょう。大したことはないけれども。

大瓶の中で、白濁した液体がぼこぼこと泡を立てている。私はそれを、白布をマスク代わりにしてじっと見守る。

我ながらちょっと怪しいと思う。

これが真昼間の庭でなく、夜の洞窟で行われているなら、魔女狩りが始まっても納得してしまうほどだ。

今日は天気が良くて幸いだ。かなり怪しさが緩和されていると思う。なにも知らない人が見ても、気の良い魔女が世のため人のためになる薬を作っているように見えるだろう。

「なにを、しているのです?」

だというのに、リイン夫人から警戒心をたっぷりふくんだ声を投げつけられてしまった。

見れば、常に姿勢正しく冷静な侍女が、後ろに仰《の》け反《ぞ》るように身をしならせている。引いているらしい。

「いえ、大したことではないのですが」

だから、そんなレアな姿を見せなくて大丈夫ですよ。

そんな私の微笑みに、リイン夫人はゆっくりと、しかし万力のごとく力をこめて首を振った。

「アッシュさん、あなたの為《な》すことはおおよそ、余人にとっては大したことに該当するのですよ」

「そんなそんな、買いかぶりすぎですよ」

リイン夫人が冗談を仰《おつしや》るとは珍しい。軽く流した私に対し、リイン夫人はそっと目をそらした。

リイン夫人の視線が行きついたのは、最初から見学していたレイナ嬢だ。レイナ嬢は何事か説明をしようと口を開き、しかし力尽きたように閉じる。親子の視線が、同じく隣で見学していたアーサー氏へそろって向けられる。

アーサー氏は、二人の視線に困ったように苦笑して、両手をそろえて首を振った。初手、降伏のポーズである。三人の視線は、最後の砦《とりで》であるマイカ嬢へ。

三人の視線を受け止めるマイカ嬢は、他の面々と違って私のすぐ近くで、同じく白布マスクを身に着けている。彼女には、私の手伝いとして、大瓶の中の反応を記録してもらっているのだ。

ほら、もうこの段階からして違うではありませんか。私のよき協力者にしてよき理解者なのです。

「ふふ、皆まだまだだね。アッシュ君のことをちゃんと知らないんだから」

目を楽しそうに細めて、マイカ嬢は自慢げに己の見解を披露する。言ってやってください。

「おおよそなんてとんでもない！　アッシュ君は、やること全部が大したことなんだよ！」

マイカ嬢、あなたもか。

しかし、全部って。百歩譲ったって百パーセントは流石に言い過ぎだ。他の三人も、やっぱりかーという顔をなさってらっしゃる。否定しなさいよ。

説明が必要だ。このままでは、村のびっくり特産品扱いが、この都市の中で定着してしまう。

「あの、皆さん、少々話を盛りすぎですよ。私はただ、計画書に記載した通り、衛生管理に使う消耗品の加工をしているだけですから」

ちゃんと皆で作った計画書にあった実施手順を踏んでいるだけなのだ。そんなに心理的距離を取らないで欲しい。これ、皆の共同プロジェクトですよ？

私が仲間を見る目で訴えると、マイカ嬢以外のプロジェクトメンバー、レイナ嬢とアーサー氏が同時に否定する。

「確かに、汚物を扱うのだから、清潔さを保つべきとはまとめたわね。一般常識的にも、書物で裏付けを取った限りでも、清潔にする手段が必要だと記したことは認めるわ」

「でもね、アッシュ。君が今作っている消耗品っていうのはね、王都でも滅多に手に入らないというか……流通している品の大半が王室専用にされているっていう代物なんだよ」

それは流通していると言っていいのだろうか。

アーサー氏の発言に、リイン夫人がなおさら不安そうに眉を寄せる。

「アーサーさん、王室が独占するような希少品が、ひょっとして……ひょっとしてですが、今目の前で作られているのですか？」

「ええ、残念ながら」

ひょっとするもなにも、アーサー氏の言い回しからはそうとしか読み取れない。リイン夫人はお疲れか。

王家が独占しているなんて話は初めて聞いたが、同時に納得もできる。だって、都市にもなかったんだもの。

石鹸《せっけん》。

「石鹸!?」

アーサー氏とレイナ嬢からなにが作られているか聞いたリイン夫人が声を上げる。普段は聞けない声量だ。

「おおげさですよ。ただ体や服を綺麗にするだけのものですよ」

私が用途の他愛無さを説明すると、アーサー氏だけが、そうだね、と苦笑を返してくれた。

リイン夫人が絶句しているように見えるのは、多分気のせいだ。

レイナ嬢が遠い目をしているように見えるのも、絶対に気のせいだ。

「あ、アッシュ君、反応？　が、終わったみたいだよ」

マイカ嬢がご機嫌で私の補助をしてくれる。

ここから先は気をつけて扱わなければならないので、私は外面をなげうって、石鹸製作に集中する。

ごぽごぽと音を立てていた白濁の液体は、焼いた卵の殻と水が反応したものである。

卵の殻を高温で焼くと、生石灰という物質になる。この生石灰を水につけると、化学反応によって百度以上の熱を発して、消石灰と呼ばれるものに変化する。この時点で消石灰（およびそれが溶けた水）はアルカリ性になるので、目や肌に付着しないように注意が必要だ。

この水溶液に、厨房《ちゆうぼう》から失敬してきた薪《まき》の灰を溶かした水を入れると、さらに反応して苛性カリという物質になる。アルカリ性がさらに高まって、ますます危険になった。

この状態の水を浴びると、人間が石鹸になるくらい危険だ。

石鹸は、この苛性カリ水溶液と獣脂や植物油を混ぜると（苛性カリを使った液体石鹸の場合は温めないと上手くいかないが）できあがる。そして、人間の皮膚から下には、たくさんの動物性脂肪がある。つまり、苛性カリ水溶液を頭からかぶれば、頭から石鹸になっていくというわけだ。

おわかりいただけただろうか。私は大分わからなかったけれど、書物にはしっかりそう書かれていた。

そして、実際に試してみた結果、粘性のある液体石鹸ができたので、書物は正しかったのだ。実験する気はないが、人間石鹸もその通りできるのだろう。恐ろしい。

「よし。じゃあ、これをいつも通り自分で人体実験して、問題ないか確かめましょう」

ここまで来るのは、本当に長かった。実は、村にいた時から石鹸の製造方法はわかっていたので、すぐにでも作りたかったのだ。

前世らしき記憶では、毎日お風呂に入っていた私である。日がな一日、土を耕して汗をかき、森に一週間こもった後などは、水浴び程度しかできない環境に身悶《みもだ》えしたものだ。

だが、石鹸は作れなかった。そもそも、生石灰を作れなかった。原材料が村では野鳥の卵くらいしか手に入らなかったし、それを焼くに足りる高温を手に入れる方法がなかった。必要な温度は水の凝固点を零度として、およそ九百度。確か銀がこれくらいで溶け始める温度だったと記憶している。

そんなもの、粗末な竈《かまど》で薪を燃やすくらいで出せるわけがない。都市に来て木炭も目に付くようになったが、それでも家庭用設備ではとても足りない。

ジョルジュ卿の手伝いで赴いた、都市内の鍛冶や陶芸の工房設備であれば可能だったが、大事な仕事の道具、それも超高級設備である炉や窯に、「卵の殻を入れて焼いてくれませんか」とは冗談でも言えない空気だった。言おうものなら、私の身が九百度を体験しただろう。それは察した。

そこで、農業改善計画の、領主代行殿直々の許可である。

きちんとお金を積んで、領主代行殿の影をちらつかせた結果、快く炉や窯の本業の片隅で卵殻を焼いてくれた。

快い返事の前に渋られた点については、後日、念入りにお礼に参る所存だ。今後の協力のため、感謝の念を持ってじっくりとお話ししましょう。

泣けるほどじっくりとな。

私が高温の青白い情熱を燃やしていると、アーサー氏が困ったように半笑いの表情で液体石鹸を指で触れて確かめている。

「この感じ、本当にできてる……。ロイチェ家が秘匿している製法が、こんなあっさり再現されるなんて……」

「ほほう。王都で出回っている石鹸は、そのロイチェ家の方が生産したものですか」

どんなレシピで作られた石鹸か興味深い。

単純に石鹸を作るだけなら私にもできたが、植物脂をどんな比率で使うかとか、獣脂はどれを使うかとか、香料としてなにかを混ぜるとか、色々と個性ある石鹸が作れるのだ。

今のところ、私の得意技である蜂蜜かアロエ辺りを使った石鹸はどうかと思っている。この二つは村経由で入手しやすい上に、やたら体に良さそうなイメージがある。

「ロイチェ家は、石鹸の販売を独占することでのし上がった豪商だって聞いたんだけど……」

ちょっとアーサー氏の呟きを聞きたくない。

なんだってんですか。たかが石鹸の製法が、一国の首都で豪商になるくらいの金の卵とか、知識が死蔵されすぎてないですかね！

豪商と言うくらいだから、金銀宝石とか商っていて欲しい。まあ、歴史上、後の世からしてみれば、どうしてそれで利益が生まれたのだという商品はある。スパイスとか、茶葉とか、豆とか。

しかし、石鹸とはそれいかに。どうしてその製法を秘匿できた。なぜ周囲の人間は探ろうとしなかった。内部の人間だって情報を持ち出して一旗あげるとか王道の混乱はなかったのか。

事が思ったより重大なものだった気がしないでもない私は、そっとリイン夫人の反応をうかがう。

そこには、死んだ魚のような目で私――ではなく、液体石鹸を睨んでいる夫人の姿が。

「どのようにご報告をあげれば良いのでしょうか。下手をすれば、王都の豪商との関係がこじれる恐れが……」

そんな母の姿を見た、レイナ嬢の視線が私に手厳しい。

私のせいではないと私は信じているけれど、私が謝るのが一番角の立たない気がする。

「とりあえず、クレープでも作りましょう」

リイン夫人の受けが良かった食べ物で励まそう。人間お腹が満たされれば、大抵の悩みは解決するという。それが好きなものならなおさらだろう。

リイン夫人には、まだまだがんばってもらわなければならない。

そうそう、固体石鹸も作りたいんだった。持ち運びには固体石鹸の方が優れているだろうし、保管もしやすいだろう。

そのためには海藻がいる。イツキ氏へ報告をあげるついでに、その辺の入手手段がないか聞いてもらおう。

リイン夫人に。

王都の豪商とか、その辺は私の権限外なので、為政者の皆様のよろしいようにお取り計らい頂こう。

ただし、二度と作るなと言われたら……大分制限を解除したお話し合いが必要だろう。全力全開だってしてやりますよ。

◇◇◇

【横顔　イッキの角度】

今期の軍子会は、大物が入っている割に全然大人しい。

領主一族の子が二人も参加している軍子会だ。普通はここがアピール時とばかりに無茶をする奴《やつ》が出て、揉め事が頻発するのだが、それがない。

他の仕事が地獄の最下層まで崩落することを覚悟しつつ、優秀な人材を軍子会周りに配置していた成果が出たのだ。

俺はそう思っていた。問題ありませんの報告書ばかりだったんだ。そう思うのは当然だろう。

だが、実際は、全然大人しくなんてしていなかった。

農業改善計画なる案件が、上辺だけの平穏の下で蠢動《しゅんどう》していたのだ。平穏の水面を切り裂いて姿を現したそいつは、とんでもない怪物だった。

なんだよ、許可して数日の初報告が石鹸製造の成功って。初手が必殺すぎる。

言っておくが、審議会の慎重派の連中がこの計画を消極的ながら認可したのは、「まあ、どうせ結果が出るのは十年先だろうし、ほとんどなにもできずに終わるだろ」って考えがあったからだ。

誰が計画許可を出した途端に成果を出すと予想した。

おう、そうだ。俺もふくめた審議会の連中の誰もが、農業改善計画はどうせ失敗する、今までもそうだったんだし、と思っていたんだ。

結果、偉そうに許可を出した連中が、そろって茶を吹いてアホ面さらす羽目になったんだ。

この緊急事態に、俺は即座に事情を把握するべく信頼する人材に招集をかけた。

「だれかせつめいして」

我ながら正気を疑いたくなるような声でお願いしてしまった。

これではいかん。次期領主として、現領主代行として、父と姉から預かった今の立場に相応《ふさわ》しい人物として振る舞わなければ。

萎えかけた気持ちを奮い立たせ、改めてたずねる。

「わかりやすくおねがい」

ダメだった。俺の気持ちは萎えかけなんかじゃなく、ぽっきりへし折れているようだ。

「わかりやすく、ですか……」

心の折れた俺の問いかけに、リインが難しい顔で応じる。

サキュラ辺境伯家の侍女は優秀な者が多いが、リインはその中でも指折りだ。代々優秀な人材を輩出している家柄に生まれ、若くして重責を任せられながらも、見事に期待に応え続けてくれた。今回、アーサーとマイカという本来一人だけでも一大事である人材を預かる軍子会を任せるに、彼女以上の適役は見当たらなかった。それほどの秀才だ。

その秀才が、言葉をまとめ終えたのか、小さく頷いて真っ直《す》ぐに俺を見つめてくる。

「これからすごくがんばるひつようがあります」

「そうか、わかりやすいな。すごくがんばるひつようがあるか」

それは大変だな。

ところでリイン、今気づいたんだが、さてはお前も心が折れているな？　ぽっきりだな？　ぽっきりなんだろう？

見た目に出さない辺り、流石はできる侍女、優秀だ。そんなお前がその有様とは、泣いてしまいそうだ。

リインはダメだ。こいつはすでに限界だったんだ。

無理もない。石鹸豪商ロイチェ家と言えば、ダタラ侯爵の手下として権勢を誇る厄介な連中だ。ここは辺境ゆえ、入って来る情報の確認が難しいが、どうもロイチェ家の独占技術である石鹸は、ダタラ侯爵を介して武力と権力で守られているらしい。

下手すると他貴族とぶつかる。領主である父に早急に報告を送らなければならない事案だろう。

一番頼りになりそうなリインがダメとなれば、問いかけの向かう先は別な人物だ。

「お前はもちろん、知っていたんだよな」

いささか声に力がこもってしまったのはやむをえないだろう。

今回、俺の執務室に緊急招集された軍子会の見張り三人衆の一人、座学担当のヤエは、アッシュが石鹸を作ろうとしている情報を知っていたはずなのだ。アッシュが手に取る文献はほぼヤエの管理下で持ち出されているのだから、知らないはずがない。

「本当に石鹸を作ってしまいましたか……。流石はアッシュさんですね」

感心している場合か。大問題なんだぞ。

「おいヤエ、お前はちょっと責任を感じたらどうだ？」

「責任？」

はて、と不思議そうな顔をするとちょっと姉上に似ているんだよな、こいつ。

「だから、石鹸なんて誰も作り方がわからなかったようなものをいきなり作られたら困るだろうが」

「いえ？　作り方自体は神殿の書物に残されていたものです。まあ、いくつかの文が解読不能でしたけれど。アッシュさんはその書物から読み取っただけですし、ノスキュラ村にいた頃からずっと作りたかったとおっしゃっていましたよ。端倪《たんげい》すべからざる、とはまさにアッシュさんのためにあるような言葉ですね？　これからも神官として助力を惜しみません」

いや、そういう答えが欲しかったんじゃない。現実の社会状況として、石鹸はロイチェ以外作ってないだろう？　莫大《ばくだい》な利益の発生源だ。政治上の影響が大きいんだよ。

「私は神殿に奉職する身です。知識の復旧と普及に努めることを三神に誓っております」

あ、こいつ！　止められる可能性があるからってわざと報告してなかったな!?

なんて面白そうなことを――じゃなくて、とんでもないことを！

俺はうらやましさにヤエを睨みつけると、従妹《いとこ》はすっかり成長した胸を張って堂々としたものだ。

「そもそも、ロイチェ家を初めとして、ダタラ侯爵一派の技術や知識の独占は神殿として見過ごすことができるものではありません。その牙城を崩すのは、いつか誰かがやらねばならないこと。ならば、今をその時として、サキュラ辺境伯家がその誰かになってもよいでしょう」

くそぉ、カッコイイことを言うじゃないか。そう言われると、俺もそうだそうだと頷きたくなる。

「あ、いやいや、そうじゃなくて、それはそれでいいとしても、相談くらいしろという話でな」

「一応、報告書には書いていましたよ？　読む暇がないだろうとは思っていましたけれど」

「責任だけ俺に押しつけるのずるい」

昔はこいつもお兄ちゃんと俺のことを慕ってくれたものだが、すっかりアマノベ家の乙女になってしまった……。

母上が姉上に教えていたものだ。アマノベ家の乙女に、恋の敗北主義者はいない、と。恋愛ジャンルだけならいいんだが、大抵興味のあること全般で手段を選ばず勝ちにいくんだよなぁ、うちの女性陣。

「それにですね、イッキ様」

「なんだよ」

「アッシュさんは止められませんよ？」

「なんでだ？　礼儀正しくて賢そうな……そう、とても物わかりのよさそうな子じゃないか。話をする余地はあるだろ」

俺が口にした人物評に、リインとヤエは、軍子会入りたての子を見るような笑みを浮かべる。

「え？　なにその反応。俺、なんか間違ったこと言った？」

軍子会見張り三人衆最後の一人、バレアスにたずねると、アッシュの親戚は答えづらそうに苦笑する。

「アッシュという人物は……まあ、確かに、礼儀正しくは、あります。賢くも、あるでしょう。ただ、物わかりがいいかと聞かれると……」

「それはないですね」

「それだけはないです」

皆どうした？　なんでそんな、味わい深そうな顔しているんだ？

「イツキ様、心しておいてください」

バレアスが、初陣に出る兵士に向けるような声で言う。

「アッシュは、その礼儀正しさと賢さで、やりたいことをやりきろうとしてきます」

バレアスの台詞に、リインが頷き、ヤエも頷く。

「イツキ様、軍子会の報告について、私どもは一切の嘘を吐いていません。大きな問題は、起きていないのです」

「であるにもかかわらず、あの農業改善計画のような代物が、イツキ様の懐深くまで届いていることを、よくよくお考えください」

ん？　ん？　どういうことだ？

あの計画の提出主は、リインだった。

ヤエは、あの計画の詳細を知りながら、邪魔が入らないようここまで黙っていたんだよな。

で、時間のない俺にあの計画書を読ませるために、バレアスにくっついてアッシュがやって来た。

………。

我が信頼厚き軍子会の見張り三人衆、アッシュ君に籠絡されてたりしないか、これ。

なるほど？　段々と、俺にも呑みこめてきたぞ。

これはあれだな？　姉上と義兄上の人を見る目が、俺の想像以上にすごかった、と喜ぶべきところだな。

決して、今期の軍子会が、当初の懸念とは全く別物の混沌《こんとん》に呑みこまれていると恐れ戦《おのの》くところではないよな？

だれか、うなずいて、おねがい。

「一つ、喜ぶべき点を挙げるとすれば……」

やめろ、リイン。一つとか言うな。もっとこう、たくさん喜ぶべきところがあるだろう！

「アッシュさんといると、アーサー様が大変楽しそうだ、というところでしょう。ええ、本当に、大きな問題は起こっていないのですよ。その点では、予想以上に楽な務めと言えます」

「そ、それは、なによりだな」

姉上、義兄上。あなた方は、一体なにを送りこんできたんです？

◇◇◇

三日ほどお手製の液体石鹸を試してみたところ、肌にかゆみや違和感、赤くなるなどの症状は出なかった。

重大な問題はないと判断し、人体実験をさらに行うことにする。

いつもだとマイカ嬢などに試用をお願いするのだが、今回は領主代行ことイツキ氏のおかげで、使える人手がさらに増えている。実に素晴らしい。

「というわけで、衛生状態を清潔に保つための試作品がこれです。効果を実験するため、ご協力をお願いいいたします」

都市の市壁の外側、掘立小屋よりはマシ程度の粗末な建物の住人達に、私は一礼する。

粗末な服に、薄汚れた体、ふてくされた表情と、住人の皆さんはかなり迫力がある。頬や額に傷がある者が多く、とても堅気には見えない。

それもそのはずで、首筋に彫られた刺青《いれずみ》が、彼等が元犯罪者で、苦役刑に服している囚人であることを示している。

そう、私が使えるようになった新たな人手とは、彼等囚人達である。

彼等の刑罰は、都市の汚物をふくむ廃棄物の回収なので、畜糞堆肥を作るのに大変都合が良いのだ。イツキ氏から一筆頂いて、彼等の日常業務に一手間加えるだけでいい。

「なにか肌に違和感を覚えたら、使用を止《や》めて、私にお知らせください。例えば、かゆくなったり、赤くなったりですね」

「糞をこねまわすだけじゃなく、俺等に毒の実験までやらせようってのか」

囚人達のリーダー格である三十代ほどの男性が、ドスの利いた声で尋ねてくる。

「確か、ベルゴさんでしたね」

名前を呼ぶと、ベルゴさんは意外そうな表情をした。

「ご心配はごもっともですが、ひとまず私が使って問題ないことを確かめていますので、毒ではありません。ただ、体質的に合わない方や、肌が弱い方には副作用が心配なので、皆さんに問題の洗い出しをお願いしたいのです」

「ああ？　よくわからねえが……つまりなにをさせたいんだ？」

「そちらの液体石鹸を使って、体を洗って頂ければそれでいいのです。やることは、灰汁《あく》を使って汚れを落とすのと一緒です」

今世での主な洗剤は、植物灰を使ったものだ。泡立つわけではないが、ひとまず汚れは落ちる。

ベルゴさんは、しばらく首をひねって私の言葉を吟味していたが、小瓶の液体石鹸を手に取って、粘つくなにかを気味悪そうに確かめる。

「つまり、この……なんだ？　この、なんだかわからないものを体につけろってのか？」

「液体石鹸です。正確には、それを水で薄めると泡立つので……」

説明が面倒だ。大体、囚人の皆さんの体が現在進行形で汚れていて正直臭うのだから、実験がてらさっさと綺麗にしてしまおう。

「使ってみた方が早いですね。はい、皆さん外に出ましょう。ほら、ベルゴさん、あなたが見本になってください」

おっさんの手を引いて住居の外に出る。

「お、おいおい！　なにすんだ！」

「皆さんの衛生状況の改善と実験です」

比率は三対七かな。抵抗するんじゃない。てきぱき動く。

普段彼等が体を洗うのに使っているという木製タライに水を汲《く》んで、タオルになる布も持ってこさせる。

あとはもう、濡《ぬ》らした布に液体石鹸を垂らして、泡立てれば前世通りだ。囚人の皆さんはどうしてか一歩……三歩は退いた。

初めて見ると、そんな不気味なのだろうか。

「ベルゴさん、なにをぼさっとしているのですか。さっさと服を脱いでください」

「ふざけんな！　そんな怪しげなものを見せられて、はいそうですかってできるかよ！」

ネトネトした粘液が、突然ぶくぶくと泡を噴くくらいなんてことないと思うのだけれど……いや、ちょっとくらいは不気味かもしれない。

まあ、かもしれないくらいで気遣うのも、立派な大人に失礼だろう。がんがんいくよ。

「大の大人がなにを情けないことを。私が素手で持っているのですから、とりあえず問題ないのはわかるでしょう」

「な、情けないだと!?」

「こんな小さな子供がすでに使って確かめていると言っているのに、そんなに怖がっていれば、誰がどう見たって情けないでしょう」

「い、言いやがるじゃねえか!」

顔を真っ赤にして、ベルゴさんが服を脱ぎ捨てる。いい脱ぎっぷりだ。マイカ嬢やアーサー氏がついてこなくてよかったと思う。

まあ、会いに行く相手が相手なので、リイン夫人やその背後のイツキ氏からストップがかかったのだが。

「さあ、かかって来い!」

「では背中を向けてください」

仁王立ちされても、前はやりたくないです。私が訴えると、仁王立ちのまま背を向けるベルゴさん。

「は~い、痛かったら言ってくださいね~」

「い、痛いのか?」

前世的ジョークを言ったら、ちょっと背中が丸くなった。通じなくて当然か。

「いえ、念のためです。私以外に使うのは初めてですから。あ、アーサーさんやマイカさんも手に取っていいたし、触っただけで問題はまずないですね」

「そ、そうか。……おい、念のためと言うなら、慎重にやれよ」

面倒なので思いっきり背中に布を擦《こす》りつけてやった。

「おいいぃ!?」

「なにか言いましたか?」

強面《こわもて》ベルゴさんのリアクションが、ちょっと楽しい。いじめたくなってしまう。

「念のためってお前が言うから、慎重にやれって! だから、おい、ごしごしやんな! 大丈夫なんだろうな!」

「大丈夫、大丈夫ですよ～………………たぶん」

がっしがっしと背中を擦りながら笑う。

しかし、この液体石鹸、かなり洗浄力が高そうだ。ベルゴさんの背中からぽろぽろと垢《あか》が落ちていく。

「ふんふん、なるほど、なるほど」

「お、おい。なんだよ、どうなってる?」

「ほら、皆さん見てください、これ。すごくないですか?」

ベルゴさんを無視して、他の囚人方の同意を求める。

おぉ、とか、うわぁ、などの反応が寄せられ、ベルゴさんがどんどん不安になっていく様が面白い。

　あまりいじめてもなんなので、布を手渡してベルゴさんが自分で確認できるところ、体の前面を自分で洗ってもらう。

「お？　おぉ？　これ、垢だよな？　うわぁ、すげえな」

「つまり、それだけ汚れが溜まっていたということですね。ちなみに頭も洗えるのですが、髪がごわごわというか、カサカサというか、ちょっと傷むようです」

　前世らしき記憶でも、髪用石鹸は別になっていたので、若干配合が違ったのだろう。こちらも追って実験していく予定だ。

「髪が傷むだけか？　それくらいなら構わねえだろ。こんだけ体が綺麗なのに、頭が汚れたままってのは嫌だぜ」

「私が試して三日目で問題はないので、お好みでやってみてください」

「おう、言われるまでもねえ」

　リーダー格のベルゴが、徐々に躊躇《ちゅうちょ》なく体を洗っていくのを見て、他の囚人も服を脱ぎだす。そこからは早かった。

　真っ裸に泡だらけの囚人に囲まれるまで、一分もかからなかったくらいですよ。

「くぅ！　なんか気持ちいいぞ、おい」

「すげえな。体にこびりついてた糞の匂いまで取れたみたいだ」

「爽快だ、ここに来てから初めての気分だぜ」

好評のようでなによりです。

「え～、繰り返しますが、ひょっとしたら肌が赤くなったり、かゆくなったりする人がいるかもしれません。肌に違和感を覚えたら、教えてください」

あと、風邪とかひかないように気をつけてください。お外で真っ裸なんだからあなた達。

「この液体石鹼、一応ですが服を洗うのにも使えますから、体だけでなく服の汚れも落としてくださいね」

途端に、泡だらけの皆さんが動きを止める。

「マジかよ、最高じゃねえか」

「俺等の服に使っていいのかよ」

「これでまともに飯が楽しめるじゃねえか」

「服に匂いが染みついて、なにしていても臭いからな」

相当苦労があるようだ。刑罰になるくらいだから、やはり強烈なのだろう。

はしゃぐ一同の中から、ベルゴさんが歩み出て来た。真剣な目で、私を真っ直ぐに見つめてくる。

まるで、私の中に汚れがないか探すかのような眼差しだ。

「小僧、俺等にこんなことして、一体なんになるんだ」

「なんになると言われましても……衛生管理になりますが？」

「そいつが、お前になんの役に立つ」

「役に立つと言いますか……前提条件、最低条件ですよ。衛生状態が悪いと、感染性の病、流行病と呼ばれたりするものですね、それが発生してしまいます」

その問題もあって、彼等は市壁の外に住まわされているのだろう。

話を聞くに、この苦役刑の囚人達は、死亡率がかなり高いようだ。

「今まではそんなもん、誰もやってこなかったぞ」

「今までやっていない方が問題なのです。皆さんは死刑囚でもないのですから、刑に服している限り、健康かつ文化的に暮らさないと」

これからなんだかんだと一緒に働く仲なのだ。悪臭にまみれて寝起きするなんて、そんな獣以下な生活をされても、接し方に困る。

畜糞堆肥化の処理については、私もずっとそればかりやってはいられないので、皆さんに技術を積んで欲しい。できれば読み書きを覚えて、記録や報告をつけてもらいたいくらいだ。

これは思いつきだが重要そうだ。そのうち勉強会でも開いて、実施に向けて動いてみよう。

今後の計画に新たな項目を加えていると、ベルゴさんが囚人仲間と視線を交わして頷く。

「お前の考えは、わかった。俺等は、お前の持って来た糞をこねる作業をやればいいんだな」

「そうですね。大変な作業ですが、大事な作業でもありますので、そうして頂けると助かります」

「なにがどう大事なのか、俺等にはさっぱりわからねえ。わからねえが、やってやるよ」

初めて見るベルゴさんの笑みは、ニヒルな魅力にあふれている。

これで、泡だらけの真っ裸でなければ、私ももう少し感動できたと思う。

格好つけておいて、風邪なんかひかないでくださいよ？

さらに二月が経《た》つ間、ベルゴさん達は、本当によくやってくれた。

堆肥化のために作った牧場近くの小屋の中で、畜糞の一部が堆肥として十分に熟成したのだ。この時季に家庭菜園に堆肥を使えれば、夏の収穫物には間に合うはずだ。

収穫物は、ベルゴさん達にたっぷり差し入れようと考えている。

私もできるだけ顔を出して手伝っているが、堆肥化のための作業、あれは本当につらい。

畜糞（藁《わら》などもふくむ堆肥原料）は、微生物の力を借りて堆肥としての養分ができていく。

いつもどおり基礎知識が足りずに理解しきれなかったが、一部の微生物がアンモニアなどを分解して、窒素などの植物の養分にできる形に変えていくことはわかった。

この微生物に適切な活動をして頂くために、堆肥を混ぜ返す作業が必要になる。堆肥の内部まで空気を入れ、また堆肥内の温度を高すぎず低すぎずに保つための作業だ。

この繊細な作業を、悪臭の漂う小屋の中、しかも堆肥原料が発熱するために蒸し暑い状況で行うのだ。原料の中からは寄生虫さんがこんにちわってしてくるしね。

泣きが入りました。見た目はともかく精神年齢が完全に成人の私が、本気で泣きが入ったのです。

ベルゴさん達が一緒にいてくれて、本当によかった。今では誠心誠意、作業の度にお礼を申し上げる仲です。

がんばってくれたベルゴさん達と、なにより自分自身に報いるために、私は気合を入れて寮館の家庭菜園に足を踏み入れた。

手には畜糞堆肥が詰まった壺《つぼ》をしっかと握りしめている。

ちなみに、もはや悪臭はない。考えてみれば当然で、悪臭の源であるアンモニア（と思われる物質）を微生物が分解して窒素に変えているなら、悪臭はなくなってしかるべきだ。これに気づいた時は、よくできていると感心した。

また、手で触っても、し尿が混じっているというべたついた感じはない。さらさら、あるいはふわふわといった、良質な土と似た感触になっている。

前世の初等教育で芋を植えた経験がある。その時に使った肥料も、このような感触だったはずだ。

「ここまで、長かった……」

目を閉じれば、村で畑に初めて立った時から、ここまでの記憶が蘇ってくる。

家畜の力もなく、人力で、しかも質の悪い農具で耕さなければならないと知った時の茫然《ぼうぜん》とした感覚は、今でも鮮明に思い出せる。

初めて収穫量を目にした時の、労力の全てが雨に流されていったかのような、絶望感。あの時思わず見つめた自分の手は、畑仕事でひどく荒れて傷んでいた。

ユイカ夫人に読んで頂いた物語から奮起して、改めてなんとかしてやろうと畑に向かい、しかし、できることがなにもなかった、無力感。頭のてっぺんから爪先まで、凍えるような冷水を浴びせられた気分だった。

さらに、さらに……なんだかんだで思い出すのはつい最近の堆肥化作業中の有様ばっかりだけれども！

とにかく、ここまでやって来たのだ。隣では、マイカ嬢が興味深そうに壺の中身を触って確かめている。

「おぉ、本当に良い土みたいになってるね。調べた通りなんだけど、元を知っているとびっくりだね！」

マイカ嬢の言葉は、溌剌《はつらつ》としている。元がなにかを知りながら触れるのは、中々に逞《たくま》しいと思う。

「ええ、この状態なら十分に目的の堆肥になっていると思います。後は、使って確かめてみなければなりません」

なお、畑仕事の手伝いはマイカ嬢だけだ。というのも、やはり畜糞堆肥が禁忌とされているため、都市の未来を担うべきレイナ嬢、なにかしら大きな事情がありそうなアーサー氏は、実務には携わらないようにと念押しされている。

本当は、マイカ嬢にも控えてはどうかと伝えられているのだが、彼女は気にする風もなく私の隣にいてくれる。

「では、早速やってみましょうか、マイカさん」

「うん！　任せて、計画書は何度も読み返してきたからね！」

打てば響くとは、こういうことを言うのだろう。そんな幼馴染に、素直に言葉が出てくる。

「いつも、ありがとうございます、マイカさん」

「え？　えへへ、どういたしまして！」

頰を上気させて笑いながら、マイカ嬢は自分の前髪をいじりつつ応える。明朗快活な彼女だが、やはり真っ直ぐに感謝されるのは恥ずかしいようだ。

かくいう私も、自分でも思いもしない率直な言葉に少々面はゆい。

「でも、これくらい全然！　あたしの方がお礼を言わなくちゃいけないくらいだもん」

「マイカさんにそう思って頂けているのは、嬉しい限りです」と、いつもならそう返すところで、私はただ微笑んだ。

なんとなく、それだけで良い気がした。本当に付き合いが深くなったのだろう。

考えての言動ではなかった。なんとなくだ。本当になんとなく、いつもと違う形の方がよく伝わりそうだと思っただけ。

だから、その後もなにもなかった。

マイカ嬢は、ちょっと驚いた顔で私を見つめた後、いつも通りに笑う。

「じゃあ、やろうよ」

「ええ、やりましょう」

さて、苦労の末にできたこの堆肥を、ただ土にぶちまければいい。などということは、当然ない。

肥料は、自然界に存在しない濃度に達した栄養素を持っているので、量を加減してやらないと逆に植物が傷んでしまうという。これを書物は肥料焼けなどと呼称していたが、言い得て妙だと思う。

「こんな感じだよね？」

手首が入る程度の穴を掘って、そこに堆肥を入れたマイカ嬢が確認してくる。

「ええ、それで大丈夫です。……とはいえ、私も本当にこれでいいかどうかは実際に試してみないことにはなんとも言えないのですが」

あれだけ文献を調べておいてなんだが、結局はやってみなければわからないことがわんさかある。それというのも、堆肥の使い方が実にこと細かく分かれていたからだ。現在の土壌の環境から、使おうとしている堆肥の成分、植える作物、施肥の仕方、その季節の天気まで、複数の要素が関係してくる。

もちろん、限られた紙面でのこと、全てについての記載はなく、なにより今の私達には計測できない事象が多すぎた。土壌や堆肥の成分なんて、どうやって調べればいいかわからない。酸性かアルカリ性かくらいなら、なんとかできそうだけれども。

計画をまとめた時点でこの悩みを共有していたマイカ嬢は、私の情けない返答に、苦笑で同意してくれる。

「堆肥を作るのは大変だったけど、そこから先もまた大変だなんてねぇ」

「全くです。自然に手を入れるというのは、思った以上に大変なのですね」

前期古代文明は、土壌の成分分析まで行えていたようなので、前世同様に、先人達の偉大さを感じる。

私達が調べた一冊の本でさえ、一体どれほどの人生の上に編纂《へんさん》されたのだろう。

著者や編集者の一人二人では収まらない。長い歴史の中で、名も顔も知らぬ人々の、とある成功、とある失敗、その膨大な連なりがあったはずだ。

私は、その受け継がれた連なりの、最先端にいさせてもらっているのだなと思うと、ただの土いじりがえらく楽しい。家庭菜園なので、手をかけられる面積が狭いことが残念でさえある。

昔は、畑仕事というだけで逃げ出したくなっていたというのに、私も大人になったということだろうか。

隣を見れば、マイカ嬢も楽しそうにこちらを見ていた。農村を出て以来の農作業が、懐かしいのだろう。

二人でにこにこしながら作業を進めていると、同年代の五人組がこちらを遠巻きにうかがい始めた。

雰囲気は粘着質だ。堆肥原料並に粘着質だ。

露骨にこちらを見ながら、ひそひそと会話をしては、嫌らしい感情を乗せた笑いを漏らす。

所詮は貧乏な田舎者だとか、家畜の糞便が似合いだとか、不潔で低劣で軍子会の品位が云々《うんぬん》だとか。ひそめているくせに、ばっちりこちらに聞こえるように話しては笑っている。

困った子達である。ほら、マイカ嬢のせっかくの笑顔が、急転直下で不機嫌になっていく。

私？　中身が中身ですから、子供の戯言《たわごと》程度で怒ったりはしない。復讐《ふくしゅう》プランを組み立てるだけで解消できる程度に大人ですよ。

五人組は、都市内有力者の子息モルド君を中心にしたグループである。個人的な感想だが、典型的な苦労知らずで育った子供だと思っている。自分が一番でないと不機嫌になる辺りが、そう感じさせる。

彼等にとって不幸なことに、今期の軍子会では文武共に一番になれていないので、彼等は始終不機嫌だ。文では農業改善計画立案組がトップだし、武ではマイカ嬢と今期一番体格の良いグレンという少年がトップ争いをしている。

そういう子供らしいプライドの傷が、モルド君ご一行の非生産的な行動の原因の一つだ。悪口スキルの経験値を稼ぐぐらいなら、素振りの一つ、読書の一つでもすれば良いのに。

原因のもう一つ？　村に引き続きマイカ嬢がモッテモテだからですよ。流石はユイカ夫人の愛娘《まなむすめ》、礼儀作法が完璧な一方で、気さくで愛想が良いので、都市でも人気者だ。

同じくらい人気なのは、レイナ嬢である。こちらはちょっと規則に厳しいところがあるが、面倒見がよく、頼もしいお姉さん的な扱いで人気がある。

モルド君ご一行も、他の例にもれず二人を意識しているのだが、アピール方法が不器用すぎるというか、どうしようもなく間違っている。

まあ、思春期男子にそんなことを言っても無駄ではあろう。好きな子に意地悪したいお年頃ですもんね。

ただ、同じくマイカ嬢を意識しているグレン君なんかは、武術の鍛練という真っ直ぐな努力でアピールしているので、モルド君達に明るい未来はない。マイカ嬢も、グレン君には好印象の様子である。

恋愛方向の評価というより、強敵と書いて友と読む方向での評価っぽいけれど……。

そんなわけで、モルド君ご一行に対する私の怒りや呆れは、可哀想《かわいそう》にという憐みに変換される。

現在進行形で陰口を聞かされていると、怒りメーターも溜まりますけどね。

早くどこか行かないだろうかと思っていると、マイカ嬢がご立腹の顔を寄せてくる。私より先に限界に達したようだ。

「アッシュ君、あいつらいい加減になんとかしないと駄目だと思う」

「駄目ですかね。相手にするほどの害はないと思いますよ？」

「だって、あんなにアッシュ君のこと馬鹿にして」

頰を膨らませてぷりぷり怒るマイカ嬢が、ちょっと可愛い。

村でもこんなことあったなと思い出す。ジキル君は元気に猟師見習いをしているだろうか。

懐かしい記憶に和んでいると、マイカ嬢が溜息に混ぜて怒りを排出した。

「はあ……アッシュ君って、本当にすごいよね。こういうので全然怒らないんだもん」

怒っていないのではなく、怒りを表現する手間も惜しいので、流しているだけです。

「正直なところ、私はあの人達がなにを言っているか、ほとんど聞いていませんからね」

「そうなの？　え、アッシュ君、あいつらのこと無視してたの？」

「ええ、聞く価値のあるお話がないのですよね」

悪口というのはどうしても耳に入ってきてしまうので、人情として完全に無視することはできていない。ただ、意識して、「羽虫が飛んでいるような雑音」と処理するようにしている。

気に障るけど、虫が相手だし、反応しても仕方ないというスタンスだ。

「結構ひどいね……」

「そうですか？」

「うん。普通に怒鳴り返すよりひどい気がする」

やり返すより平和に日々が過ぎるんだから良いじゃないですか。

「話し合う気がある人となら、口の悪い批判をされてもきちんと向き合う必要があるでしょうけれど、ただ言いたいことを言うだけの人なら、真面目に相手する必要はないと思うのですよ」

「言いたいことを言うだけの人かぁ」

マイカ嬢が、尽きることなく口を動かしている五人組を見やる。

「確かにそんな感じかも。こっちがなにか言っても、あいつらがやることは変わらないもんね」

「彼等が言っていることといえば、つまり自分達が気に入らないという好き嫌いですからね。嫌いなものはそうそう変わりませんよ」

会話を続けるためのアクセントとしてならともかく、一方的に他人の好みなんか聞かされたって、どうでもいい、より好意的な感想の持ちようがない。

「好きな人の好みなら話は別ですけどね」

「そ、そうだね！　それは確かに気になるもんね！　あたしはアッシュ君のハンバーグが好きだよ！」

「ふふ、今度また作りますね」

まだまだ育ち盛りということか、マイカ嬢がこくこく何度も頷いて喜んでくれる。

「ともあれ、そんなわけで、毒にも薬にもならない……というより、毒にしかならないと言う方が正しいですね。そんな言葉は、相手にしても時間がもったいないです。うるさい羽虫が飛んでいるなぁ、程度で十分です」

こちとらやりたいことが山ほどある身なのでお付き合いしかねる。ただ文句を言いたいだけなら、その辺の大自然が飽きることなく付き合ってくれるだろう。

自然は雄大だ。

「なるほど。アッシュ君が、外からどう思われても気にせず驀進《ばくしん》する理由がわかったよ」

「え？　いえ、悪口以外は結構気にしているつもりなのですが？」

私の意見は、マイカ嬢に無視された。羽虫がうるさいなぁ程度にしか思われなかったのかもしれない。

「でもね、アッシュ君はそれで良いと思うかもしれないけど、やっぱりあれはあれで問題だと思うの」

五人組のあれに、マイカ嬢は突き刺さるような視線を送る。

「まあ、全く問題がないとは私も思いませんが……」

放置した場合より、相手にした時の方が面倒な気持ちが多いので、言葉が重たくなる。

「うん、アッシュ君はこういうのに手間をかけたくないんだなってよくわかった」

大丈夫、とマイカ嬢は力強く頷く。

「あれの相手はあたしがするよ」

潑剌とした幼馴染の笑顔に、ちょっとぞくっとしました。

マイカ嬢の開戦宣言を聞いた夜、私は同室のアーサー氏にそのことを相談した。

「というわけでして、なにかあったらマイカさんの手助けをして頂けないかと思いまして」

「マイカは、思い切りが良いところがあるみたいだからね」

頬に手を当てて、アーサー氏は眉尻を下げて苦笑する。仕方ないと好ましいの中間、といった表情に見える。

「うん、いいよ。僕も、そういう陰口は好きじゃないから、できるだけのことをさせてもらうよ。堆肥の方で役に立てない分、任せて」

「ありがとうございます。アーサーさんが力を貸してくださるなら、安心できます」

「あ、そう言われるとちょっと責任を感じるな。ふふ、気を引き締めないと」

責任を楽しむように、アーサー氏が笑って見つめてくる。

なお、この会話、二段ベッドの一段目に、隣り合って腰かけて行われている。

相部屋の友人同士ならば不自然ではない体勢だけれど、それなりの身分にある女性と異性愛者の男性がしているとなると、際どいものがあると思う。

間違いを起こさない自分の徳の高さを褒めたたえて欲しい。

全世界の喝采を待っていると、アーサー氏が真面目な表情に切り替わっていた。

「でも、困ったものだね。真面目に行われている計画を馬鹿にするなんて。マイカが問題視するのも当然だよ」

「まあ、やっていることがやっていることですから、なにも知らなければ遠ざけたくもなるでしょう」

清潔の反対に手を付けなければいけないのだから、育ちの良い方には特に耐え難いだろう。

「そうかもしれないけど……アッシュはきちんと清潔に保つための方法まで考えているのに、なにも知らずに不潔と罵倒するのは失礼だよ」

いつも貴公子然とした穏やかさを保つアーサー氏には珍しく、厳しい表情で他人を批判する。

「大体、一緒に過ごしている身として言わせてもらうけど、アッシュほど身だしなみが整っている人はいないよ。確かに、貴族的な上品さや、高級品を身につけているわけではないけれど、清潔感があるし、なにより相手への礼儀があるもの。モルドよりよっぽど僕は好きだよ」

上品だし、高級品を着こなすアーサー氏に言われると、素直に嬉しい。目標の一つである紳士に、順調に近づけているようだ。

「ありがとうございます。アーサーさんに好ましく思って頂けると、自信がつきますね」

「あっ、いやっ……も、もちろん、友達としてだよ？　友達として好きだということね？」

「ええ、ありがとうございます」

中身は女性ですもんね。

立場も色々と複雑なのだろうから、好きという言葉一つにも気をつけないといけないようだ。男はすぐに舞い上がって勘違いする単純さがあるから。

私も気をつけます。

「しかし、アーサーさんには申し訳ないことをしましたね」

「え？　なにが？　なにか、アッシュに謝られるようなことがあったかな？」

頤《おとがい》に手を添えて、アーサー氏が首を傾げる。さらりと流れた前髪の下で、不思議そうに目が瞬いている。

「軍子会の目的は、人脈作りという面もあります。私が変な計画に巻きこんだものですから、皆さん遠巻きにしてしまって、上手くいっていないでしょう？　私の都合でご迷惑をおかけしてしまいました」

「……え？」

アーサー氏が、なにを言っているんだコイツ、という顔で私を見つめている。

予想外の反応に、私も続けてなんと言って良いかわからない。

「アッシュ、君は……大体すごいんだけど、時々人間になるね」

お待ちあれ、私は生まれた時から人間ですよ。

前世らしき記憶をふくめて、人間を止めた記憶は一度もない。アンデッドみたいなものじゃん、と言われたら否定しづらいけど。

私が悪戯《いたずら》の顔面パイを喰《く》らったような顔をしていると、アーサー氏が気を取り直したのか、優しく微笑む。

「僕の人脈作りは成功しているよ。文官肌のレイナと仲良くなれたし、マイカは文武両道だしね。純粋な武官の人材としては、グレンに目をつけているんだよ。向こうから話しかけてくれることも多いからね」

なるほど。マイカ嬢にアピール中のグレン君なら、マイカ嬢と仲良しのアーサー氏と接触する機会も多いだろう。

「ね？　今期の軍子会のトップクラスの人材と、きちんと関係を結べている」

「そういえばそうですね」

「それになにより、アッシュだよ」

場違い枠および問題児枠の私がなにか。

「軍子会の中でどうのではなく、今まで僕が見てきた誰より面白い人だよ。頭が良くて、実行力があって、調べものをすれば慎重なのに、危険な堆肥の実験には自分から参加して、行動全部が無茶苦茶だよ」

変人枠でしたか。一切否定できない。

「でも、すごく無茶苦茶なのに、すごく楽しいって思わせてくれる。次から次へと新しいことを見せて、触れさせてくれる。王都はここよりずっと色々な物があったけど、こんなに楽しくなかった。アッシュに会うまで、世界がこんなに楽しいなんて思ったことないよ」

話しているうちに興奮してきたのか、頬に赤みが差した顔で彼女は訴える。穏やかな貴公子然とした態度を脱ぎ捨て、好奇心旺盛な少女らしい素顔が覗いてしまっている。

前世らしきなにかを持つアッシュプレゼンツの体感型科学実験アトラクションを楽しんで頂けているようでなによりです。

「それに、アッシュがいなかったら、辺境伯家の関係者だからと寄って来る人ばかりだったはずだよ。僕の立場だと、それが仕方ないというのはわかるんだけど……」

興奮した少女の顔に、陰りが差す。若木を照らす太陽に、暗雲がかかったようだ。

「どうせ利用されるなら、血筋がどうのとか、家柄がどうのでなく、僕自身を見て欲しかった。少しだけでも、そうしてくれたらよかったんだけど」

少女の独白に、私はじっと口をつぐむ。

過去形の語りに、迂闊な相槌《あいづち》は打てなかった。彼女は恐らく、隠さなければならないことを話してしまっている。

「その点、アッシュは……嬉しかった。僕が読み書き計算できると聞いて、喜んでくれたよね。僕ができるからと、手伝いを求めてくれた」

「困っていた私の前に、優秀なあなたがいたんです。全力で助けを求めただけですよ」

「そっか、全力だったんだ。ふふ、確かにちょっと迫力あったもんね」

労働力としてロックオンしましたからね。マイカ嬢に嗜《たしな》められたものだ。

「アッシュは、人を使うのが上手だね。使うって言うと、聞こえが悪いかもしれないけど……前に、僕に協力して欲しいって言って来た人がいて、その時はすごく嫌だったから。でも、アッシュならもう、僕から協力したいもの」

癒えきらぬ傷を抱えた微笑みは、直視するには痛々しい。

どこのどいつだ、こんな年端もいかぬ、繊細な少女を傷つけた奴は。

ただの少女じゃないぞ。とても優秀な少女だぞ。変な傷をつけたら世界の損失だぞ。具体的には、現在進行形で助けてもらっている私の損失だぞ。

利用する・されるということに彼女が負担を感じているなら、私が助けてもらうのに不都合じゃないか。

こうなったら、利用するのも利用されるのも、本来は悪いことではないとわかって頂かなければならない。ようは言い方なのだ。

「あなたが今傷ついているのは、利用されたからではありませんよ」

「そうかな。なんて、アッシュだから、聞き返すけど……どうして？」

「利用されただけでは傷はつきません。誰かに傷つけられたから、あなたは傷ついているのです」

もちろん、この場合の利用は、他人に頼るという意味だ。

最初から相手に害を与えるつもりで「利用」という言葉を使う場合もあるだろうから、そこは峻別しておく。

「あなたが前に、どのような事態に遭遇したかはわかりません。ただ、あなたに悪意を持って近寄って来た人と、あなたの助けを得たいと思う人を、どうか一緒にしないであげてください」

主に私のことです。

「判断は難しいでしょう。慎重にならなければいけないでしょう。それでも、あなたは力のある人だから、助けを求める人が必ずいます。全てでなくてもいいのです、本当に困っている人だとわかった時に、手を差し伸べられる人でいてください」

本当にお願いします。これからまだまだあなたの力を借りたいので、利用しやすいあなたでいてください。

「……そうか、僕を利用したいと思う人は、助けが欲しいという人もいるんだね」

「必ずいます。なによりまず、私がそうです」

真面目に頷いて見せると、彼女は、身を縛っていた糸が千切れたことを知ったように、ふっと笑った。

「本人が言うなら、間違いないね」

真心と下心をこめて、間違いないことをお約束します。

足早に春が過ぎて、夏がやってくる。

初めての畜糞《ちくふん》堆肥およびその施肥は、問題なかったようだ。

いや、問題なかったという消極的な表現は、私ことアッシュの内心に相応《ふさわ》しくない。

成功しました。やったぜ。

家庭菜園に植えられた大玉トマトは、はちきれそうなほどに大きく、健康的な色艶をしている。村で半ば自生していたトマトより、見るからに健康的だ。形が不ぞろいではあるが、農業レベルからして仕方ないだろう。今は見た目より、量が大事だ。

早速、赤く熟したものから収穫して、井戸水につけて冷やしていると、話を聞きつけたリイン夫人もやって来た。

木桶《きおけ》の中、冷水に浮いているトマトを見て、リイン夫人は冷静な表情をわずかにほころばせる。

「これは見事な実をつけましたね。近頃、庭の菜園ではこれほど大きな実はならなかったはずです」

「それは良いお話です。堆肥の良い影響であれば大成功と言えるのですが、これだけでは断定できませんね」

一応、同じような日当たりの少し離れた菜園では、施肥をせずに世話をしている。こちらのトマトは小粒で、枝振りなども悪く見える。

ただ、この二か所だけ、それも少量の収穫物だけを見て、畜糞堆肥の成果だとはとても言えない。

「ひとまず、今回は悪い影響がない、という結果が出ればそれで良しとしなければいけないでしょうね」

「アッシュさんのお考えの通りにされると良いでしょう」

リイン夫人が、私への信用を物語る言葉をくれる。初めてお話しした頃とは大違いだ。

「できれば、その慎重な態度をもっと行動全般に反映させて頂ければ」

いや、やっぱりあんまり信用がないのかもしれない。どっちだろうか。

人間関係の難しさに思いを馳《は》せながら、プロジェクトメンバー全員（ヤエ神官除く）でトマトの大きさと個数を記録し終える。

やはり、施肥していない畑より、大きさも個数も増えている。これだけでは判断できないとはいえ、初回から望ましいデータが得られると気持ちが良い。

その気分のまま、よく冷えたトマトを手に取って、皆さんに微笑《ほほえ》む。

「それでは、早速食べましょうか。皆さんは堆肥を使った方は食べられないでしょうから、堆肥を使っていない畑の方をどうぞ」

真夏の暑さの中、冷えたトマトの丸かじりは大変気持ち良いものだ。

さあ、皆さんご一緒に——ご一緒に、どうして驚愕《きょうがく》の表情をしているのですか。

リイン夫人、アーサー氏、レイナ嬢が、私を理解不能対象として見つめている。久しぶりの眼差《まなざ》しだ。

例外はマイカ嬢だ。彼女だけは、私と一緒にトマト（施肥済み）を手に取って、いそいそとかじりつこうとしたところで、三人の反応を見て止まっている。

さて、今度は一体なにが起こったのでしょうか。

アーサー氏が、私が手に持ったトマトを慎重に指さして、告げる。

「トマトは、毒があるよ、ね？」

アーサー氏の目は本気だ。ないよ。

レイナ嬢も、アーサー氏の発言に頷《うなず》いている。ないってば。

リイン夫人は、私を見つめて止《や》めてくださいと首を振っている。ないったらない。

「え？　村では毎年、夏に食べてたけど、問題なんて起こらなかったよ」

唯一の味方はマイカ嬢だ。そして、マイカ嬢の発言に有毒派の三人が蒼《あお》ざめている。

特にアーサー氏は反応がとびきりで、いつもより高い声（多分こちらが地声）で叫ぶ。

「ふ、二人とも！　そんなの食べていたら、頭を病んで死んでしまうよ！」

どうも、また妙な具合にこじれた知識があるようだ。

私とマイカ嬢は、互いに顔を見合わせ、とりあえず「そんなの」を二人そろって頬張ることにした。

「ちょっ!?」

もしゃもしゃ。

うん、酸味がちょっと強いけれど、この場合はそれが爽やかで心地よい。たっぷりふくまれた果汁が、収穫作業で渇いた体に染み渡るようだ。

喉の渇きも癒えたところで、有毒派のお三方と冷静な話し合いを開始しよう。

「アッシュ！　君はいつもいつも無茶苦茶するけど今回は特にひどいよ！」

「そうよ！　あなたの体はあなた一人の体ではないのよ！」

「マイカ様！　イツキ様より重々頼まれているのですからどうかお体を大切に！」

私とマイカ様以外が冷静でなくなってしまった。

とりあえず、皆喉を潤せばいいと思う。そんな風に目を潤ませられると、罪悪感が湧いてくるじゃないですか。


ひとしきり三人に心配された後、私はなるべく冷静な声で問いかける。

「それで、トマトの毒とは一体なんでしょう」

「また、そうやって自分は平然として……どれだけ心配したかわかってくれないんだ」

唇を尖《とが》らせたアーサー氏が、非難めいた口調で呟《つぶや》く。

有毒派はもちろん、マイカ嬢すら熱心に頷いている辺り、私の冷静さは大不評のようだ。

「その心配を受けて、できるだけ正確な話し合いを進めようと思っての態度なのですが」

珍しく真心オンリーの発言に、一同から溜息《ためいき》を吐《つ》かれる。人心とは真《まこと》に不可思議なものであるな。

不可思議すぎてなんともならないので、とりあえず話を進めよう。ほら、アーサー氏、言いたいことがあるならはっきり言ってごらん。

「はあ……そのね、昔の話だけれどね、王族の一人がトマト好きだったらしいんだよ」

「ええ、トマト、美味《おい》しいですからね」

王族が虜《とりこ》になっても致し方あるまい。有毒派のアーサー氏が、頷く私に鋭い睨《にら》みをくれる。珍しい態度だ。

「アッシュ、その王族……王子だったんだけど、彼は、トマトを食べ過ぎて頭がおかしくなってしまったんだよ。その王子に関係が深かった人達《たち》もね」

「具体的には、どのように？」

「伝わるところだと、そこにはないものが見えると言いだしたり、突然泣き出したかと思ったら笑いだしたり、記憶が飛んでいたり……とにかく頭を病んでしまったんだ」

気味悪そうに物語るアーサー氏の話に、私が抱いたのは疑問だ。

それはトマトというより怪しい薬を服用していたのでは？

「その王子は、とても優秀で、その世代では一番期待されていたそうだよ。だから、周囲の人材も優秀な者が集められていたのだけれど、その王子と同じようにどんどん頭を病んでいって、とてつもない損害が出たんだ」

幻覚を見る薬といえば、麻薬がすぐに連想される。

大麻や芥子《けし》なんかは簡単に利用できるらしいから、その辺が怪しい。泣いたり笑ったり感情の起伏が激しかったのは、アッパー系やダウン系と表現される薬物効果の可能性がある。

「アッシュは、とても優秀な人材だよ。個人的にも、とても好意が持てる……あ、友達としてね？　うん、友達として、大事な人だと思う」

とすると、今世でも麻薬が存在するのか。いや、それはするだろうと思い直す。

前世で言うトリカブトらしき植物もあったし、食料も恐らく前世とほぼ大差ない性質だ。

逆にないと困りそうなものもある。一部の麻薬（成分）は、麻酔として医療と切り離せない関係にある。いつかは外科手術用の麻酔に手をかけたいので、あって欲しい。

麻酔の原料になる植物は、前世らしき記憶ではチョウセンアサガオと言っただろうか。かなり危険な毒（薬効成分）を持っているけれど、夏に美味しい茄子《なす》と同じナス科の植物なんですよね、あれ。

「だから、トマトなんて危険な物は食べないで。あれは観賞用なんだから」

あ。そうか。ナス科だ。

思い出した情報に、思わず何度も頷いてしまう。

「そうか。わかってくれて嬉《うれ》しいよ、アッシュ」

トマトもナス科だった。

トマトに毒はないと言ったけど、ナス科だからあるのだ。なので先程の会話では、私の意見より三人の意見の方が正しい。

正確に表現すると、熟したトマトに、人体に問題が出るほどの毒はない。

詳しい数字までは覚えていないが、トマトで毒を致死量まで摂取しようとしたら、百キロ二百キロを軽く超えるトマトを食べる必要があったはずだ。中毒死より先に腹が破裂して死ぬという、笑い話である。

ただ、未熟な実や茎、花は、もっと大量の毒をふくんでいる。

ひょっとして、例のトマト王子は、トマトが大好き過ぎて完熟トマト以外を食べていたなんて真相か。茎や花が美味しいとは思えないけれど。

「つまり、トマトを食用として広めるためには、その王子様の食べていたレシピがわかれば早いわけですね」

ならば、ヤエ神官の出番だ。プロジェクトメンバーの、ここにいない唯一の人材が活躍してくれるだろう。

「では、早速これから神殿へ行って、その辺りの記録があるかヤエ神官に――」

自分の中で結論が出たので、他の面々にそれを伝えるべく意識を向けると、リイン夫人とレイナ嬢が全く同じ仕草で額に手を当てている。流石《さすが》は親子だ。しかし、どうしてそんなに呆《あき》れているのだろうか。

あと、どうしてアーサー氏は、そんなに怒った顔をしているのだろうか。とりあえず、謝罪が必要そうな空気はわかる。

「えっと？　よくわかりませんが……私が粗相をしたようで、申し訳ありません……？」

「よくわかってないのに謝られたって困るよ！」

困り過ぎているのか、アーサー氏は怒っているようにしか見えない。ひとまず落ち着いて。話はいくらでも聞きますから。

そうなだめると、アーサー氏が泣きそうな顔になってマイカ嬢に助けを求める。

「マイカも、アッシュになにか言ってあげてよ！」

必死の訴えに応えたのは、真綿のように柔らかい笑い声だ。

「ふふ、あたしがなにも言ってないと思う？」

「あ、その……ごめん。これからは、僕も一緒にがんばるから……そんな顔、しないで？」

マイカ嬢のおかげで、アーサー氏も一気に鎮静化したようだ。よかったよかった。

ちなみに、その時にマイカ嬢がどんな表情をしていたか、私は決して確認しなかった。


別に、一同の非難の眼差しや、マイカ嬢の表情を知るのが怖かったわけではないが、私はさっさと神殿に向かった。

最近、ますます綺麗《きれい》になったヤエ神官が、私の話を聞いて微笑んだ。

「トマトで亡くなった王子が食べていたレシピですか？　ええ、残っていますよ。ここに写本もあります」

なんという僥倖《ぎょうこう》か。今日の私には守護天使でもついているのかもしれない。今世風に言うと、猿神様のご加護がある、といったところか。

「それは素晴らしい！　しかし、よくそんなものがわざわざ保管されていましたね。今では毒と考えられている食材の料理でしょう？」

「その王子が、本当にトマト好きだったからでしょうね。王族を始め、貴族の日記というものは割合遺《のこ》されるものですが、その方はいつもその日に食べたトマト料理について言及されていますよ」

「なるほど、料理本としてではなく、日記が残っていたのですか」

それならば保管されているのも納得がいく。

「それでも、蔵書が限られる地方都市の神殿にまで写本が置かれているのは、少し不思議ですね」

なにか理由が、とヤエ神官に首を傾《かし》げる。

「それは、トマトが非常に広範囲で栽培されているためだと思われます。このサキュラでも、夏になるとあちこちの庭でよく見かけますから」

「寮館でも、食べられないと知りつつ、観賞用に植えられていましたからね。つまり、そういったよく見かけるものを誤食しないよう、注意喚起のためにあちこちに出回った、と」

「私はそう受け止めています。写本が出回った当時は、広範囲で食用として栽培されていたものと思われますし」

それほど有益な栄養源を長年にわたって非食用として無駄にさせるとは、これは文明に対する反乱と言っても過言ではない。

許すまじトマト王子。罰として貴様には、トマトを食べられなくした人物として後世に語り継がれてもらおう。

「では、その王子の問題点を確認してみましょうか」

「本はこちらになります」

私の調査方法に慣れた様子で、ヤエ神官が目的の本を差し出してくれる。

神殿の他の本にもれず、これもまた古い写本だ。五十年は軽いと思うが、今世の書物ではまだまだ若い部類に入る。

早速拝見。

「本当にトマト好きですね、この人」

トマトを植える春から、トマトの収穫が終わると思《おぼ》しき夏の終わりまで、トマトのことしか日記に書いていない。

秋や冬は、管理を任されているらしい領地の政務について、真面目な記述ばかりなのでギャップがすごい。存在自体が冗談みたいな人だ。楽しませてくれたお礼に、農業史および料理史に輝く冗談のネタに昇華して差し上げよう。

これだけトマト好きなら、トマトが再び食されるようになり、自分がトマトと共に語られる存在になれば本望だろう。違ったとしても死者の反論が私に届かないので、あしからず。

「ありました。ここから記述が怪しくなっていますね」

レシピに変わったトマト料理が目立ち始めた年から、日記の内容が混乱し始めている。

どうやら字体も乱れているらしく、写本製作者による原文を読み取れない旨の注意書きが徐々に増加している。

トマトが収穫されない時季には多少内容も落ち着くが、それ以前の優秀な為政者としての記述と比較すると明らかなズレを感じる。

「この日記にあるレシピと、記述に見られる異常から判断すると……原因はトマトの実ではありませんね」

「アッシュさんの見解は、いつも刺激的ですね。あ、続きをおっしゃる前に、少々お時間をください」

心臓に悪い、と言いたげな口調で、ヤエ神官はなにやら深呼吸をしている。数度繰り返してから、よし、と拳を握って気合を入れられた。

私の論理的で冷静な見解を聞くだけなのに、不可解な行動をしなさる。

「では、アッシュさんはどのように見ているのでしょうか」

「原因は、トマトの茎や花でしょう。この人、トマトが好きだからって、普通食べない部分まで調理させています」

日記によると、常に新しいトマト料理を出せ、と料理人に命じてしまっている。

どれだけ強い圧力をかけたのかはわからないが、毎日のように料理評価をつけるほどトマトに固執している人物だ、相当だったのではなかろうか。

結果、料理人はトマトの実だけでなく、それ以外の部分、茎や花まで調理し始めた。確かに、実以外もトマトではあるので、立派なトマト料理だ。

ただし、有毒でも料理と言えるのならば。私は言わないですね。

「トマトの実以外を使った料理が出始めた頃から、記述に乱れが出ています。それまで何年も問題が出ていないのですから、トマトの実、それ自体に問題があったとは言い難いでしょう」

「なるほど。これは、確かに……トマトの実に毒があるなら、それ以前から問題が出ていないのは奇妙ですね」

「それに、当時は一般的にトマトの実が食されていたと思われるのですよね？」

「ええ、その通りです。そういった情報とも、アッシュさんの推論は整合します」

しかし、とヤエ神官は私にたずねる。

「植物にはあまり詳しくないのですが、一部に毒があり、一部に毒はない、ということは考えられるのでしょうか」

「ああ、なるほど。確かに、知らなければそういった考えになるのも無理はありません」

ただ、植物も部位によって毒の有無や、毒の濃度が異なることは間々ある。特に、熟した果実に毒を持たない場合は多い。

「基本的に、植物は外敵に襲われても走って逃げたり、手を振り回して追い払うこともできません。そこで、その体内に毒を作ることで、食べられないようにしているようです」

自然毒……害虫や害獣に対して、植物が独力で生成する農薬である。

食物連鎖の構図は厳然と存在すれども、他者を活《い》かすための生命など存在しないということだろう。どれもこれも、対等に生存競争を戦っている。

「一方で、植物にとっては、可能な限り広範囲に種をまいた方が有利だとも気づいたはずです。狭い範囲に繁殖していては、一度の火災でその種が絶滅する恐れもありますからね」

「それは、確かに。……では、植物自身が動けない以上、他の動物を利用して種を運ぶということですか？」

「そういうことです。食べられたら困る部分と、食べられた方が良い部分が植物には存在するのです。食べられたら困る部分には苦い毒を、食べられた方が良い部分には甘い栄養を。トマトの実なんか、鳥がよくついばみに来ませんか？」

「なるほど！」

ヤエ神官は、理解できた自然界の仕組みに、興奮した声を上げる。

「大変筋が通ったお話です！　それで、トマトの熟した実……つまり、次代の種が完成した赤い実には毒がない、ということですね。そこは他の動物に食べてもらうための部分であるために」

「そういうことですね。ただ、全ての熟した実が食べられる、ということではありません。あくまで、種を運んでくれる動物がいれば良いわけですから、人間にはない耐性を持つ動物に食べられることにした植物もいるでしょう」

「ええ、そうですね。ですが、この場合のトマトは、以前には一般的に食べられていたという歴史があります。恐らく、現在栽培されているトマトと、同じものであるはず」

であれば、とヤエ神官は大きく頷く。

「トマトの赤い実には毒がない。これは非常に信憑性《しんぴょうせい》が高いお話です」

「ヤエ神官にそうおっしゃって頂けると嬉しいですね。実績として、私は村で食べていましたし、今日もついさっき食べて来ました。もう少し実験して、報告書としてまとめます」

「そこから先はお任せください。私が責任を持って、この神殿の評価にかけましょう」

学術機関の一面を持つ神殿の評価は、知識階級には非常に効果が高い。

農業改善計画についても、神殿からの「論理的であり、文献による根拠が十分に示されている」とのお墨付きがなければ、イツキ氏も承認にもっと躊躇《ためら》ったことだろう。

ヤエ神官はその辺りを心得ていて、実に精力的に神殿内での評価認証を行ってくれる。我等《ら》がフォルケ先生はこの制度を教えてくれなかったので、大変助かった。

「ありがとうございます。この件が上手《うま》くいったら、トマトを使った美味しい肉料理を作りますので、よろしければレシピをお使いください」

なにに使うかは明言しなくともよい。ジョルジュ卿《きょう》の最近の食事情を知っている副官見習いとしては、明白だからだ。

「それは大変助かります。やはり、あの人もお肉の方が好きなようで」

「あの人」に隠しようのない熱をこめてはにかむヤエ神官は、もはや新妻に近い空気を漂わせている。

ジョルジュ卿はまだまだ及び腰の対応だが、ヤエ神官の積極果敢な攻勢によって着実に外堀を埋められているようでなによりだ。

ヤエ神官は、新たな攻撃手段《レシピ》の入手に気分を高揚させたのか、トマト王子の日記にぱらぱらと目を通す。

「そうですね。茎や花の料理と、記述がおかしくなった時期との関連性については、私でもまとめられそうです。こちらは私が素案をお作りして、アーサーさんとレイナさんで整えておきましょう」

「ヤエ神官のご好意に甘えさせて頂けるなら、お願いいたします」

やはり、好意には好意で返すべきであるな。望んで得られた協力関係は、効率が桁違いに良い。

私もヤエ神官も、輝かんばかりの笑顔で頷き合う。


そんなわけで、トマトに毒がないというデータを集めるために、市壁の外にある掘立小屋にやって来た。

囚人の皆さんは、すでに実験台のベテランであらせられるゆえ、今回も頼らせてもらおうというわけだ。

「では皆さん、今日からトマトを食べてください」

私が持って来たカゴ一杯のトマトを見て、囚人の皆さんは顔を見合わせる。強面《こわもて》どもが真っ赤なトマトにびくつくというのは、中々シュールだ。

囚人代表のベルゴさんが、他の囚人達に押し出されるようにトマトの前に立つ。

「あ～……まあ、なんだ。今さら、お前が本物の毒を仕込むとは思ってねえけどよ……本当に大丈夫なんだろうな？」

「私は大丈夫だと判断したので持って来たのです。村でも毎年食べていましたしね。美味しいですよ」

ほら、と丸々としたトマトを一つ、ベルゴさんに差し出す。

早く受け取って。さっさと食べて。食べるまで逃がさないから、無駄な抵抗は止めろ。時間を大事に。

とはいえ、毒があると言い伝えられる植物を食べるのは、流石に度胸がいるだろう。ベルゴさんが一歩引いて、他の仲間達から即座に押し返される。

「ばっ、押すなお前等！」

「お前が下がって来たんだ！　気持ちはわかるが、お前が頭《かしら》だろ！」

「そうだそうだ、リーダーぶってるんだから、こういう時に犠牲になれ！　気持ちはわかるけど！」

「頼むよ、ベルゴ。あの坊主の持って来る話にゃ、今までも害はなかっただろ！　坊主の妙な迫力がおっかねえのはわかるけど！」

あれ？　なんだかトマトより私が脅《おび》えられている気がするよ？

十一歳の少年を相手に、不思議な話だ。まあ、疑問の追及は後日にしておこう。

今はとにかく、私の前に差し出されたベルゴさんの口にトマトを突っ込む方が先だ。実に協力的なことに、囚人の皆さんはベルゴさんを押さえつけてくれている。

まるで魔王邪神に捧《ささ》げられるような生贄《いけにえ》のようですね？

「はい、ベルゴさん、観念して食べましょうね」

「待て待て！　食う、自分で食うから！」

「どうせ食べるなら一緒ですよ。はい、どーん」

丸々としたトマトをなにやら叫びかけた口に押しこむ。おっさん相手に「あーん」はしない。当然のことです。

流石に大きすぎたのか、なにやら苦しげにうめくベルゴさんを観察することしばし。ようやく飲みこみ終えたベルゴさんの感想は短かった。

「ひどい目にあった」

食べ物を口にしたのに味の感想をくれないなんて、空気の読めない人だ。

やれやれと思いながら、食べていない他の皆さんに笑顔を向ける。

「ほら、大丈夫でしょう？」

口から摂取してこんな速さで中毒症状が出るような毒物は珍しい、という知識はあえて無視しておく。

囚人のうち、何人かが物言いたげにしていたが、実際に口に出さなかったので大した問題ではないのだろう。そうに違いない。出されなかった意見は、意見にならない。

「では、皆さんも味わってみてください。美味しいですよ」

「そうだぞ。おら、お前等、さっさと食え」

ベルゴさんも強い調子で皆さんに迫る。味の感想はなかったが、美味しかったということだろう。

自ら両手にトマトを持って、仲間の口にねじこみに行っている。

囚人の皆さんは、男ばかりの集団生活だからか、男子体育会系みたいなノリがある。悲鳴や罵声が上がるものの、どことなく楽しそうだ。

何人かはベルゴさんから逃れて、自分の手でカゴから取ったトマトを食べる。

「お？　へえ、こんな味なのか」

「汁気が多くて、うめえもんだな」

「そうか？　俺は苦手な感じだ……なんか、匂いがちょっと」

「俺も駄目だ。匂いもちょっときついが、それ以上にこの、中のぬるっとした感じが」

いかつい野郎どもがもしゃもしゃトマトを食べている。可愛《かわい》いような面白いような不思議な光景だ。

好き嫌いはあるようだが、食べられない、というほど嫌いな人はいないようだ。それに、不評の原因は匂いと食感がほとんど。これなら、調理すれば皆さん美味しく食べられるだろう。

「では、生トマトの毒見は済みましたので、今日の昼食を作りますよー。料理当番の方、お手伝いお願いしまーす」

へーいとか、うーいとか言いながら、何人かの強面が前に出て来る。

都市に来て、私の料理の弟子は何人か増えたけれど、一番熱心なのはこの人達だろう。

なにしろ、娯楽が少ない。受刑者だけあり、日常必要な品ですら最低限（私からすると最低限未満）である以上、彼等の生活に嗜好品《しこうひん》など存在しない。

その点、食料品は日常最低限必要な品として数えられているし、こだわって手間をかければ時間も潰せ、しかも美味しいものができる。なんて無駄のない娯楽だろう。

この非常に真っ当な受刑者達の娯楽に対し、私は全面的に協力している。食材や調理器具、薪《まき》などをせっせと買い足して、好きなだけ使えるよう渡している。

おかげで、囚人の皆さんには随分と感謝されてしまった。私としては、感謝なんて全然必要ない。囚人が不満なく過ごせているなら、治安はその分だけ良くなる（なにせ看守や牢番《ろうばん》に回すだけの余力がない）。これは都市に住む者として配慮してしかるべき問題だ。

共に働く同僚としても、彼等の生活環境の改善は喜ばしい。生産力の向上に直結する。

そしてなにより、手間暇がかかる調理をこの人達が喜んでやってくれるのである。しかも、タダですよ、タダ！

時間の限りこだわり抜いた彼等の料理は、都市内の並の料理屋や居酒屋なんて相手にならないレベルだ。汚物処理の苦役囚という肩書から忌避されてしまうのは仕方ないが、兵舎で出される衛兵達の料理や、養護院の炊き出しで大好評なので間違いない。

これらヤック料理長も認めるレベルの品を、私は囚人の皆さんと一緒に食べられるし、寮に持ち帰って休日の調理にも使える。この上に感謝の言葉など、もらい過ぎで恐縮してしまう。

ひそかに、マイカ嬢やレイナ嬢、アーサー氏も食べているのは、リイン夫人には内緒だ。まあ、明敏なるリイン夫人のことだ、薄々気づいていると思うけれど。

そんな彼等の作る料理に、大変喜ばしいことに、新しいレシピが増えました。

トマトの水煮である。

生トマトから作るのは大分時間がかかるが、トマトの水煮からトマトソースやトマト煮込みを作るのは非常に楽だ。

「アッシュ、パンが焼けたぜ」

「言われた通り、煮詰めたトマトと燻製《くんせい》豚を炒《いた》めたが、こんなもんで良いか？」

重畳《ちょうじょう》、重畳！

本当はピザにしたかったのだが、現行の調理器具では失敗しそうだったので、ピザ風パンで我慢する。

平鍋で焼いたパンにベーコントマトソースを乗せて、ちょっと奮発したチーズを振りかけて再度加熱すれば、はい出来上がり。

さあ、皆さんで食べましょう。

「いただきます」

私が口にすると、囚人の皆さんも唱和して食べだす。

前はこんなことしていなかったのだが、私がいつもやっているので、自然と皆でするようになったらしい。こんな行儀の良い苦役囚は、今世では他にいないのではなかろうか。

「おぉ、うめえ。火を通したトマトってのは、生とはまた違うな」

「ああ、酸味と甘味が肉と合う。普通に肉と煮込んでも良さそうだ」

「肉もそうだが、パンともよく合ってる。汁を吸ったパンが最高だ」

囚人の皆さんが良い笑顔でがっついている。もはや毒がどうのなんて頭にない勢いだ。

私？　一年ぶりのトマト料理に夢中ですよ。やはりトマトはいい。村で穫《と》れるトマトよりずっと手間をかけたので、一際美味しい。

この調子で毎日トマトを食べても問題なければ、神殿で評価を受けるに十分な報告書ができるだろう。

トマト有毒説という急な飛びこみ案件だったが、解決の目途が立った。また、理想の暮らしに一歩近づく。

トマトの水煮は忘れずに持ち帰らないと。すでにトマトの味を知っているマイカ嬢の機嫌が悪くなってしまう。

これもまた、より良い明日のためである。

◇◇◇

【横顔　マイカの角度】

今日は、というべきか、今日もアッシュ君と別行動だ。近頃はアッシュ君と離れて行動することが多い。残念無念。

それでも、あたしは漏れそうになる溜息をこらえてがんばる。これもアッシュ君のため、アッシュ君のため。うん、パワーが湧いてきたよ。

今日は昼食後の食堂を使ってのお勉強会だ。午前中、神殿で行われた授業の復習をしたい人を集めて行う。

一部の人には帰ってもらったけど、仕方ないね。これはお勉強会という名のアッシュ君布教集会だから、アンチ・アッシュ君派は参加禁止なんだよ。

「じゃあ、復習を始めるよー。気になることがあったら手を挙げてね。相談に乗るよ」

声をかけると、お勉強会の参加者がバラバラながらも元気の良いお返事をくれる。うんうん、皆えらい子よい子だね。

「今日は掛け算だったね。足し算引き算より難しいから、困った人が多いと思う。だから、今日はゆっくりおさらいしよう。えーと、麦袋を例にして考えるね？」

麦袋一つに二十食分の麦が入っていたとして、麦袋が三個あったら、何十食分か。

この問題でどうかな？　あたしが聞いてみると、一人が手を挙げた。

「えーと、ヘルメス君」

「その麦袋は、全部が全部二十食入っているっていう話か？」

「あっ、なるほど。ごめんね！　説明が足りなかったね。そのつもりで考えて」

でも、そこに引っかかるかー。中々鋭いというか、細かいというか。

あたしなんか、アッシュ君に似た問題を出された時、全然気にせず同じものとして考えていたよ。

「そういう意地悪もあるから、気をつけてくださいね」ってアッシュ君が注意してくれたんだけど、それがまた大人っぽくて素敵だったなぁ……。

「じゃあ、二十かける三で、六十食分」

はっ、アッシュ君メモリーを反芻《はんすう》している間にヘルメス君が答えていた。危ない危ない。アッシュ君は気持ちも考えも引っ張る力が強すぎる。こういうのを、チュードクセーって言うらしい。

アッシュ君はチュードクセーが高い。

「えっと、うん、正解です。ヘルメス君、計算早いね」

「ども」

ぺこっと頭を下げて、ヘルメス君は口を閉じてしまう。ちょっと無口な子だよね。でも、勉強会で見ていると、頭は良いみたいだし、やる気も高い。黙々バリバリって感じ。

あたしは良い人材の予感に満足だけど、脇の方で補助役に回っているレイナちゃんは物申したいみたい。

「ヘルメス、計算は問題ないけれど、言葉遣いは問題だわ。軍子会はそういった作法も学ぶ場よ。少しずつで良いから、意識して直さないと」

「うん……」

あ、レイナちゃんがぎろって睨んだ。

「はい……」

「大変よろしい」

言い直したヘルメス君に、レイナちゃんは満足そうだ。

こういう細かいところをきちんと注意するのは、レイナちゃんらしい。あたしは、「それはそれで味があって良いよね」って流しちゃう。

「今のはヘルメス君がとっても早かったけど、他の人はどうかな、わかった？　よくわかんなかった、っていう人は手を挙げて。アーサー君とレイナちゃんが丁寧に教えてくれるよ」

ぱらぱらっと手が挙がる。うん、アーサー君とレイナちゃんって辺りに反応した女子と男子、結構いるね？

わかる！　あたしもアッシュ君が丁寧に教えてくれる、ってなったら絶対に手を挙げるもんね！

何人かは下心だろうけど、そのおかげで「本当にわかんないけど恥ずかしい」っていう子も手を挙げられているみたいだから、これはこれでよし！

「じゃ、ちょっと移動しようか。わかった人はこのまま続けるからね。段々難しくなっていくけど、最初の考え方を組み合わせれば解けるから、落ち着いてがんばっていこう」

二桁の掛け算までいけるかな、なんて思う一方で、不思議だな、とも思う。

ほんの少し前まで、あたしはこんなことできなかった。できると思いもしなかった。こんなこと、があることさえ見えていなかった。

それが今、こうしてできているのは、この先さえ見えているのは、やっぱりアッシュ君のおかげだ。

アッシュ君がこういうこともある、ああいうこともある、この先だってあるって、いつも教えてくれるから。

だから、あたしも皆に教えることができる。

こういうこともある、ああいうこともある、この先だってあるんだよ。

ずっとずっと向こうまで、もっともっと先まで、世界は広がっている。

どうかな。皆にも見えているかな。

あたしがあの日、アッシュ君が照らしてくれた光で見えたように、皆にも見えてる？

もし、見えているのなら、嬉しい。あたしが今掲げている光は、あの日、アッシュ君からもらった光だ。

皆にも、この素敵な光を分けてあげるね。だから、皆も光を掲げて、あっちもこっちも照らしちゃおう。

そうして見えた世界は、きっと楽しいもの、優しいもの、綺麗なもので一杯だから。

あとね、あとね……美味しいものも、一杯なんだよ！

勉強会を続けるうち、周りに良い匂いが漂い出す。ここは食堂だからね、奥の厨房《ちゅうぼう》から美味しい匂いがしてきてもおかしくない。

ただ、勉強会としては問題がある。だってお腹《なか》が空《す》いて集中できなくなっちゃう。

大変だー。こんなんじゃ勉強会が失敗しちゃうよー。……なんてね！

これは勉強会じゃなくて、勉強会という名のアッシュ君布教集会。アッシュ君の素晴らしさを広めるための集まりなんだよ。ぶっちゃけ勉強は人集めの餌だからね、どうでもいい。

そのどうでもいい方に、最近アッシュ君が乗り気になっちゃってるけど……。アッシュ君が思ってたのと違うのはいつものことだもんね。気にしない。

まあ、そんなわけなので、厨房からやって来る甘く香ばしい匂いに、皆の気もそぞろになるのは計画通り！　真面目なグレン君や無口なヘルメス君でさえ気になっちゃってるのも計画通り！　仕掛け人側のアーサー君やレイナちゃんもそわそわしているのも計画通り！

うん、今だね！　あと、あたしもお腹空いて我慢の限界だから、計画発動！

「よし、たくさんがんばったから、今日はここまで！　皆もさっきから良い匂いが気になってるでしょ？」

特に女の子達が力強くお返事をする。

「皆一緒だね！　あたしも気になる！　というわけで、ヤックさーん、お願いしまーす！」

おう、という声と共に、大皿を持ったヤックさんがご登場。う～ん、相変わらずの迫力で、皆が一瞬黙っちゃう。けど、今日は手に持った大皿から甘い匂いをさせているので、大分マシだ。皆がヤックさん（の手元の大皿）から目をそらさない。

「厨房から見ていたが、がんばってるようだな。大変だろうが、これでも食ってしっかりやるんだぞ」

どん、とテーブルに置かれたのは、それはそれは巨大なパンケーキだ。

勉強会の皆で食べられる夢みたいなサイズ。香ばしい狐色《きつねいろ》の焼き目から、優しい甘さをまとった湯気が立ち上っている。

うっはぁ……！　流石はヤックさん、アッシュ君も教えを乞う料理長！　すっごく美味しそうだよぉ！

うっとりしながらも飛び上がって踊りだしたくなっちゃうような、見ただけで幸せになれる仕上がりだね！

「すごいですね、ヤック料理長。良い香り……これ、ケーキですよね」

レイナちゃんが、頬を緩ませて甘い香りを一杯に吸っている。レイナちゃん、かなり甘党だもんね。

「うん、すごく美味しそう。なんていうケーキかな」

アーサー君が、ちょっと頬が上気させながらたずねる。

ヤックさんは、胸を張って、重低音の声で答えた。

「これは、ターニャのパンケーキだ」

うん、これこそノスキュラ村の勝手に新名物、ターニャさんのパンケーキ！

ヤックさんの隣であたしも胸を張る。これ、あたしとアッシュ君がヤックさんにリクエストして材料費も出したやつなんだよ。威張る権利はあるもんね。

どやぁ……！

「ターニャ？　えっと、このケーキを考えた人かしら？」

胸を張るあたし達に、レイナちゃんが首を傾げる。

当然だけど、説明を受けてないんだから誰もわかんないよね。と、思ったんだけど、アーサー君が、あれって顔をする。

「ひょっとして、ノスキュラ村で養蜂を始めた人？　あ、この甘いの、蜂蜜の香りだ」

「あれ？　アーサー君、アッシュ君から聞いたことあるの？」

「あ、うん、ちょっと前に」

アーサー君の顔がまた赤くなる。今度は耳まで赤くして、照れ臭そうだ。

その表情、すっごく心がざわつくんだけど……でも、まあ、すごく自然な表情だ。変に我慢したつらそうな顔を見るよりは良いかな。

きっと、アッシュ君から元気をもらったんだろう。仕方ないね。アッシュ君は夏の太陽より元気だから、そばにいるだけで元気百倍になる。

それより今は、このターニャさんのパンケーキだ。

「ノスキュラ村の教会でね、勉強する時にターニャさんが何度かこれ作って来てくれたんだ」

もちろん、養蜂業を始めた後のことだけどね。

村だと甘味も少なかったから、これがまた楽しみだった。この香りに釣られて、教会にやって来る子も増えたくらい。

「アッシュ君曰《いわ》く、レシピ自体は簡単だから、あちこちに同じケーキがあるだろう、ってお話だけどね。ノスキュラ村ではターニャさんの蜂蜜を使って作ってるんだから、ターニャさんのパンケーキって名前になってるよ」

ヤックさんも頷く。

「確かに、似たレシピは俺も知ってる。細かい配分や焼き加減の違いはあるが……まあ、蜂蜜の生産者の名前と思えば、ターニャのパンケーキってのは普通の呼び方だな」

「というわけで、今日の勉強会のご褒美、ターニャさんのパンケーキだよ！」

食べよう、早く食べよう。

早速スプーンを狐色の生地に差しこむ。

ふわあぁ……！　途端に甘い香りが強くなった！

ターニャさんのパンケーキは、ちょっととろっとしてるのが特徴なんだけど、端っこの方は固く焼き上げられちゃってるね。あ、中央のところはとろっとしてる。うん、大きいからね、火を通そうとしたら、端っこはこうなっちゃうか。

あむ。

んふー！

美味しい！

これ、きっちり焼いた端っこは端っこで美味しいねぇ。甘いねぇ。幸せだねぇ。蕩《とろ》けちゃうねぇ！

「おいっっしいぃ……！」

「あっ、美味しい！」

声を上げたのは、レイナちゃんとアーサー君だ。普段、上品とお淑《しと》やかで通っている二人も、珍しい声の大きさで感想を口にする。

レイナちゃん、相変わらず溜《た》めるね？

アーサー君は、集まった視線に、口を押さえてちょっと恥ずかしそうだ。

「でしょ！　美味しいでしょ？」

「ん、お、美味しいね。蜂蜜の甘さが、とっても優しい……ほっとする」

そうでしょう、そうでしょう！

これ、ターニャさんにとっては、お父さんが元気だった頃、お母さんが作ってくれた思い出の味なんだって。ターニャさんにとっての、家族の味なんだよ。

あたし達に作ってくれた時は、ジキル君が小麦を挽《ひ》いて、バンさんが野鳥の卵を取って来て、ターニャさんが作っていた、新しい家族の味。

優しい味になるのも当然のことだね。家族が繋《つな》いできたレシピなんだもん。

材料は、蜂蜜、小麦粉、卵。以上！　素材と、混ぜ方と、焼き方だけのシンプル勝負！　それでいて美味しい！

「ふふ、ターニャさんから、今の季節に取れた蜂蜜が届いたから、皆にもお裾分けしようって――アッシュ君が！」

そう、アッシュ君がね！

ここ大事だから、もう一回くらい言っておこうか？

美味しいパンケーキを食べさせてくれたのは、アッシュ君！　だからね！

「アッシュ君は叔父上、じゃない……イツキ様に許可をもらった計画の方で忙しくて、勉強会にあんまり顔を出せないから、せめてこれくらいはって蜂蜜を出してくれたんだよ」

あと、その他の卵代と薪代もね。小麦はノスキュラ村からクイドさんが届けてくれたやつだから、実質タダだよ。

ヤックさんも快く協力してくれたから、実はこのパンケーキは結構手軽にできた。

「へえ、そうなの？　今度、お礼を言っておかないと」

「忙しいのにこんな気を遣ってくれたのか……きちんと挨拶しとこう」

「美味《うま》い。美味い。ひたすら美味い」

「そこの馬鹿男子、ゆっくり食べなさい。もうちょっと感謝して食べなさい。一人で食べすぎないように食べなさい」

手軽にできたにもかかわらずに、この受けの良さ！

ふっふっふー！　効果は抜群だね！

アッシュ君がレイナちゃんにやったクレープ作戦を真似《まね》してみたんだけど、本当によく効くなぁ……。

脅すより先に、まずは美味しいものを与えて友達にする方がよい、って言ってたけど、こういうことなんだね。

あたしも覚えたよ、アッシュ君！

◇◇◇

「はふ、おいひい～」

ピザ風パンを頬張った、マイカ嬢の第一声である。膨らんだ頬《ほ》っぺたに、口元のトマトソースが実に可愛らしい。

夕方前の時刻、それぞれの用事が片付いたので、二人でおやつタイムと洒落《しゃれ》こんでいる。寮館の家庭菜園前は、計画関係者以外は誰も近寄らないのでのんびりできる。例外は、私に嫌味を言いに来る人くらいだ。

幸い、今日は例外の存在もなく、思う存分労働後ののんびりを満喫できる。

「アッシュ君のトマト料理は、やっぱり美味しいね！」

「皆でがんばって作ったトマトですから、美味しくしてみせますとも」

私も小ぶりのパンを頬張りながら頷く。

ヤック料理長の夕飯もあるので、抑えておかないと後悔するのだが、マイカ嬢が満面の笑顔で食べているのを見ると、私もついつい食べ過ぎそうになる。

「こんな美味しいもの、皆食べられないなんてもったいないなぁ」

「全くです。食べ物はまだまだ豊富にあっても困らないのですから」

がんばって報告書を作り、来年の夏には、少なくとも軍子会の面々は食べられるようにしたいものだ。

未来の地方有力者が集まる軍子会で普及すれば、いくらかスムーズに地方の村でもトマト料理が広まるだろう。食料の選択肢が増えるのは良いことだ。

二人でおやつを食べ終えると、今日一日の互いの行動について話す、報告会が始まる。

この行事は、私がジョルジュ卿やベルゴさん達と動くことが多くなってから、マイカ嬢が「最近アッシュ君がなにしてるかわかんない！　ずるい！」と、なんだか必死の訴えによって始まった。

「私は、トマトをベルゴさん達に食べてもらうことにした以外は、いつも通り、堆肥のお世話でしたね。特に変わったことはなかったと思います」

「アッシュ君にしては平穏だけど……多分、トマトを持って行ったこと自体が大騒ぎだったと思うから、おかしくはないかな？」

その発言は、私に対する前提がおかしいと思う。

「あたしの方も順調だよ。勉強会に参加している子達も、読み書きは問題ないし、計算も大分できるようになったもん」

マイカ嬢が自慢げに胸を張る。都市に来てから栄養がよくなったためか、それとも成長期に入ったのか、そういう仕草をすると少しずつ大人になっていることがわかってしまう。

成長期の少女は、日に日に綺麗になっていくようで、できることならご両親に毎日写真を贈って差し上げたい。

ユイカ夫人、クライン氏、お二方の愛娘《まなむすめ》は大きくなっていますよ。

「ヤエ神官が、今期の軍子会は歴代最高の水準になるかもしれない、って褒めてくれたよ」

「それは素晴らしいですね。マイカさん達の教え方も、よく評価されていることでしょうね」

「ふふ、アッシュ君直伝のフォルケ先生方式だよ。都市で通用するのも当然だね！」

ちなみに、勉強会とは、マイカ嬢主催の出張版フォルケ先生教会のことである。

もちろん、研究オタクのフォルケ先生が村から出てくるはずもない。フォルケ先生の代わりに私がマイカ嬢に勉強を教えていたように、今度はマイカ嬢が勉強を教えているのだ。

教え方がその時の私方式（私方式＝フォルケ方式ということになっている）なので、フォルケ先生教会の出張版というわけだ。

あの愛すべき研究バカは、教え子が優秀すぎてなにもしていないのに株が上がっている。

この勉強会の参加者は、主に都市外の有力者、都市周辺の村々の有力者が中心だ。この構成は、都市内有力者のモルド君に対抗するために組まれている。勉強会を企画したマイカ嬢がそう言っていた。

別に放っておいてもいいと思う私とは裏腹に、マイカ嬢は宣言通り、「あいつらの相手」を始めたのだ。

もちろん、蹴った張ったなんて野蛮な真似はしていないし、モルド君一行のように悪口の経験値を稼いでもいない。

勉強会では真っ当に勉強し、生まれ故郷がどんなところか話し合い、都市に来て面白かったことを教え合っている。

普通の仲良し教室である。

ゆくゆくは将来役に立ちそうな知識を書物から読み取ってまとめよう、という活動が入るらしい。

これがどこまでモルド君一行への対策になるのかは私にはわからないが、そんなことはもうどうでもいい。私の協力者を増やし、都市周辺の生産力、生活環境が向上する可能性を十分に秘めた素晴らしい勉強会だ。私も手が空いた時は、全面的に協力している。

それに、少なくともモルド君達の悪口の効果が、減衰ないし無効化されたのは間違いない。

真っ直《す》ぐ気質のグレン君が、私が勉強会に参加した時に教えてくれた。

「こうしてよくよく話してみると、アッシュはとてもまともだな。変わっているのは確かだけど」

都市に来てすぐにやり出した私の行動に悪口の影響が相まって、頭がおかしいと思っていたそうだ。勉強会で接してみて、誤解がなくなってよかった。

それでも外せない変人扱いを、真っ直ぐな瞳で言われてしまって、流石の私も苦笑いですよ。

まあ、私の扱いは別にして、「勝手に勘違いしていてすまなかった、ごめんなさい」と謝れるグレン君は、正直者の良い子ですよ。この調子で真っ直ぐ育てば、間違いなくモテる。

「レイナちゃんもアーサー君も、教えるのに慣れてきたみたい。この調子なら、秋頃には計算も一通り教え終わるんじゃないかな」

「素晴らしい！　いよいよ、次の段階が見えてきましたね！」

めくるめく論文作成の世界が！

初めは数人グループで一つのテーマをまとめるところから練習させた方が良いだろうか。いや、すでに私達が作ったものを見せて、それに批評を加えるところから始めるべきか。いやいや、経験のある私やマイカ嬢を主軸にしたグループを組んで実践させるのも有効そうだ。

「アッシュ君、アッシュ君、落ち着いて、ね？　まだ気が早いと思うよ」

「そうですか？　早めに計画を立てておいた方が、準備が整った時に効率が良いと思いますが」

「ううん、アッシュ君がその笑顔で前のめりになっている時は、普通の人にはすごく早すぎるって決まっているから、大丈夫だよ」

にこにこ笑顔で、断固として譲らぬという謎の気迫をマイカ嬢から感じる。雛鳥《ひなどり》を守る母鳥みたいな闘気がほとばしっている気がする。

だが私とて、夢のため、理想の生活のために後退なんてしないと決めた修羅の身だ。相手が幼馴《おさなな》染《じみ》のマイカ嬢といえど、容赦はできませんよ。

「ところで、アッシュ君」

「はい、なんでしょう」

おっと、いきなりマイカ嬢に先制を取られてしまった。

「明日、ジョルジュさんの講義がお休みになったの知ってる？」

「ええ、立場上、ジョルジュ卿の予定は把握していますから。なんでも気になる報告があったので、都市周辺の警備巡回を臨時に行うんだとか」

「そういえば、アッシュ君が知らない方がおかしいもんね。じゃあ、その講義にあたるはずだった時間なんだけど、執政館に一緒に行かない？　お仕事のお手伝いができないか申しこんでみたの」

執政館のお仕事、ですって!?

「そ、それは、どのようなお仕事のお手伝いになるのでしょうか！」

「村の報告書をまとめるのを手伝ってたことが知られているから、都市の予算とか資源とか、数字のチェックだけでもして欲しいって言われたんだけど、一緒にどう？」

「行きます！　ぜひ、ご一緒させてください！」

それを見ることができれば、欲しかった物資が、この都市近辺で手に入るのか入らないのかがわかるかもしれない。

金属各種もそうだが、耐火性の高い石材とか硫酸とか石炭とか、あれば便利そうなのだけど、今まで全く手に入らないものが多い。

その確認が得られそうな機会、なにを放り出しても逃すわけにはいかない。

私の一途《いちず》な思いに、マイカ嬢は聖母のように微笑む。

「うんうん、アッシュ君ならそう言うと思ったよ。じゃ、明日は一緒に執政館にお邪魔しようね？」

「はい、お願いします！　がんばって書類確認をしましょう！」

いやあ、実に楽しみだ。資源関係は外部に知られると不都合な情報だからか、流石に神殿にも保管されていなかったのだ。ひょっとするとあるのかもしれないが、閲覧資格が私にはないのだろう。すっかり仲良しのヤエ神官が出してくれないということは、そういうことだ。

明日一日でどれだけ読めるか。いや、読み切れなかったとしたら、次からどうやってその仕事に噛《か》ませてもらえるかを模索しなくては。

また忙しくなってしまうではありませんか！　楽しいけどつらいです！

脳をフル回転させている私の隣で、マイカ嬢が一仕事を成したかのように拳を握った。

「よしっ、上手くコントロールできたよ、お母さん！」

なにをコントロールしたのだろう。

話の流れ的に、されたのって私しかいないよね？

都市の夏が、何気ない調子で過ぎていく。執政館でのお手伝いを数日こなしても、ジョルジュ卿の講義は休みがちのままだ。

相変わらず忙しいようです、などと勉強会で談笑している私だが、割と深刻な理由を知らされている。備品の出入り口をしているジョルジュ卿の手伝いをしていると、知らざるをえない。

例えば、市壁の上には備え付けの弩砲《どほう》がある。通常、風雨で傷まないように壁塔の内部に格納されているのだが、最近は雨でもない日は半数を日向《ひなた》ぼっこさせている。弦を張った状態で、である。弩砲が撃ち出す、槍《やり》のような矢も装塡済みだったりする。

私はつい先日、それら弩砲の予備部品を手配する仕事をこなした。

いつ使用されて、いつ壊れても良いように。

大型の盗賊団が周辺にいる。近隣都市との緊張が高まっている。そういった情報はない。今回、都市サキュラに迫っている危険は、むしろそういった人間同士の対立を抑止している、第三の敵によるものだ。

人類共通の大敵、魔物。

史上、いくつもの都市を滅ぼし、人類をここまで衰退させた、人類にとって人類以上の天敵である。

とうとうその足音が、今世、私の耳まで聞こえてきたのだ。

村でその存在を聞いた時から、どんな存在なのかいまいちわからなかったが、軍子会の勉強でよく教わりました。人類の武力は、治安維持以外は、ほとんど魔物のためにあるのだということがわかりました。

都市がそんな状態なものだから、私がいつものようにベルゴさん達のところへ行くために市壁の外へ出ようとしたら、門番の衛兵さん達からこっそりと注意される。

「もしなにかあったら、こっち側へ逃げて来い」

言葉と共に、衛兵さん達は門の上の弩砲をちらりと見て示す。

「囚人どものところからだと、今日はここのが一番近いからな」

「ご忠告ありがとうございます。もしもの時は忘れずに」

もしもの時が来ないことを願いつつ、そう答えるしかない。

まあ、すでに一度熊殿と戦った身だ。あれからまだ一年しか経《た》っていないのだから、二度目の死神エンカウントはあるまい。

この短期間で二度もお会いするなんて、多忙な死神様がそんなスケジュールを立てているわけがなかろうというものだ。

いつもの掘立小屋が見えてくると、ベルゴさん達が軽く手を上げて挨拶してくる。今日も一日、皆さんと労働に勤《いそ》しもう。


その感覚は、奇妙なものだった。

近い経験を挙げれば、バンさんと共に潜った森で、狼《おおかみ》に狙われた時に感じたそれに近い。

命を狙う存在を感じると、脳内で臨戦態勢が発令されるらしく、景色がより鮮明に、音響がより幅広く、臭気がより繊細に、認識上に一新される。

世界がより濃く知覚される。

それ自体は、狩りをしていれば何度か味わう。慣れたものだ。ただし、それは通常、外部からの刺激で発動する。

大気に漂う匂いに混じる、襲撃者の緊張した汗の匂い。草木が擦れるざわめきに混じる、背後から忍び寄る足音。藪《やぶ》の暗がりにわずかにちらつく、鋭い眼光。そのいずれか、あるいは複数を察知し、脳が危険と判断する。

今回奇妙に思われたのは、視覚も、聴覚も、嗅覚、触覚、もちろん味覚も、なんら異常を感知しなかったためだ。

表現すれば、脳が直接感じた。情報処理能力しか持たない、他の器官を通さねば入力能力を持たない脳が、なにかを感じることはありえない。

ありえるとしたら、テレパシーや脳幹直結通信の類か。前世らしき記憶では一部専門職で使われていたが、今世ではお目にかかったことがない。

そんなことを考えながら立ち上がり、都市の反対、遠くに森が見える平野を見据える。

そちらから、なにかを感じる。

異常はない。瞬きを一つ。異常はない。瞬きを一つ。異常はない。瞬きを一つ。異常を発見した。

輪郭は、四足獣のそれだ。経験から狼だと判断する。森から出て来たはぐれ狼とすれば、予兆が奇妙であったことを除き、不思議はない。

囚人達が汚物処理に使っているシャベルのうち一本を手に取り、ベルゴさん達に注意を促す。

「皆さん、森から狼が出て来たようです。なにかしら武器になる物を手に取って――」

言葉の途中で、おかしなことに気づいた。狼の影が近づいてくる動きに合わせて、かすかな重低音が響いている。

念のため周囲を見渡すが、太鼓を叩《たた》くような真似をしている者はいない。

とすれば、この重低音は、あの狼の——いや、狼らしきアレの足音ということか。

アレは、重低音が大きくなるに連れて、その輪郭も大きさを増していく。比較対象のない平野を走っているためわかりづらいが、どう見ても狼の体格を超えている。

わかっていた。薄《う》っすらと予感していた。

魔物を警戒する都市近郊で、奇妙な感覚と共に現れた、不審な影。

ひょっとしたら、魔物なんじゃないかと思っていましたとも。

「ベルゴさん、急いで門まで走ってください」

「お、おう、そりゃそうだ」

言われるまでもない、と青ざめた顔でベルゴさんが頷く。

「できれば、何人かは牧場の方へ知らせに走ってください」

魔物は、すでにどんな眼つきでこちらを見ているかわかる距離にいる。ベルゴさんは返事を躊躇った。

それはそうだ。あの凶暴の化身みたいな存在を目にして、ちょっとでも遠回りしたいなんて思わない。

でも、牧場の人達も大事な人材なのだ。彼等の畜産技術の得難さは、農村生活で思い知った。

「時間は私が稼ぎます。初めての相手なので、ちょっと保証はできませんけど、なんとかします」

「はあ!? おまっ、時間を稼ぐって、相手は魔物……！」

目を剝《む》いて叫ばなくてもわかっています。

ともかく、他の手段を思いつく時間もなく、さりとてベルゴさん達や牧場の人達を見捨てるつもりにもならない。

つまり、私は私の思った通りに生きるしかないということだ。

やると思ったら、やるのだ。

「問答無用で従って頂きます。騎士ジョルジュの副官としての権限で命じます。ベルゴさん、ゼブさん、アムさん、モディさんは、牧場へ知らせに走ること。それ以外の方は魔物の襲来を伝えに門まで走ること」

反論は認めない。たかだか十一歳の身では難しいが、出来る限りの威厳を装って発する。

「総員、行動開始しなさい！」

命令は、辛うじて成功したらしい。

息を吞《の》んで、全員が走り出す。遅れたのは、ベルゴさん一人だ。

「しっかり生きて、後で面ぁ見せろよ！」

遅れたのも一瞬、猛然と走り出す気配を背に感じる。方角は、牧場の方だ。

全く、ベルゴさんの勇敢さには感謝の言葉しかない。無事に終わったら、好きなお肉をたっぷり食べさせてあげよう。

そんなことを考えていると、直進して見えた魔物の進路が、わずかにそれた。

まずい。逃げたベルゴさん達に標的を移したようだ。

「そうは、させませんよ」

シャベルで足元にある石をすくいあげる。

日々の労働で培った、我がシャベルの妙技を見よ。

シャベルを振りかぶり、思い切り遠心力をつけて石つぶてを投擲《とうてき》する。ちょっとした投石器だ。

初弾から命中したのは、自画自賛しても良いと思う。

しかし、響いた命中音は、驚愕に値した。

「すっごい金属音がしたんですけど」

意味わかんない。

でも、悲しいことに予想外ではない。

ジョルジュ卿の講義で聞いていましたもんね。魔物の中でも、人狼《じんろう》は金属の体毛を持っていると。

だから、人狼と戦う時は、チェインシャツやスケルメイルを着込んでいるものとして対処しなければならないと。

投石による痛撃はならなかったが、魔物の標的を私に固定させることには成功したようだ。魔物の接近速度がさらに上がる。

私の眼前で立ち止まった狼型の魔物、人狼は、その全身から硬貨が擦れるような音を立てている。

そして、微妙な光沢を放つ鉄色の体毛は、紛れもなく金属の性質を帯びている。

そうかー。本当に金属だったかー。冗談だと思いたかったなー。一言感想よろしいか。

人類に不利なところばっかりファンタジーしやがって！

心中で罵りながら、私は人狼と睨み合う。投石のせいだろうか、その眼光には獰猛《どうもう》以上の凶悪さが宿っている。

人狼は熊殿よりは小柄だが、私よりは大きい。鼻先から尻尾を除く尻までで、二メートル近くはあるだろう。人狼という割には、大きな猪《いのしし》にも似た顔だ。どちらかといえば、獣人という表現が近い。いや、人らしさが少ないから、魔獣か。

そう思っていたら、人狼の体からきしむ音、ねじれる音が聞こえてくる。

何事だと警戒していると、人狼の前脚が伸び、肩幅が広がり、背骨が湾曲していく。

「なるほど、人狼ですね」

この野郎、二足歩行形態に変身しやがりました。長くなった前脚は、すでに腕と呼ぶに相応しく、四足獣より多彩な攻撃方法を獲得したことがうかがえる。後ろ足で起《た》ち上がった姿は、二メートルを超え、暴力的な威容を誇る。

もう一度言うけれど、人類に不利なところばっかりファンタジーしやがって！

理不尽な光景に呆れていると、人狼が威嚇の咆哮《ほうこう》を上げる。絶対に逃がさないと、絶対に仕留めると、骨身に言い聞かせるような大音量。

しかし、その程度で委縮する私ではないので体力の無駄ですよ、人狼殿。

「どうやら相当にお怒りの様子ですね。まあ、石をぶつけたのはこちらですし、お察しします」

だが——怒っているのが自分だけとでもお思いか。

「こちらも察して頂きたいものですね。私が楽しみながら苦しみながら転げ回るように踏みしめている夢への疾走、その進路に横から上がりこむその無作法」

都市に来て、資源が増えた。

資金が増えた。

目標が増えた。

達成したことが増えた。

仲間が増えた。

村の時よりはるかに積み重ねた私の夢への歩み。その一歩ごとに、より重く、より速く、夢を叶《かな》えたいと強欲になる。

当然の心理だ。

時間をかけた、だから叶えたい。

苦労をかけた、だから叶えたい。

物を費やした、だから叶えたい。

人手を借りた、だから叶えたい。

想《おも》いを受けた、だから叶えたい。

注ぎこんだ分だけ増す願望の質量、質量に比例して「絶対に夢を叶えてやる」と加速していく野望。

今の私は、村で夢を語っていた私よりブレーキの利かない、狂暴な夢追い人だ。

そんな、暴想者の前に飛び出したのだ、覚悟なぞ問う暇も与えんぞ。

「宣言します。私の夢を邪魔するあなたを、私の全てで粉砕します」

踏みこんでシャベルを突き上げる。狙いは、振り上げられた人狼の右腕だ。

先に仕掛けてきたのは人狼殿だ。不躾《ぶしつけ》な右腕と防御のシャベルが激突する金属音が、平原を抜けて行く。

相手の初撃をいなして、返す刀でシャベルを叩きつけるが、人狼殿の左腕で受け止められる。

想像を絶する手応えだった。硬いくせに、内側にゴムのように柔軟な筋肉がある。衝撃すら通っていないだろう。

あの金属体毛の上からまともに痛撃を与える手段はない。とすると、狙うのは目や口内といった、柔らかい部分。

だが、どうやってそれを為《な》すか。

じっくり考えている時間はない。人狼殿が、わずかに身をたわめて、コマ落としのような速度で襲いかかってくる。

突きこまれる爪、振り下ろされる爪、切り上げられる爪。人狼殿の攻撃は、鋼でできているに違いない爪で、次々と繰り出される。

まともに当たれば、胴体が千切れるほどの威力だろう。そんな物騒な代物を受けるのに、恐怖している暇はない。

脅えて目をつぶれば攻撃が見えない。だから目を見開く。

緊張に視野が狭まれば素早い動きを捉えられない。だから視野を広く持つ。

手足が震えれば動きが鈍る。だから抜くべき力を抜いて鋭く動く。

迫る一撃に一歩を退けば畳みこまれる。だから、前に踏み出して一撃を受け流す。

冷静に、冷徹に、恐怖を殺して受け続ける。武芸達者と言えない私だが、恐怖に対する耐性だけは抜きん出ている。それを活かして、魔物との命のやり取りを、マイカ嬢との基礎稽古と同じようにさばいていく。

鳴り続ける金属音に、腕が痺《しび》れる。シャベルの刃が、すでにぼろぼろだ。さして良質とは言えない木製の柄も、嫌な手応えを伝える。

息が苦しい。頭の奥が重い。気が遠のきそうになる。

もう何分撃ち合っているのかわからない。

いや、あと何合撃ち合えるかわからない。

「ぐっ！」

私の限界を悟ったのか、人狼殿が強撃を送りこんできた。元々限界が近かったシャベルが、一撃を受け損ねてへし折れる。

だが、人狼殿の判断は、少々早かった。シャベルの粉砕を代償に、その一撃を受けきるだけの余力が私にはある。

人狼殿の強撃の勢いを借りて、後退して距離を稼ぐ。

苦しい呼吸を整える前に、腰元に常備している陶器の小瓶を取り出す。

私の武芸の腕は、本当に大したものではない。以前、アーサー氏から疑問視されたことがある。

「この腕前で、どうやって熊を倒したのか」と。

答えは簡単で、武芸の腕以外で熊を倒したのだ。

それは、例えば恐怖への対し方であったり、毒物の知識であったりする。

この小瓶は、その後者だ。熊殿の一件以来、さらに研鑽《けんさん》を重ねた私の毒物取扱護身術を受けるがよい。

手で握るのに丁度よい大きさの小瓶を、人狼殿の顔面めがけて投擲する。人狼殿は、体勢がやや崩れていたこともあるが、避けようとはしなかった。

最初の投石でもダメージがなかったのだ、あれよりははるかに勢いに欠ける小瓶を、回避が必要な脅威とはみなさなかったのだろう。

それが、命取りだ。

陶器の小瓶が割れ、その中身である赤い粘液が、人狼殿の顔一面にへばりつく。

そして、一秒後。屈強なる人狼殿は、顔面を押さえて転げ回った。

ふっふっふ、激辛料理はお嫌いかな？

小瓶の中身は、アルコールに唐辛子を漬けて、その辛味成分であるカプサイシンを抽出・濃縮したものである。

害虫や害獣から作物を守るための農薬として製法が書いてあったものだ。アルコールの蒸留にコストがかかり、農薬として普及させるまでは至らなかったが、熊殿に殺されかけた後、護身用催涙武器にと採用したものだ。

非殺傷性であることから持ち運びにも都合が良く、マイカ嬢やアーサー氏など割と重要人物と関係を持つ身として、普段から身に帯びている。

私は荒く息を吐きながら、次の武装としてピッチフォークに飛びつく。

人狼殿は私の動きなど気にする余裕もなくのたうち回っている。激辛成分が目や鼻に直接入ったのだろう。どれほどの激痛か、想像したくない。

見ているだけで不憫《ふびん》だから、私がトドメを刺して差し上げよう。

慎重に頭部側に回り込んで、狙いをつける。転げ回っているし、痛む顔を手でかきむしっているから、目や口の中を狙うのが難しいが……自らの鋭い爪でかきむしったせいで、顔の皮膚がひどいことになっている。これならピッチフォークの先端も刺さるだろう。

よいしょー。

ん、流石に頭蓋骨に当たって滑る。まあ、何回も刺すしかあるまい。

よいしょー。あ、よいしょー。

………。

いかん。思った以上に頑丈だ。一向に殺せない。

あと、人狼殿の顔が元に戻っているように見える。血で真っ赤なので気づくのが遅れたが、もう新しい出血が見られない。ピッチフォークからの手応えも、表皮で止まっている感覚だ。

「冗談でしょう……！」

魔物は治癒が早いとはジョルジュ卿から教わったが、こんな見ている目の前で、一分もしないうちにこれだけ治るなんて、常識というものをわきまえて頂きたい。

あれか、魔物だからか。魔物だからこんな超自然現象も許されると思っているのか今世。

人類に不利なところばっかりファンタジーしやがって！

とにかくまずい。もう護身用催涙瓶はない。この機会を活かさないと、今度は私が絶体絶命だ。

なんとか眼球を狙って一突きに——その、狙いたい眼球が、私を正確に捕捉した。

「っ！」

私が振り下ろすピッチフォークと、人狼が右腕を突きあげたのは同時だった。

左の鎖骨を、がりがりと削られる音がする。痛みはその後だ。私は歯を食い縛って、ピッチフォークにさらに体重をかける。人狼殿の爪が余計左肩に食いこむが、構わない。こちらは、人狼殿の右目を貫いているのだ。

二種類の唸《うな》り声、あるいは苦鳴が響く。両者共に必死だ。互いに互いの命を摘み取る瀬戸際で全力を絞っている。

私があと少しだけ年を取っていれば、身長が増え、比例して体重も増えて楽に力をこめられただろうにと思っていると、手応えが変わった。

堅い部分を貫通し、柔らかいなにかを抉《えぐ》った感触。狩猟経験からわかる。脳を抉ったのだ。

人狼殿の巨体が、不自然に跳ねる。私に延ばされた右腕が、攻撃とは無関係の痙攣《けいれん》をして……地面に落ちた。

「よし……！」

念のため、もう少しピッチフォークでえぐりをかけてから、手を離す。

自然と、後ろに二歩、三歩とふらついてしまう。

全身に、一気に疲労が襲いかかってくる。

人狼殿の剛腕をいなしていたせいで、手はもちろん、足腰の筋肉が伸びきったゴムのように感じる。思った以上に限界突破していたようだ。

「左肩もすごい痛いし……化膿《かのう》とかしないといいですけど」

あと、マイカ嬢のお説教も回避したい。

今回の戦闘も、私が望んだわけではないのだ。心配してくれているのはわかるが、なんとかご理解頂きたい。

無理だろうか。

経験上は無理だ。

せめて、村にいる母上には黙っていてもらおう。知られなければ説教は絶対にないのだし。

左肩の傷口を見て、止血方法を考えていると、物音がした。

ピッチフォークが、地面に落ちた音だ。

疲れた頭で振り返ると、人狼殿に見下ろされていた。

「お、お早いお目覚めですね？」

なに、転生でもしたの？

いや、生まれ変わってないから蘇生《そせい》か。

私を見下ろしている目が、ピッチフォークで潰したはずの右目が、目の前で再生されていく。

どんだけデタラメだ。

不覚にも茫然《ぼうぜん》としてしまった私に、人狼殿は真っ直ぐ、その牙を落としてきた。

左肩に、さらに新たな痛みが食いこみ――食い千切られることは、なんとか防ぐ。

「さ、させませんよ……！　これでも、りょ、猟師見習い！　バンさんの、一番弟子、ですからね……！」

頭は真っ白だったが、バンさんの教えが体を勝手に動かしてくれた。私の右手は、腰から短刀を勝手に引き抜き、噛みついてくる狼の口に突っ込んだのだ。

この短刀は、猟について行く時にバンさんがくれたものだ。獲物にトドメを刺す時に使う、猟師にとっては神聖な仕事道具であり、槍も矢も尽きた時に最後に使う護身具でもある。

人狼殿と目が合う。

向こうは、このまま私の左肩から胸までばっくりと噛み千切りたいことだろう。だが、大きく開いた口内で、短刀が頭蓋に向かって突き刺さっている。このまま顎を閉じようとすれば、脳まで達する角度だ。

「さあ、どうします！　このまま、相打ちにしてみますか！　このくらいで私が死ぬと思っているならやればいいでしょう！」

思っているならその通りだ。普通に死にます。

けど、そんなこともちろんしないですよね？　さあ、口を開けて、早く。

先程、脳を抉ったのに復活されたばかりなので、人狼殿が構うものかと噛みちぎりに来ないか、ものすごく怖いです。

もっと短刀で口内を抉ってやれば、痛みに耐えかねて口を開いてくれそうなのだが、人狼殿の牙が右手にも食いこんでいるので上手く動かせない。というかものすごく痛くて、動かせない。

さあ、どうしよう。

この体勢からでは、私にできることはない。人狼殿がどう動くか、それを待つしかない。

互いに必死の呼気を漏らしながら、すぐ近くの顔を睨み合う。

早く離しなさい。右手の感覚もなくなってきた。

あ……。ひょっとして、このまま私の体力が尽きるのを待つつもりだったりする？

やばい。それをされると確実に私が負ける。

流石に私の血の気も引いた。が、人狼殿はあっさりと口を開いて、私を解放した。

「お、っと？」

ひたすら待つのが必勝法だと思ったが、どうして離れた。

とりあえず、短刀を構えて向き合うが、人狼殿は私を見ていない。奴《やつ》が見ているのは、私の背後だ。

なんだろう。どう動いたものか迷っていると、私の背後から、それは来た。

力強い馬蹄《ばてい》音と、一本の槍。

私をかすめるように通り過ぎた戦意が、人狼殿を襲う。

こういう時は、騎兵隊の登場だ、と笑うべきでしょうな。登場したのは、ジョルジュ卿一人ですけども。

槍の一撃で、人狼殿を地面に転がしたジョルジュ卿が、馬を回して私に向かってくる。

「アッシュ！　摑《つか》まれ！」

「了解です！」

ジョルジュ卿は一撃離脱の構えだ。

それはそうだ。ジョルジュ卿がここに来たということは、ベルゴさん達が魔物襲来を伝えて、門の防衛準備も整ったはずだ。

あとは、頼もしい弩砲の射撃地点まで、人狼殿を引っ張って行けばいい。あれはそのためのものだ。

疲れ切った体に鞭《むち》を打って、駆け抜け様にジョルジュ卿の馬に飛び乗る。いかん、左腕も右腕も力が入らない。落ちそう。

「アッシュ！　よくがんばった！」

それを、ジョルジュ卿の力強い腕が支えてくれる。

やだ、かっこいい。ヤエ神官、あなたの恋愛対象は本当にイケメンです。

もう、後は任せていいだろうか。いいですよね。もう本当に無理。体力の限界。

とりあえず、ジョルジュ卿にしがみつきながら、私は意識が明滅するのを感じる。

都市の門が見えてきた。後ろからは重低音が追いかけて来る。

市壁の弩砲から槍のような矢がいくつも飛来し、重低音が、止まった。

閉じたはずの瞼《まぶた》の裏で、チカチカとなにかが点滅する。なんだか、前世らしき記憶が、いくつか鮮明に蘇《よみがえ》る。

初めて味わうけど、ひょっとしてこれは走馬灯だったりします？

熊殿の時より軽傷だと思っていたけど、そうでもないのかもしれない。気配はないが、死神様が近くにいらっしゃるようだ。

よーし、死神様よ。これで恐らく三度目の対決だ。一度目が前世で、二度目が熊殿、一勝一敗の五分だ。いい加減、お前様とやり合うのも慣れたものですよ。

勝ち越してくれる。

◇◇◇

【横顔　アーサーの角度】

人狼が、市壁の外に現れたらしい。そう聞いた時、僕はそこまで驚かなかった。

もちろん、平気だったわけではない。王都では、魔物なんてもう百年近くも出ていない。そんな存在がすぐそこに現れたと聞いて、息を呑むくらい驚いた。

でも、それくらいの驚き、その後の知らせに比べればなかったも同然だ。

念のために派遣された騎士の指示に従って、勉強会は中止。衛兵が配置された寮に戻って、落ち着かない、興奮気味の皆とロビーで集まっているところに、本当の驚きは転がりこんできた。

「おい、あれジョルジュ先生じゃないか」

「そうだな、あの騎乗の姿勢は——っ」

「うっわ」

勉強会のメンバー、グレンとその同室の子の会話が、不穏な音色を立てて止まる。

視線が、自然と二人が見ている方向へと動く。意識したわけじゃない。不吉な予感を抱いているのに、体の動きを止められなかっただけだ。

寮館の外、領主館の方へと走り抜けていく騎馬が一頭。確かに、ジョルジュ卿だ。歯を食い縛った表情で、首から下を真っ赤に染めた姿だが、間違いない。

その姿に、驚いた。でも、もっともっと驚いたのは、心臓が止まったと思うほど驚いたのは、僕の隣、マイカの呟きだ。

「アッシュ、くん……？」

そんなはずない。

そう思った。そう思いたかった。

だって、アッシュは子供、軍子会の一員だ。ジョルジュ卿の副官としてほとんど正式に近い扱いで働いてしまっているけれど、それでも正式に任官をしていないんだ。

魔物が現れたからって、その矢面に立つようなことあるはずがない。

でも、そう、おかしなことに、アッシュは寮館に帰って来ていない。

ジョルジュ卿の血塗《ちまみ》れの体には、小さな体らしきものが抱きかかえられているのも、事実だ。

なにより、信じたくはないけれど、マイカがアッシュを見間違えることなんて、僕には想像できなかった。

「っ、アーサー君、ついて来て！」

「えっ、きゃ!?」

頭の中が真っ白になっている僕を、マイカが引っ張る。ものすごい力だ。体格はそう違わないはずなのに、まるで大人に引っ張られているように感じる。

そのまま、僕は寮室まで引っ張りこまれる。でも、こんなところでなにを。こんなことしてる場合じゃないよ。

「マ、マイカ、お、落ち着いて」

「大丈夫。アーサー君こそ落ち着いて」

震える僕の声とは裏腹に、マイカの声は突き刺す鋼みたいだった。

「アッシュ君の荷物には、薬が何個か入ってる。傷口を縛る白布も。これ持って、アッシュ君の後を追うよ」

「え？　え？」

アッシュのタンスを勝手に開けて、マイカは取り出した荷物を僕に押しつける。

「追うって言っても」

「二人ともすごい血がついてた。多分、アッシュ君の血だと思う。その場で治療できる傷じゃなかったってこと。こっちに走って来たってことは、領主館の典医に見せるつもりだよ」

自分も荷物を背負って、マイカは立ち上がる。

「あたしも、治療を手伝える」

一回やっているんだから――とマイカは嚙みちぎるように口にした。

そういえば、前に聞いた。熊殺し、とアッシュが呼ばれるようになった事件のこと。

その時も、大怪我《おおけが》をしたアッシュの治療に、マイカが四苦八苦したという。

「行くよ！　アーサー君も荷物運ぶのだけでも手伝って！」

「う、うん！」

走り出したマイカは、速い。僕も全力で走っているのに、ぐんぐん引き離される。

「――ばか」

前の背中から、なにか聞こえた。

こぼれ落ちるなにかも、見えた。

きっとそうなんだろうな、と理解が胸に落ちる。

きっと、そういうことを言ったんだろう。

きっと、そういう顔をしているんだろう。

きっと、そういう気持ちで、いるんだろう。

ああ、わかる。わかってしまう。痛いくらい、マイカの気持ちがわかる。

マイカは、アッシュのことが、好きなんだもんね。

わたしには、痛いほどマイカの気持ちがわかった。


寮館を抜け出る時、領主館に入る時、衛兵や侍女に止められそうになったが、誰にも止められなかった。

僕を、止められなかったんじゃない。

マイカを、止められなかったのだ。


「どきなさい」

客室――中の喧騒《けんそう》から察するに、アッシュが運びこまれている部屋――に立ちふさがった侍女に、マイカは普段の彼女からは信じられないほど貴族的な――支配者の音色を鳴らした。

「しかし、マイカ様」

「治療の手伝いに来たのです。言葉はこれで最後とします」

どきなさい――マイカの言葉に、侍女は青ざめた。ああ、うん、信じられない。僕でもわかる。

マイカが今放っている意思こそ、殺気と呼ばれるものなんだ。

マイカは、言葉はこれで最後と言った。では、次はなにが出て来るか？　マイカの小さな手は、すでに握りしめられている。

しかし、侍女が気圧《けお》されたのも一瞬だ。彼女は、目の前の人物が誰の血を引いているのか、改めて思い出したような顔で、しっかりと見返す。

「マイカ様、治療ならば当家の医師が責任を持って行います。そのお手伝いであれば、わたくしども侍女が責任を持って行います。ですので、どうか」

治療の準備は十分だと口にする侍女に、マイカは今少しだけ言葉を使うことをよしとしたようだ。ただし、その言葉はマイカの強さを見せつけるものが選ばれる。

「クイドさんが納品しているアロエ軟膏《なんこう》を、持って来ました。定期的に洗っている白布も持てるだけ。鎮痛と解熱のお薬もあります」

「それは……」

「あなたに、これを持ったあたしを止めるだけの知識がありますか？」

困惑した侍女を助けたのは、部屋の中にいたジョルジュ卿だった。

「話は聞こえていた。マイカ様なら問題ないだろう。医師も、それらが必要だそうだ」

侍女をそっとどかしてから、ジョルジュ卿はマイカに向き直る。

「怪我はひどいぞ？」

「平気です。アッシュ君は、あたしの好きな人です」

マイカの答えは迷いなく、簡潔で、揺るぎなかった。

それだけでもう、全てが満たされると。それだけでもう、なんでもできると。

マイカは自分を、そう表現したのだ。

ジョルジュ卿は、その表現の中に、なにかまぶしいものを見つけたようで、うやうやしく道を開ける。

「あなたと彼の間に立つなど、野暮な真似をした。どうぞ中へ」

マイカは、軽く頷いて室内へと踏み入る。僕も、後に続く。

ひどい匂い。生と死が喰《く》らい合う、むせ返るような香りが充満している。

その匂いの発生源が、ベッドに横たわっていた。

声も、出ない。客室のシーツが真っ赤で、アッシュの体が真っ赤。あのアッシュが、あのアッシュがだよ。笑いもしないで、汗を浮かべて、今にも消え失《う》せそうな吐息を漏らしているなんて。

なんて、なんて嘘《うそ》みたいな光景。なのにどうして、こんなにも生々しい光景なんだろう。

「血は、もう大分止まっているみたいですね」

マイカが袖をまくって、用意されていたお湯で腕を洗いながらそんなことを言う。

こんなに真っ赤なのに、血は止まっている？

僕には信じられなかったけれど、医師は縫い針を持ちながら頷く。

「ああ、これならなんとかなるかもしれない」

「爪に牙の痕……傷口は綺麗にしました？」

「終わったところだ。これから縫合する」

「わかりました。では、動かないように止血しながら押さえこみます」

「頼んだ」

マイカが、僕に視線を移す。

「布を頂戴」

「あ、う、うん」

背負っていた荷物から取り出した布を差し出すと、マイカはそれを掴んでアッシュの左肩の傷口に押しつける。

「っ～～!?」

途端に、アッシュから呻《うめ》き声が上がる。

「ごめん！　がんばって、アッシュ君！」

「上手いぞ、そのまま押さえていてくれ。おい、右手や両足も誰か頼む」

医師に言われて、両足を侍女二人が押さえにかかる。他の侍女は、少し怪しい。この前段階の治療に関わっていたのか、すでに表情に疲労が浮かんでいる。ジョルジュ卿が残った右腕の方に向かおうとして、僕の体が動いた。

「あ、あの、わた――ん、その……や、やります」

声が震える。足も震える。手も震える。

でも、体が動いた。

「アーサー様、しかし」

「ジョルジュ卿の、体は、汚れているよ。それは、傷口によくないから」

堆肥の研究をした時、アッシュと勉強した。わたしの体も完全なわけではないけれど、それでも、外で馬に乗っていたジョルジュ卿よりはずっと良い状態のはずだ。

だから。

「やる、から」

口にしたら、また体の震えが大きくなる。ああ、寒い。寒い。寒い。

おかしいな。なんでこんなに震えるのか。最近は、もうこんなに寒いなんて思うことはなくなっていたのに。

どうしてかな。どうしてだっけ。

ああ、そうだ。

アッシュがいてくれたからだ。アッシュはいつも、温かくしてくれるから。

だから——全身を震えに襲われながら、力を振り絞って自分の気持ちを言葉にする。

「やらせて」

「——ねえ」

わたしのお願いに、マイカの声が返る。

「こっち、押さえて、早く」

「う、うん……っ」

ジョルジュ卿は困った顔をしていたけれど、自分の体を見て、思うところがあったようで黙って頷いてくれた。

凍えて震える体を引きずって、アッシュの右腕を握る。

冷たい。こんなに冷たいアッシュは初めてだ。

「それじゃダメ。右肩に手を乗せて、体重全部かけるの。強く、もっと強く押さえて」

「んっ、わか、た」

マイカに叱られて、アッシュの右肩を押さえこむ。

冷たい。ここも冷たい。アッシュじゃないみたいだ。恐《こわ》い。

「し、しっかり……」

針糸が傷口を縫う度に、アッシュの体が跳ねる。

当たり前だよね。痛いよね。でも、そうやって暴れたら、治療ができない。

だから、震える体で押さえこむ。

ひどく不気味な手応えが、押さえつけている腕から伝わって来る。全身の肌が、さっきからずっと粟立《あわだ》ったまま治まらない。

それでも、震える体で押さえ続ける。

「が、がんばって、アッシュ……」

生きていて欲しいんだ。一杯、温かくしてくれた友達だからね。本当に、本当に嬉しかった。大切になっちゃった。

いっそ、この命を全部アッシュにあげられたらいいのに——って、そう思えるくらい。

ごめんね、そんなことできないから……痛がるアッシュを、押さえることしかできない。

「ごめんね、ごめんね……！」

いくらでも謝るから、また調べ物を手伝うから。お願いだから、死なないで……。

その日、アッシュは目が覚めないままだった。

一人で帰って来た寮室は、驚くほど寒々しい空気に占領されている。

二段ベッドの下段に視線をやっても、紙束が積まれた机に視線をやっても、こんな時に温かい笑顔と会話をくれるあの人がいない。

なんて寂しい部屋なんだろう。そう思った。

こんな時こそ、アッシュと話したい。そうも思った。

そのアッシュがいないから、こんなにも心細いというのに。

医師は、後は本人の強さ次第だ、と言っていた。それなら、大丈夫。普段のアッシュを見ればわかることだ。あんなに元気で、あんなに優しくて、いつも引っ張ってくれて、楽しくて、だからマイカも惹《ひ》かれて、わたしだって――。

「ああ、なにを考えているの……」

首を振って、自分が疲れていることを自覚する。ここまで我慢していたことを、抑えつけるだけの力が、今の自分にはないようだった。

「もう寝よう……」

ふらふらとベッドに向かうが、いざ二段ベッドまで辿《たど》り着くと、上段まで梯子《はしご》を使う気力も湧いてこない。

そうすると目につくのは、下段のベッド、アッシュのベッドだ。そこには、アッシュの温《ぬく》もりが残っているような気がした。

　つい、そこに手を伸ばしそうになる。

「ああ、もう……本当、なに考えてるの……」

　今は男の子のふりをしているけれど、中身は教育を受けた女の子だもの。特にアッシュ相手に、こんな見ていないところでまで男の子になりきるなんて嫌だ。

「そこ、使わないの？」

「きゃぅ!?」

　突然、室内に別な声が湧いた。

　振り返ったら、ドアを音もなく閉めていたのはマイカだ。

「使っちゃえばいいのに」

　マイカは、疲れの滲《にじ》んだ顔で弱々しい笑みで、そんなことを口にする。まるで彼女らしくない、太陽の陰ったような冷たい空気を感じる。

「そ、そんなこと……できないよ」

「どうして？　だって、今はアッシュ君がいないでしょ？」

「そうだけど……そ、そうだから、できないでしょ？　それに、はしたない……」

　いや、アーサーとしてなら、はしたないわけじゃないかも。なんて頭をよぎった考えに、慌てて首を振る。男でも女でも、本人の許可がないんだから、いけないことだ。

　アッシュのベッドという誘惑に、考えがおかしくなってる。しっかり我慢しないと。

「そう？　じゃあ、あたしが使うね」

マイカは、その剣術のように素早い宣言をして、僕が驚くよりも早くベッドに飛びこむ。

アッシュのベッドに。

ちょっ――!?

マイカのとんでもない所業に、耳まで熱くなる。

「な、なに、なにしてっ」

なんてはしたないことを。ああ、でもうらやましい。そこは、すごく温かそうで――

「アッシュくんの、ばか」

なのに――うつ伏せの姿勢で枕に顔を埋《うず》めたマイカの声は、全然温かそうじゃなかった。

小さな肩が震えている。

その姿に、なにも言えなくなる。あんなに気丈に振る舞っていたけれど、こんなに不安を抱えていたんだ。

きっと、不安に耐えるのも限界だったんだろう。我慢して、我慢して、もう我慢しきれなくて、ここに来てしまったんだ。

アッシュの枕を抱いて、涙を流すマイカを見て、わたしも、と思った。

わたしも、そうしたいな、と。

わたしも、素直に泣いてしまいたい。

でも、我慢しないとね。今そんなことしたら、もう嘘で誤魔化せなくなってしまう。

あくまで、アッシュと僕は友達だからね。それ以上の気持ちのマイカに寄り添うのはおかしい。

「アーサーくん」

少し、自分のことで頭が一杯になっていた。マイカに呼ばれて気がつくと、彼女は枕に顔を埋めたまま、片手をこちらに差し出している。

「マイカ？　どうしたの？」

とりあえず、マイカが伸ばした手を握ればいいのかな？　そう思って近づけた自分の手が、鷲掴《わしづか》みにされた。

「え？」

一瞬だった。伸ばした右手を掴まれたと思ったら、次に胸倉を捕まれ、体の軸がずらされたと思ったら、ベッドの上に引きずりこまれていた。

「え？　え？」

気がついたら、アッシュのベッドの上で、マイカを見上げていた。

わけがわからないまま、涙で濡《ぬ》れたマイカの瞳と見つめ合う。

マイカの涙が落ちて、頬を伝っていく感触が――温かい。

「マ、マイカ？」

「あたしね」

こちらの困惑を、マイカは鋭い声で斬り捨てて――

「嘘吐いて、我慢している顔が、大っ嫌いなの」

――返す刀で、真っ直ぐにわたしの心臓を貫いた。

マイカの言葉を否定しようと、嘘を吐こうとした口が空回る。壊された心臓から噴き出した冷えた血が、お腹の中をすぐに一杯にして、喉をせり上がってきたせいだ。

凍《い》てつくような自分の血に、溺れる。声が、出ない。寒さを思い出したように、体が震える。

「泣きたいくせに、苦しいくせに、助けて欲しいくせに……でも、どうせそうならないからって、あきらめてる顔が大嫌い」

溺れるわたしに、マイカの涙が降ってくる。

「だいっきらいだから、あたし……がまんなんか、しないからね……こういう、ときは、ないて、いいんだ、から……っ」

ああ、なんだ。わたしへ怒ったんじゃなくて、自分が泣いていることへの言い訳か。

そう、出血が治まることを感じて、慰めるための表情を装おうとして。

「またっ、そんな顔して……！」

マイカに叱られた。

「アッシュくんに、笑わせてもらったでしょ！　あんなに、あんなに……！　なのに、また泣きそうな顔で、そんな風に笑って！」

泣きじゃくるマイカに、抱きしめられる。

ひょっとして、ひょっとしてだけれど、マイカは、慰めに来てくれたんだろうか。

自分も、こんなに泣いてしまうほどつらいのに。それは、なんて、まぶしい行い。

マイカと触れあう頬に、温かいものが伝っていく。

ああ、マイカってば、こんなに泣いちゃって。

こんなとこ、アッシュどころか、誰にも見せられないね。うん、こんなに涙を流したら、目なんか真っ赤になっちゃって、きっとひどいことになる。

本当に、すごい涙だ。まるで、二人の人間が泣いているみたい。

でも、温かい。アッシュと話している時と、同じくらい温かい。

◇◇◇

窓からは、夏の風が吹きこんでくる。

もう初夏とは言えない季節だが、風薫ると表現するに相応しい、爽やかな心地だ。

私は達成感に包まれながら、ぼんやりと風の流れを楽しんでいる。良い夢を見たのだ。

因縁のライバルである死神相手に、ジャーマン・スープレックスからのピンフォール勝利を決める夢だ。

素晴らしい試合だった。

一勝一敗で迎えた因縁対決は、倒し倒されのドラマチックな展開が目白押しで、観客も盛り上がってくれた。

私がやられそうになった時に響いた、マイカ嬢とアーサー氏の悲鳴は、我が夢ながら真に迫って

いた。これだけの戦いを私が制したのだから、夢から覚めても余韻に浸りたくもなる。

……ところで、ここはどこでしょうか。

寮館の自室とは異なる個室で、見慣れぬ上等な家具達が、じっと私を見ている。窓の外の庭は、見たことがあるようなないような、微妙な既視感がある。

ベッドから起こした上半身は、包帯でぐるぐる巻きにされている。ミイラの二、三歩手前と言ったところだろうか。

人狼殿の爪や牙が、左肩と右手首をこれでもかと痛めつけてくれたので、致し方ないだろう。うむ、熊殿の時より、記憶ははっきりしている。

少なくとも、自分が手傷を負って失神したことがわかっている。とすると、ここは治療のために用意された個室に違いない。

後は、何日くらい寝込んでいたかだ。マイカ嬢を筆頭に、それなりの人に心配をかけただろうから、意識が戻ったことを早く伝えよう。

近くに誰かいないだろうか。

「すみませ～ん、どなたかいらっしゃいませんか～」

これだけでもちょっと傷に響く。特に左肩が痛い。

あと、お腹。お腹空いてる。すごい空腹感。

というか、もはや飢餓感。飢餓感すごい。

これ、胃の中、空っぽじゃない？

「あの～、すみませ～ん」

ご飯。今の私に必要なのはご飯だ。できれば肉。お肉食べたい。

失った血や肉を補充するためにタンパク質を体が欲している。

「もしもし～」

しかし、反応がない。なんてこったい。

絶望が全身を包む。このわずかの声出しだけで、すでに全精力を使い果たしている。私はもう駄目だ。

これが、私の最後の言葉です。どなたか、受け取ってください。

「おにく～くださ～い～……」

ドアが開いた。

看護道具を持ったマイカ嬢とアーサー氏が、ドアの向こうから覗《のぞ》く。

届いた。私の最後の言葉が、届いた。奇跡と言っていい。

訳もなく、神に感謝の念が湧いてくる。目に熱いものがこみ上げる。

「おにく……たべたい、です……」

これでやっと、ご飯が食べられる。

優しい二人のことだから、すぐに準備してくれると確信している。

優しい優しい二人の表情は、予想や希望を打ち砕かれたかのような、悔しげなものだった。

言語表現するとしたら、「思ってた展開と違う」だったと思う。

マイカ嬢とアーサー氏の表情は微妙なものだったが、速やかに食事は用意された。

とろとろに柔らかく煮込まれた豚肉を、口一杯に頬張って、生きている喜びを味わう。

「はふぅ、美味しい」

これを作ったのは、ヤック料理長に違いない。

じっくり時間をかけなければ出ない、あの味がする。しかし、ヤック料理長の腕前を差し引いても、随分と上等なお肉ではなかろうか。

「こんなお料理を頂いて、よろしいのでしょうか？」

そんな疑問を口に出しつつも、食べる手は止められない。

美味しい。本当に美味しい。そして私はまだまだお腹が減っている。

「アッシュのためにヤック料理長が作ったものだから、食べるのは問題ないよ。というより、牧場の人が、アッシュへのお礼として持って来たお肉だから、アッシュが食べないと」

頬を膨らませてもぎゅもぎゅしている私に、アーサー氏が唇を尖らせて答える。私の食事を持ってきてくれた優しい二人は、怒っている態度を隠してくれない。

食べ終えたら、説教を頂戴しなければならないのだろうか。ならないのだろう。

気が重いので、少しでもお説教を遠ざけようと試みる。

「お礼ですか？」

「君は魔物を討伐した立役者だよ。特に、市壁の外にいた牧場の人にとっては、感謝を示されて当然の恩人だ」

「仕事上の役目を果たしただけで、こんな美味しいお礼を頂戴してしまって、申し訳ないくらいですね」

なんだかんだで、ジョルジュ卿の副官見習いがほぼ固定されている私だ。あの場で人狼殿を引き付ける役割は、通常業務でもある。

そこに私情もたっぷり乗せてしまったが、業務内容を逸脱しなかったので、問題はあるまい。

そう思っていると、アーサー氏の口元が、思わず、という風に緩んだ。

「アッシュは、本当にもう……」

「ダメだよ、アーサー君。そこで甘い顔しちゃダメッ」

そんなアーサー氏を、マイカ嬢がすかさずたしなめる。

「そ、そうだね。きちんと怒らないとダメだよね」

「そうだよ。放っておいたらアッシュ君は無茶ばっかりするんだから」

そこは甘い顔してくれた方が嬉しいです。

大体、熊殿の時もそうだったけれど、こちらにだって正当な言い分がある。

「なにやらひどい言われようです。私もやりたくて無茶をしたわけではないので、放っておいても自分からは問題を起こしませんよ？」

私の正当な主張に対し、二人からものすごい眼光が飛んできた。

「ほらね、これがアッシュ君なの。全然反省してないでしょ。あれだけの大怪我して、これだけあたし達のこと心配させておいて、全っ然！」

「うん、よくわかった。僕も一切甘い顔をしてはいけないと、よぅくわかった。アッシュ、君は心を入れ替えるべきだよ」

心を入れ替えるとは、無茶をおっしゃる。

体の入れ替えは体験しましたけどね。転生的な意味で。

「本当に、好きで怪我をしたわけではないのですが……」

「好きで怪我をしてるなら、もっと怒ってるよ。はい、あ〜ん」

溜息を吐くと、マイカ嬢がフォークに刺したお肉を差し出してくれるので、ありがたく頬張る。

「美味しい？」

「実に美味しいです」

マイカ嬢の問いかけに笑顔で頷くと、彼女も頬を緩める。

「ちょっと、マイカ。甘い顔しちゃダメだって……」

「し、してないよ！　全然してない！」

「いや、口も目も緩んでるから……。もう、しょうがないな。僕が代わるよ」

アーサー氏の提案にマイカ嬢は不満そうだったが、表情の危うさに自覚があったのか、渋々とフォークと皿を手渡す。

そして、食べさせる係がアーサー氏になった。

「はい、アッシュ、あ〜ん」

「あむ」

「美味しい？」

「実に美味しいです」

アーサー氏の問いかけに笑顔で頷くと、こちらも頬を緩める。

「アーサー君……甘い顔……」

「え？　あ、そ、そう？」

アーサー氏は、慌てて自分の頬を撫《な》でる。

自分の顔の状態を確認すると、どんどん赤くなる。

「ご、ごめん。なんか、アッシュの世話をしているんだと思うと、つい……」

「うん、わかる。やっぱりそうなっちゃうよね。アッシュ君、普段しっかりしてるから、なんかプレミアム感あるよね」

ご負担をおかけして申し訳ない、と言うべきところなのだが、プレミアム感ってなに。二人は完全に納得し合っているけれど、私にはさっぱりわからないですよ。

う～む、いや、待てよ。

「怪我している時だけ。それを期間限定と言い換えれば、なんとなく希少価値が……？」

私の呟きに、二人が噛みつくように咆《ほ》えた。

「「反省してない！」」

そこで怒るのは理不尽ではありませんかね。

必死の抗戦空《むな》しく、マイカ嬢とアーサー氏のタッグ説教コンボを叩きこまれ、私はノックアウトされた。

◇◇◇

【横顔　マイカの角度】

あたしは甘かった。

あたしには、まだ力が足りない。

今なら、アッシュ君の力になれると思っていた。実際、アッシュ君はあたしを頼りにしてくれることが増えたんだよ。村の教会で初めてお勉強を教えてもらった頃からは、考えられないくらいの成長だ。

でも、アッシュ君はまた、死にそうになってしまった。あたしの力は全然届かなくて、あのアッシュ君を助けるためには、こんなものじゃまだまだ足りないことがはっきりしてしまった。

もっと力が必要だ。もっと、もっと、今よりずっと強くならないといけない。

それも、今までとやり方を変えないと、とても足りないくらいの強さだ。流石に別行動中に人狼に襲われるなんて、あたしが剣を振っているだけでなんとかできることじゃないもん。

あれだけあっちこっちに動き回るアッシュ君なのだ、あたし一人で見張ろうとしたってたかが知れている。

仲間が必要だね。あたし以外にも、アッシュ君を見張って、危ないことをしたら引き留めてあげて、アッシュ君の前から危ないものを斬り飛ばせるような仲間が。

そこまで考えて、なるほど、って思った。

アッシュ君が、勉強会の子達のお勉強を気にしていた理由が、今ようやくわかった気がする。

アッシュ君も、あたしと同じことを考えたんだね。

自分一人じゃ力が足りない。だから、力を合わせてくれる人を増やそうとしてたんだ。

やっぱりアッシュ君はすごい。あたしの一歩先を、いつも行っている。あたしの前で、こっちに道があるって光を灯《とも》してくれている。

本当にもう……悔しいくらいだ。これ以上ないって思っていたところから、さらに好きになっちゃう。

でも、あたしだっていつまでもアッシュ君の背中を追っているつもりはないよ。追いついて、隣に立ちたいからね。

そのために、全力でアッシュ君の照らした光の方へと走っていくんだ。

アッシュ君の灯《あか》りの下に浮かんでいるのは、まずはそう、アーサー君だね。

「アーサー君、一緒にアッシュ君を助けよう」

「もちろんいいよ。なんのことかは全然わかんないけど、アッシュを助けるなら協力する」

アーサー君、流石の即答だよ。前置きなんてなにもしてないけど、頷いちゃった。

「でも、助けるってアッシュになにかあったの？」

「今なにか起きてるわけじゃないけど、これから先に絶対になにか起きるから」

そこまで言ったら、アーサー君は熱心に頷く。

「うん、わかった。毎度毎度、アッシュの暴走を見ていたら心臓がもたないもんね。なにかあった時というか、なにが起こってもいいように、一緒にがんばろうってことだね？　なにも起こらないのが一番だけど、起こらないはずがないし」

完璧、完璧だよ、アーサー君。そう、それ。

「ううん、でも、すごく難しそうだ。アッシュは言っても聞いてくれないし、動きの予想が難しい」

そう、それ。アーサー君は話が早い。一番に声をかけたかいがあるよ。

「そうなの。それで、まずはどういう風にすればいいかなって思って。一緒にアッシュ君を助けてくれる人を増やそうと思うんだけど……」

「なるほど。じゃあ、ちょっと一緒に考えようか」

そう言って、アーサー君は自分の椅子に座って、アッシュ君の椅子に座るように勧めてくる。ここはアッシュ君とアーサー君の寮室だからね。あたしはアーサー君の勧めを、ありがたく遠慮して、アッシュ君のベッドに腰かける。

えへへ、アッシュ君のベッドだー。

でも、アッシュ君は怪我の治療のために領主館の方で寝泊まりしているから、もうあんまりアッシュ君の気配がしない。

あたしが残念がっていると、アーサー君がジト目で睨んでいた。

「アーサー君も、こっち座る？」

「だから、マイカは女の子でしょ！　色々と問題があるの！」

「あたしは別に構わないんだけどな。まあ、いいや。それで、アッシュ君のことなんだけど、どういう風に動こうか？」

「僕はまだまだ言いたいことがあるんだけど……」

アーサー君は不満たっぷりの溜息を吐いて、あたしに合わせてくれる。目は、まだまだあたしにお説教したいようだけれど、アッシュ君のためなら、それくらい飲みこんでくれるようだ。

「ええと、そうだね……。とりあえず、なにも言わなくてもアッシュを助けてくれそうな人って、この都市にももう何人かいるよね？」

「もちろんだよ。アッシュ君だからね」

アッシュ君が誠心誠意お話すると、仲間が増えるんだよ。

「ええっとね、リインさんにヤエさんでしょ？　ジョルジュさんとその部下の人達もかな。あとは、ヤックさんにクイドさん。あ、囚人の人達も助けてくれそう」

「改めて考えると大物が多い……。他にはレイナもだね。レイナは面倒見がいいから、アッシュみたいなタイプはただでさえ放っておけないのに、仲良くなっちゃったからね」

アーサー君が、ちょっと気の毒そうな笑みを浮かべる。

「とすると、あとは軍子会の勉強会のメンバーが、割と協力者にしやすいと思う。友好的でしょ？」

「うん、アッシュ君の名前で差し入れもたくさんしてあるからね。好感度は高いと思う」

「じゃあ、勉強会の人達をしっかり捕まえるように動くのが一つだね」

それなら、勉強会を今まで通りにやっていけば、ある程度はできるかな。あたしはそう考えたけれど、アーサー君はもう一歩踏みこんだことを考えたみたい。

「それもいいけれど、優秀な人材には特に気を配るのもいいかもね」

「あー、なるほど。グレン君とかヘルメス君とか？」

お勉強はあたしと一緒で苦手みたいだけど、真面目で武芸の腕が確かなグレン君。寡黙だけど計算が速くて勉強熱心なヘルメス君。二人の顔が、アーサー君のお話を聞いてぽんと浮かぶ。

「うん、二人は中々目立つから、いいと思う。他には、サイアス、ケイ、ホルスなんか、どうだろう。それぞれ一芸があって面白いと思うんだけど」

「おぉ……アーサー君、よく見てるね」

「マイカが全体を見てくれてるから、僕が細かいところを見ているだけだよ。あとは、育ちのせいかな」

アーサー君が、なにか我慢している時の微笑みを浮かべる。あたしが唇を捻《ね》じ曲げて見つめたら、自分でも気づいたのか困ったように頬に手を当てる。

「ごめん、またマイカの嫌いな顔してた？」

「うん、してた」

「はっきり言われちゃうなぁ……」

あたしは我慢するの嫌いだからね。嫌いなものは嫌いだってはっきり言うよ。それに、これは言ってあげた方が、アーサー君のためになると思う。

アーサー君をじっと見つめていたら、敵《かな》わないなぁ、と白状してくれた。

「うん、今ちょっと、嫌なこと考えてた。でも、アッシュの役に立てるなら、悪くないかも、なんて思えるよ。だから、そんなに我慢してるつもりはないよ」

それでも我慢してるじゃない。どこをどうすれば、こんな我慢できる子になるんだろう。強さの一つ、と言えばそうなんだろうけど、見ていて恐い強さだよ。ある日、乾いた音を立てて割れてしまいそう。

アーサー君はアーサー君で、気を配ってあげないとだね。対アッシュ君の一番の協力者なんだから。アーサー君については、アッシュ君にも相談しよう。――なんかそれだけで解決しそうな気がしてきた。

それは後日として、とりあえず対アッシュ君の協力者……そう、対アッシュ君同盟と呼んじゃおう。この同盟の方は……。

「えーと、それじゃあ、勉強会を中心に協力者を増やす活動をしていく、って感じでいいのかな？」

「すぐに取りかかれそうなのは、それが一つかな。もう一つ、マイカがすぐに増やせそうな協力者がいるでしょ？」

うん？　誰かいたっけ？

あたしが首を傾げると、アーサー君はおかしそうに肩を震わせる。

「マイカ、君はイツキ兄様からとても愛されているでしょう?」

「おおっ、叔父上!」

思わず手を叩いてしまうくらい、ナイスな意見だった。

なんていったって、あたしの叔父上は領主代行だもんね。すっごい偉い人……らしい。

まだどれくらい偉い人なのか、ちゃんとわかってはいないんだけど、とにかく味方にできればすごく強いのは間違いない。

「今は仕事も落ち着いているはずだから、マイカに会いたがっているはずだよ。一度お話をしに行った方がいいよ」

なんたって、とアーサー君はとっても大事なことを付け足した。

「マイカ、アッシュの治療に押しかけた時、ジョルジュ卿にはっきり言ってるよね? アッシュが好きだって」

一般的にいって、貴族家の人間の告白は、超重要問題である。どれくらいかっていうと、三神の咆哮と呼ばれるくらい重大だ。

上手く行きますようにと、調和の神である猿神様が、応援の一吠《ひとほ》え。

思いが成就されたら、新しい家庭の誕生に狼神《ろうしん》様が、祝福の一吠え。

邪魔が入れば、戦争も辞さぬということで竜神様が、警告の一吠え。

上流階級にとって、誰と誰が結婚するのか、というのは血の池ができるくらいの大大大問題なのよ――って、お母さんが笑ってた。

「ジョルジュ卿の立場としては、マイカの発言をイッキ兄様に伝えないといけないから、そのことについてイッキ兄様と話し合う必要があると思う」

「そ、そうなんだ？　ふーん、そーなんだー。あたし、そんなこと言った？　ほんとに？」
ア、アッシュ君にも聞こえちゃったかな？　いや、意識なかったと思うから……でも聞かれてたかもしれない。ううん、目が覚めた後もなんもなかったからきっと大丈夫なはず。べ、別に聞かれて困ることはないというか、知って欲しいくらいなんだけど、でもアッシュ君がなんて答えてくれるかわかんないし。逃がす気はこれっぽっちもないんだけど逃げられちゃいそうな不安はあるの！
「マイカ、マイカ、顔が真っ赤だよ。とりあえず、深呼吸しとこう？」

「だ、大丈夫！　全然大丈夫だよ！」

「全然大丈夫そうに見えないから言ってるんだよ。マイカ、イッキ兄様にアッシュへの気持ち、ちゃんと言える？」

あ、それは言えるよ。アッシュ君に告白するのに比べたら茶飲み話だもん。

アッシュ君に告白するのが、真剣を使った正真正銘の決闘なら、叔父上に「アッシュ君が好きなんだ～」って告白するのは木剣を使った練習……ううん、一人でやってる素振りみたいなものだからね。

アッシュ君から叔父上に考えが流れたら、すっと気持ちが落ち着いた。流石にあの状態のアッシュ君に聞こえているわけないよね、って普通にわかる。

うん、顔の火照りも冷めた。ふぅ、流石はアッシュ君。チュードクセーが高い。

落ち着いたあたしの耳に、アーサー君の溜息が聞こえた。

「うん……マイカがどういう気持ちの動き方をしたのか、大体わかった。イッキ兄様と話すのは全然問題ないんだね。兄様がかわいそうだけど、すごくよくわかる」

あ、やっぱりわかる？　うんうん、流石は対アッシュ君同盟の一番の協力者だよね。


というわけで、やって来たよ、叔父上のところ。

召使さんに「イッキ叔父上に会える～？」って聞いたら、「執務室でお茶を飲みながらお話ししよう！」って返事が来た。召使さんの移動時間を考えたら、叔父上は五秒以内に返事をしたことになる。

「お邪魔します、叔父上」

「ははは、邪魔なんてそんなわけないだろう！」

いやでも、お仕事とかあるでしょ？

「それはマイカが邪魔なんじゃなく、仕事が邪魔なんだよ」

その発言は愛情が伝わってくるから、嫌なわけじゃないんだけど……お茶を淹《い》れてくれてる侍女さんがすっごい目で叔父上のこと睨んでるよ。

叔父上も、首筋に鋭く突き刺さる殺気を理解しているのか、言葉を継ぎ足す。

「もちろん、マイカとこうしてお話しするのも大事な仕事だからな。そう、これはあれだ、やはり

マイカの立場だと、今はアマノベとサキュラの名を持っていないとはいえ、今後どうなるかという
と不明瞭だから、アマノベ家の次期当主としての重要な仕事だ」
あ、背後の侍女さんが、それは本当のことだって顔になった。でも許さん、って目つきだけど。
これはあれかな。本音と建て前ってやつ。アッシュ君が、上手に使いましょう、っていつも言っ
てる。叔父上はあんまり使い方が上手じゃないみたいだね。
ともあれ、あたしの名前かー。この場合は立場だね。
今のあたしは、マイカ・ノスキュラ。ノスキュラ村の村長家の人間ってことだ。
お母さんは、元ユイカ・アマノベ・サキュラ。この時はアマノベ家の人間で、サキュラ辺境伯の
領主になれる身分ってことになる。今はユイカ・ノスキュラになっていて、辺境伯を継げる立場に
はない。
ただサキュラ辺境伯の方で、継承候補にしてもいいってなれば、あたしにサキュラの名前を与え
ることはできるみたい。それくらいの血の繋がりはあるらしい。
「マイカは、どうだ。その辺りのことは考えているか?」
ちなみに、と叔父上は初めて会った時みたいな真面目な顔になった。真剣を抜いたお父さんが目
の前にいるような、ひりついた空気を感じる。
「考えて欲しい、というのが俺の意見だ」
サキュラ辺境伯という地位、その継承をしないかっていう打診だ。もちろん、今後必要なお勉強
を増やした上で合格点を取れば、ということだろうけどね。

「う～ん、それも考えてないってわけじゃ、ないですよ？」

村を出て来る時、お母さんに言われてるからね。『今のマイカなら、サキュラを継がないかってお話が出て来るわ』って。

曰く、『イツキに子供がいないから、後継者の確保にすごく必死なのよ。その点、アッシュ君に鍛えられたマイカなんて、将来有望だもの』なんだって。えへへ、アッシュ君の妹弟子ですから。

『サキュラを継ぐつもりなら、それは大きな力を手に入れることになるわ。でも、なんでもできる力ではないの。お母さんはサキュラを継げる立場にいたけれど、一番欲しい物はサキュラを捨てて手に入れた』

お母さんは、それを踏まえた上で、自分で考え、自分のやりたいようにやりなさいって言ってくれた。あたしの考えを、応援してくれるって約束してくれた。

それなら、あたしの答えは決まっている。きっと、お母さんもわかってて、やりたいようにやりなさいって言ってくれたんだろう。

「あたしはアッシュ君の奥さんになるのが一番大事なので、マイカ・アマノベ・サキュラになった時、アッシュ君がどうなるか、ですね」

アッシュ君が喜んでくれるなら領主を目指してもいい。あたしにとって、サキュラ辺境伯っていうのは、それくらいなものかな。

地位とか名誉とかが大事なものっていうのは、なんとなくわかる。でも、アッシュ君がやりたいことをすぐ隣で手伝っていれば、そんなのなくても全部満たされちゃいそうだもん。

あの日、アッシュ君の太陽みたいな笑顔を見て、あたしはそう信じた。

やりがいとか、楽しさとか、幸せに感じるもの全部が、アッシュ君の眼差しの向こうにある。だから、あたしはアッシュ君を好きになった。


「ふむ、アッシュ君か……」

叔父上は、少しばかり難しそうな、灯りのない道に差しかかったような顔をする。

「俺はまだアッシュ君本人とそれほど接していないから、まだ人となりをよく把握していないのだが……軍子会の報告や、例の農業改善計画、そして先日の人狼の襲撃への対処を見て、確かに優秀な人材だと感じている。評判もいい」

そうでしょー、そうでしょー。自分の好きな人が褒められているのを聞くと、すごく気分がいい。にやにやしちゃう。

「ただ、マイカが辺境伯になった時、アッシュがその隣にいるのに相応しい人物かどうか、というのはまだまだ判断がつかないな」

うん？

「農民の生まれなんてこと俺は気にしないが、その点の批判も受けるだろうから、よほど優れた実績を残さないと厳しいとは思う。それはこれから先、見極めていこう」

う～ん？　叔父上がなにを言っているのかよくわかんない。すごく会話がかみ合っていないね、これ。

「うんとね、叔父上……。叔父上は、もうちょっと、アッシュ君のことを知ってからお話しした方がいいと思う」

叔父上が、あたしの言葉に首を傾げる。アーサー君とかレイナちゃんがいたら、多分、うんうんって頷いてくれると思う。

「アッシュ君が、あたしに釣り合うかどうかは、問題じゃないの」

その辺はお母さんも同じ意見なの。

「あたしが、アッシュ君に釣り合うかどうかが、問題なの」

たとえあたしが、マイカ・ノスキュラから、マイカ・アマノベ・サキュラになったとしてもね。

それくらいでアッシュ君があたしを見つめてくれるんならこんな苦労してないよ！

「アッシュ君があたしの隣に立つんじゃないの。あたしが、アッシュ君の隣に立てるかどうかなの！　叔父上もそんなぼやっとしたこと言ってちゃダメ！」

農業改善計画をすぐに許可したのはナイスだったけど、これから先どんどん出て来るアッシュ君印の計画にいちいちまごついていたら、なにをしだすか全然わかんないんだから！

サキュラから出て行っちゃうかもしれないし、サキュラを壊しちゃうかもしれないでしょ！

「こわす？」

不思議そうに、わかっていない発音で呟く叔父上が、すごくじれったい。

アッシュ君ならやりかねない。ノスキュラ村を考えてみてよ。

アッシュ君が動き出す前まで、教会でお勉強する子なんて一人もいなかったし、蜂蜜は取れなかったし、お薬なんて作ってなかった。畑だって新しいやり方が広まってる。あの村はもう（良い方向に）滅茶苦茶《めちゃくちゃ》にされちゃったんだよ！

ここでせっせと動き出したアッシュ君を見てわかったんだけど、今度はあれを、もっとでっかい規模でやるつもりなんだよ、アッシュ君は！　あの笑顔のままで！

素敵だね！　あたしはもちろん全力でついて行くよ！

「あれ？　アッシュ君のやりたいことが、村でやったことをもっとでっかい規模でやろうとしてるんなら、ひょっとしてここの領主になった方が、アッシュ君の役に立つ？」

だって、村で言う村長の役どころか、ここでは領主なんだもんね。少なくとも、アッシュ君が作った計画をすぐに許可する立場になれる。

アッシュ君も、肥料を作る前に言ってたもんね。村と違って根回しが必要だって、ちょっと面倒くさそうだった。

あたしが領主になって、「なんでも好きにやっていいよ！」って言ったら、アッシュ君、喜んでくれそうじゃない？

そう思いついて、叔父上の顔を見てしまう。次期領主で、現領主代行の叔父上。

「ちょっと、辺境伯を目指してみよっかな？」

「ん、んん？　アマノベ家としては嬉しい言葉のはずなんだが……なんか寒気が……」

大丈夫だよ、叔父上。剣を振るって手に入れようなんて思ってないから。だって叔父上は、アッシュ君の邪魔しないもんね。それなら問題ないんだよ。

今はまだ、ね。

『アッシュ君が夢中になって、自分のやりたいことに突き進めるように――』

ふと気づくと、昔教わったお母さんの言葉が、記憶の暗闇に輝いて見える。

ああ、そうか。そうだね、お母さん。

――あたしが、アッシュ君の背中を守って、アッシュ君の背中を押してあげるんだよね。

今ようやく、本当の本当に、そういう存在になれそうな気がしてきたよ。

ある編纂者の後書き

本書をお手に取って頂き、誠にありがとうございます。

アッシュの一人称である原典、そしてアッシュ以外の人物の視点を盛りこんだ編纂《へんさん》版の第一巻をお読み頂いた皆様のおかげで、編纂版の第二巻をお届けすることができました。

本書もお楽しみ頂けましたら、重ねてありがたい限りです。

また、本書の刊行にあたり、前巻に引き続き多くの方に私の筆を助けて頂きました。

イラスト、校正、装丁、印刷、各分野の専門家の皆様、それらと作品を繋《つな》いで調整して下さった担当編集様。本書は皆様なくして存在いたしません。お力を頂き、本当にありがとうございます。


さて、無事に二巻が出ましたので、今回も取材にやって参りました。

アッシュ躍進の地、サキュラ辺境伯の領都イツツ。ここはアッシュの面影が色濃く残っているので、どこから紹介したものか、選択が難しいのですが……。

やはり、最初に見るべきは今なお現存する寮館でしょう。

現在の寮館は、並び立つ執政館、（第一）領主館と共に、資料館として保管・利用されています。

時代時代の技術によって幾度かの改修は受けているものの、当時のままの姿も見られます。

アッシュとアーサーが過ごしたという寮室は、当時を再現した二段ベッドと机が置かれています。

ここで二人は、どれほどの言葉を交わしたでしょう。きっと温かいやり取りだったことと思います。

片方はむしろ熱すぎるくらいだったかもしれませんが……。

マイカがハンバーグをねだったという食堂は、今も良い匂いが漂っています。それというのも、老舗《しにせ》シナモンの灯火《ともしび》の流れをくむ料理人の方が、ここでカフェ・レストランを営んでいるからです。

「ここはいつの時代も学生食堂だったんですよ」快く厨房《ちゆうぼう》に立ち入る許可を下さった料理長（かつての主と異なり穏やかな顔立ちの方でした）は、資料館になる前の遍歴も教えて下さいました。寮館は常に教育施設として利用されてきたとのことで、この食堂もまた常に前途ある若者の胃袋を満たしてきたと、料理長は自慢げでした。今も、この資料館を所有する大学の学生達《たち》が利用するそうです。「学割があるから」と厨房で皿洗いをしていたアルバイトの学生が笑って教えてくれました。

もちろん、この資料館の価値は美味《おい》しい物が食べられる（素晴らしいことですね）だけではありません。かの人物のファンや当時の研究者にとって第一級の資料があります。ここに保管された直筆のメモから、一体どれほどの資料の真贋《しんがん》が確認できたことか。

なにしろここは、アッシュという名が公式文書に初めて記された場所です。特殊な展示ケースに何気なく置かれた古びた用紙が、その公文書、辺境伯家の軍子会名簿です。

ここに記された名前は、「アッシュ　ノスキュラ村」ただそれだけです。この頃は本当に、ただのアッシュだったのですね。ちなみにその上には「マイカ・ノスキュラ」のやや丸い文字も。

若かった頃の二人、というより、幼かった頃の二人が、ここにいるようです。もちろん、アーサーも、レイナも、グレンも、ヘルメスも。

——かつて寮館と呼ばれた場所に残る笑い声を聞きながら

フシノカミ 2
～辺境から始める文明再生記～

発行　2020年3月25日　初版第一刷発行

著者　雨川水海
イラスト　大熊まい
発行者　永田勝治
発行所　株式会社オーバーラップ
〒141-0031
東京都品川区西五反田7-9-5
校正・DTP　株式会社鷗来堂
印刷・製本　大日本印刷株式会社

ISBN　978-4-86554-627-9 C0093

【オーバーラップ　カスタマーサポート】
電話　03-6219-0850
受付時間　10時～18時（土日祝日をのぞく）

作品のご感想、ファンレターをお待ちしています

あて先：〒141-0031　東京都品川区西五反田7-9-5 SGテラス5階　オーバーラップ編集部
「雨川水海」先生係／「大熊まい」先生係